KB184828

세월의 통찰

세월의 통찰

펴 낸 날   2024년 11월 25일

지 은 이   박성열
펴 낸 이   이기성
기획편집   이지희, 윤가영, 서해주
표지디자인   박성열, 이지희
책임마케팅   강보현, 김성욱
펴 낸 곳   도서출판 생각나눔
출판등록   제 2018-000288호
주   소   경기 고양시 덕양구 청초로 66, 덕은리버워크 B동 1708호, 1709호
전   화   02-325-5100
팩   스   02-325-5101
홈페이지   www.생각나눔.kr
이 메 일   bookmain@think-book.com

• 생각의 뜰은 도서출판 생각나눔의 자서전 브랜드입니다.

• 책값은 표지 뒷면에 표기되어 있습니다.
 ISBN 979-11-7048-776-0(03810)

Copyright ⓒ 2024 by 박성열 All rights reserved.

·이 책은 저작권법에 따라 보호받는 저작물이므로 무단전재와 복제를 금지합니다.
·잘못된 책은 구입하신 곳에서 바꾸어 드립니다.

지성과 사랑을 찾아가는

세월의 통찰
Insight of the Years

힘차게 걸어 온 그대로의 나,
그 여정에서 당신에게 전하고픈 이야기

박성열 지음

생각의뜰

시작하는 말

공룡은 발자국과 화석으로 대자연의 광활한 이야기를 남겼다.

시간과 공간의 흐름 속에서 우리는 의도했던 않았던, 지나온 세월을 자신만의 색깔로 그려왔다. 돌아보니, 그 시절은 그리운 날들이다. 세월 속에서 떠오르는 이야기를 도화지에 그리듯 글로 쓰기 시작했다.

지성과 사랑을 찾아가는『세월의 통찰』은 수필 작가로 또한 시스템 공학자로서 지난 세월을 회상하면서 지식과 경험을 써내려간 자전 수필 60선입니다.

스페인 독감 이후 백 년 만에 밀려온 코로나 팬데믹은 우리의 일상을 송두리째 흔들어 놓았습니다. 대면 공간의 제약으로 인해 상대적으로 시간이 늘어나자, 지난날을 되돌아보는 기회도 많아졌습니다. 구슬을 꿰듯 비슷한 주제를 모으고 사실과 원리에 충실하면서 철학적, 문학적 관찰에도 정성을 다하고자 노력하였습니다.

이 책에 수록한 주제 60선에는 일간 전자신문에 게재한 기고문 3편, 月刊 純粹文學에 게재한 수필 5편, 계간 科友會에 게재한 수필 4편이 포함되어 있습니다. 다른 한편, 전량의 20%는 가족 관련 이야기이며, 80%는 저의 경험과 노하우를 대중들에게 전하고자 작성하였습니다. 60편의 주제는 독립적이므로 선택적으로 읽으셔도 좋고, 주요 부분은 밑줄로 그었고, 끝에는 짧은 메시지를 남겼습니다.

제1장 여행 수필 [문학]은 계절이 바뀌는 자연 속에서 만나는 인간관계에 관한 이야기들입니다. 잘 알려진 여행지로 나들이하면서 보고, 느끼고, 생각한 것을 자연스럽게 적었습니다.

제2장 가족 기원 [역사]는 나는 누구인가? 라는 질문에 대한 답을 찾는 여정입니다. 뿌리를 찾다가 발견한 우주의 신비, 자연의 신비 그리고 인체의 신비는 놀라웠습니다. 만물은 결국 우연과 필연의 연속이었습니다.

제3장 행복 필수 [건강]은 건강에 관한 저의 경험을 적은 이야기들입니다. 일상생활 속에서 면역을 강화하는 방법, 스트레스 해소, 뇌 건강의 중요성 등을 다루며, 건강한 삶을 위한 지침을 논의합니다.

제4장 가치 혁신 [기술]은 과학 기술 기반으로 부가가치를 창출한 사례들입니다. 주어진 일을 논리적, 시스템적 사고로 이해하고, 전략적 사고로 해결책을 모색해 가는 과정들을 알게 될 것입니다.

제5장 희망 미래 [과학]은 과학 기술로 대중을 만난 이야기들입니다. 과학 기술 관찰, 자기계발을 위한 후천적 DNA 강화방법, 미래 과학 기술 전망, 인생을 재설계하는 도구를 제시합니다.

총 5장, 60편의 주제를 정리하면서 『세월의 통찰』은 저만의 이야기라기보다는 우리 모두가 세월 속에서 비슷한 경험을 겪고, 앞으로도 하게 될 이야기들입니다. 역사는 크게 반복되고 비슷하게 흘러간다고 합니다. 저와 함께 이 경험을 나누며, 앞으로의 삶에 도움이 되길 바랍니다. 세월 속의 모든 분들은 소중한 인연으로 감사드리며 건강과 행운을 빕니다.

2024년 11월, 저자 박성열 적음

차 례

제2장 가족 기원 [역사]

[뿌리 찾기]

[가족 여행]

제3장 행복 필수 [건강]

[건강 알기]

제4장 가치 혁신 [기술]

제5장 희망 미래 [과학]

[과학 기술 이해]

[과학 기술 미래]

제1장

여행 수필(문학)

1. 새해 희망 찾아 국사봉에 오르다

새해 첫날, 태양이 찬란한 대자연의 산 정상에서 과연 새로운 희망을 찾을까? 대덕연구단지 슈퍼컴퓨터센터에서 함께 일했던 등산 동호인들과 함께 계룡산 국사봉에 오르기로 했다. 이들은 1998년 슈퍼컴퓨터센터의 위상이 위태로웠던 시절, 국가슈퍼컴퓨팅센터의 장기 비전을 기획하고 위상을 정립하고자 국회 상임위원회를 열정적으로 설득했던 분들이다.

아침 8시, 대전월드컵경기장 주차장에 모여 함께 차를 타고 계룡시를 거쳐, 강한 기운이 서려 있다는 계룡산 자락, 무상사 앞에 도착했다. 산길로 접어들자 삼거리가 나왔고, 오른편 계곡을 따라 싸리재로 가는 길과 왼편 산길로 향적산방 코스가 있었다. 우리는 왼편 산길을 택했다.

임도를 따라 오르다 보면 간이 쉼터가 나오고, 왼편으로 가면 완만한 길 끝에 산방이 나타난다. 돌아보면 건너편 산세가 한눈에 들어오고, 큰 바위 아래에는 맑고 시원한 샘물이 반겨준다. 그 샘물을 한잔 마시고 나서 가파른 계단길을 오르기 시작했다. 능선에 도달하면 헬기장이 나타나고, 풀밭에 누워 하늘을 바라보며 멍하니 쉴 수 있는 공간도 있었다. 이곳은 서쪽 하늘 바람이 능선을 넘어오는 언덕으로, 기압이 급하게 떨어져 안개가 끼거나 눈보라가 나부끼는 극적인 장면을 연출하기도 했다.

다시 왼편의 가파른 숲길을 오르니 멀리서 바늘침처럼 보였던 TJB 대전방송 송신탑이 가까이 다가왔다. 간이 대피소에서 가쁜 숨을 고르고, 오른편 정상에 오르니 사방의 산들이 겹겹이 큰 파도가 멈춘 듯 파노라마가 장관을 이루었다.

해발 575m 국사봉은 조선 태조 이성계가 신도안을 개국 도읍으로 정하기 위하여 이곳에 올라 국사를 논하였다는 데서 유래하였다. 여기서 계룡산 산맥을 바라보면 서쪽으로는 연천봉(743m) 능선, 동쪽으로는 천황봉(846m) 능선이 웅장하게 뻗어 있다. 중앙의 관음봉(766m)에서 삼불봉(777m), 장군봉(512m)으로 이어지는 길고 가파른 능선은 자연성능이라 부른다. 동남향으로는 식장산과 서대산, 남향으로는 대둔산 능선이 펼쳐진다. 서편 암반 아래는 상월면 마을이 한눈에 내려다보여, 행글라이더를 타고 내려가고 싶은 마음이 간절했다.

국토지리정보원에 따르면, 등록된 전국 산봉우리 2,137개 중 국사봉이라는 이름을 가진 산봉우리가 138개나 된다. 이는 하늘을 향한 염원이 산으로 이어졌기 때문일 것이다. 정상의 제단 북쪽에는 북두칠성(北斗七星), 남쪽에는 남두육성(南斗六星)을 새긴 입석이 있다. 이곳은 천신을 모시지 않아 마을에 재앙이 닥쳤으나, 꿈속에서 계시를 받아 정성을 다해 제를 지내자 재앙이 물러가고 마을이 편안해졌다는 전설이 있다. 지금도 정초에 제단 위에 채 꺼지지 않은 촛불들을 보면, 다녀간 인적이 짐작된다. 첨단 과학 기술을 논하는 우리도 인간인지라 제단 입석을 붙들고 새해 소망을 빌었다.

눈 덮인 계룡산 정상   새해 국사봉 정상에 서다

하산 길은 북쪽 능선을 따라 임목과 자연이 쌓은 육면체 암석을 감상하며 싸리재를 경유하여 계곡으로 내려오기도 했다. 향적산방 코스을 선택하여 산방에 도착했을 때, 아기를 업고 계신 할머니로부터 커피 대접을 받고 이곳 주역 공부방에 관한 이야기도 들을 수 있었다. 하산하면서 향적산한상 식당에 오리매운탕을 주문하여 도착하자마자 굳은 허리를 펴며 얼큰한 국물을 마시니 성취의 노곤함이 몰려 왔다.

우리 일행이 잊지 못하는 기억은 식당 주방장 겸 젊은 여주인이다. 손은 검게 퉁퉁 부어 있는 모습이 시골에서 힘들게 일하는 삶의 고충을 반영하듯 이구동성으로 우리들의 마음을 흔들었다. 한편으로는 현실을 이겨 나가는 착한 아내요 장한 엄마의 모습이었다. 한동안 팔다리를 쭉 뻗고 세상 돌아가는 얘기를 나누고 나서 대전으로 복귀를 서둘렀다.

대전에 돌아와 둔산동에서 저녁을 미리 먹고 헤어지기로 하여 석판떡갈비를 먹고 보니 포만감이 더했다. 마루에 걸터앉아 두터운 겨울 등산복 차림으로 중후한 등산화 신발 끈을 조여 매기가 어려웠다. 무심코 "여기 보세요? 신발 끈 좀 매 줄 수 있어요?" 했더니 여종업원이 얼른 등산화 끈을 친절하게 매어 주었다. 이를 두고 한남대 이 교수는 가끔 익살스럽게 되새기곤 한다. 새해 첫날이면 많은 사람들이 산으로 바다로 희망찬 해맞이를 떠난다. 우리도 새로운 희망을 찾으려 산으로 향했다. 산은 말이 없었으나 희망은 마음에서 싹트고 있었다.

산을 좋아하는 슈퍼컴퓨터센터 연구원들은 주말에는 계룡산 관음봉, 삼불봉에 올라 천황봉을 관망하였고, 주중에는 야간 산행으로 남매탑을 경유하여 삼불봉에 올랐다. 한겨울 적막한 눈길을 타고 정상에서 바라보는 도심 야경은 보석을 뿌려놓은 듯 환상적이었다. 정겨운 전설 어린 남매탑 앞에서는 슈퍼컴퓨터센터 위상을 위하여 지혜를 주십사, 술 한잔 치고 큰절을 올리기도 하였다. 슈퍼컴퓨터센터가 국가슈퍼컴퓨팅센터로 법정기관이 되었음에 감회가 깊다.

"미래 모습을 상상하는 것이 가장 큰 동기부여가 된다"

2. 태백산 발길에 눈길이 머물다

아침 6시 반, 대전발 0시 50분 열차가 떠나던 플랫폼의 아침은 적막하고 차가웠다. 6시 54분 대전에서 출발한 제천행 무궁화호는 조치원을 지나며 깊은 내륙으로 향했다. 호젓한 기차길 겨울 풍경을 살피며 아침잠에 빠지는데, 오일장 나들이 아낙네들의 정겨운 목소리가 선잠을 깨워도 나쁘지 않았다.

충주에 닿으니 달천과 충주댐에서 내려오는 남한강물이 눈부신 햇살에 반짝이며 반갑게 맞이해 주었다. 강원도가 가까워지니 잔설과 나목이 펼쳐진 겨울 산과 희뿌연 얼음으로 얼룩진 개천이 갑자기 차창까지 흐른다. 어느새 2시간을 달린 하얗고 빨간 줄무늬 열차는 9시 2분에 중간 종착역인 제천역에 도착했다. 청량리에서 중앙선을 타고 내려오는 기차를 기다려야 했다. 기차를 타고 강을 건너고 길도 만나니 사람도 만난다.

9시 28분, 제천발 태백행 누리호 열차로 갈아타고 영월역에 정차하기 직전, 청령포를 품고 있는 평창강을 지나고 있었다. 조선 초기 단종이 숙부인 세조에게 왕위를 넘기고 유배되어 죽임을 당한 17세 고혼의 애절함이 차창에 맴돌았다. 기차는 가다 서다를 반복하면서 산허리로 숨바꼭질한다. 한참 곡예를 하듯 숲을 지나 능선을 감돌다 바람에 실려 민둥산역을 지난다. 저 멀리 산 언덕에 펼쳐지는 억새군락 평원의 이채로움도 멀리서 환호하는 듯 보였다. 이어서 동양 최대 민영 탄광이 있었던 사북, 고한을 지나 11시 10분에 태백역에 도착하니, 마치 알프스의 한 마을에 도착한 듯 사방을 둘러보아도 온통 산이요 골짜기뿐이었다.

지금부터 시간 관리는 나에게 달려 있다. 태백산 등산 기점인 당골광장으로 가기 위해 시외버스 주차장으로 발길을 옮겼다. 광장에서 산채 향기로 가득히 비빈 맛을 보고 나서, 본격적인 등산 차림으로 아이젠을 착용한 등산화을 통해 흰 눈을 밟는 느낌이 경쾌하게 전해졌다. 고개를 들어 보니 수줍은 나목들은 스치는 바람의 촉감에 몸을 맡기며 향기로운 사랑을 나누고 있었다.

태백산정을 향하여 단군성전을 지나고 계곡을 따라가다가 만세를 부르듯 눈밭에 벌렁 누었다. 푸른 하늘에 나뭇가지들이 일렁이는 것은 반갑다는 인사이리라. 적설과 주목이 펼치는 태백 준령의 능선을 따라 태백산 정상을 관람할 수 있는 산길을 걷기 위해 역삼각형 모양으로 왼편 산제당골부터 오르기 시작했다. 직선 등산로에 비해 거친 돌과 풀들로 이루어져 있고, 계곡 물가를 지나는 색다른 느낌도 있다. 기점에서 4.3Km 거리의 소문수봉을 경유하여 문수봉에 오르는데 8부 능선에서는, 살아서 천 년 죽어서 천 년 간다는 수령 500년의 아람드리 주목들을 만날 수 있었다. 원시족 통나무배를 세워 놓은 듯한 고목 속으로 들어가도 이들은 긴 세월로 말없이 반기는 것 같았다.

문수봉에서 수평으로 천제단까지 3km 거리의 능선을 지나는데 무서울 정도로 조용하고 눈 덮인 주목 사이로 태백산 정상을 바라보면 설경이 환상적이라 혼자 보기엔 외로웠다. 정상인 장군봉(1,567m)에 닿으니 모두들 인증샷으로 분초를 다투는 시장 광경이 펼쳐졌다. 눈부신 햇살 아래 끝없는 큰 파도가 멈춘 듯한 산들을 바라보니, 세상을 다 얻은 듯 대 자연 앞에서 내 마음은 하늘을 나는 기분이다. 왼편엔 함백산(1.572m), 오른편엔 문수봉(1,517m)이 우리를 부르는 듯 다가왔다.

문수봉 능선에서 본 태백산 정상　　　　　태백산에서 태양을 겨누다

　오후 3시, 해가 서산으로 기울어 대전으로 향하는 하산 길에 마음이 급해졌다. 산 아래 망월사를 지나 눈길을 헤치며 빠른 걸음으로 내려오는데 정상을 밟은 성취감으로 눈썰매를 타게 되는 즐거운 순간도 있었다. 등산 기점으로 내려오니 광장에서 태백산 눈 축제로 한 예술가가 빚어 놓은 얼음 오브제 조각상이 우리의 한 모습인 듯 발길을 멈추게 했다. 지친 몸으로 버스를 타고 6시 30분 태백발 제천행 누리호 기차를 타려고 대합실에 들어서니 소란스러워도 건강한 등산객을 다시 만나 반가움이 가득했다.

　겨울밤 창밖 불빛이 드문 야간열차는 두 시간이 채 안 되어 8시 14분에 제천역에 도착했고, 제천발 대전행 무궁화호 열차는 9시 15분에 출발한다. 한 시간 정도 남아 있어 역전 인근 전통시장으로 나와 보니 시장은 파하고 겨울 찬바람에 쓸쓸함이 더해졌다. 역 대합실 찻집에서 따뜻한 오미자차를 주문하여 위로했다. 정시에 출발한 기차는 깊어져 가는 겨울밤을 깨울까 조용히 달려 마지막 목적지 대전역에 도착하니 밤 11시 21분이 지나고 있었다.

대전역 플랫폼을 밟으면서 "잘 있거라 나는 간다. 이별의 말도 없이…" 대전발 0시 블루스가 들려오듯 얼마나 많은 사람들이 이곳에서 만나고 헤어졌던가! 또다시 깊어만 가는 겨울밤, 가로등이 빛나는 플랫폼을 따라 나도 옷깃을 여민다. 태백준령의 고독한 눈길을 걷고, 그대들처럼 숱한 발길을 옮기니 발길에 눈길이 머물었다. (月刊 純粹文學 통권 370호 게재, 2024. 9.)

"자연을 체험하는 것이 기분전환에 최상이다"

3. 아우라지 오미가 대미를 장식하다

　　　　한 번 내려간 그 뗏목은 돌아오지 않는데 아우라지 두물머리 처녀는 오늘도 말없이 서 있다. 강물이 얼고 얼음이 뿌옇게 갈라져 발끝까지 닿아도 그녀의 마음은 한결같구나.

　아우라지는 강원도 정선군 여량에 있는 두 하천이 만나는 나루터이며 깊은 오지로 사연이 많다. 길을 나서는데 지명도 아름다우니 일미(一味)로다. 아우라지를 향하는 길에는 단종애사를 품은 영월 청령포를 지나는데 강물도 흐름으로 예를 갖추는 듯 감싸 돌아 흐른다. 넓게 펼쳐진 민둥산 언덕을 바라보니, 아침 햇살로 빛나는 억새 군락이 금빛으로 나부끼는 미녀들의 머릿결 같았다.

　정선역이 가까워지자 나란히 달려온 하천은 반짝이는 물결로 한낮의 햇살에 눈이 부시다. 정선에 도착하니 아우라지에서 흘러온 조양강이 넓게 펼쳐져 시야가 갑자기 넓어졌다. 정선 오일장은 서울 청량리역에서 출발하는 패키지 여행 상품이 있을 정도로 유명해졌고, 2일과 7일에 장이 선다. 정선을 지나 한낮 아우라지역 광장에 도착하니 휑하니 적막했다. 산천어 형상의 구조물이 한적함을 메우고 있었고, 서둘러 아우라지 나루터로 나갔다.

　'아우라지'는 어우러진다는 뜻으로 두 물줄기가 어우러져 강을 이루는 데서 유래한 아름다운 우리말 지명이다. 전설에 따르면 여량에 살던

총각이 강 건너 가구미에 살던 처녀와 싸리골로 동백을 따러 가기로
했는데, 밤새 내린 비로 강물이 불어 나룻배를 띄울 수가 없었다. 그 안
타까움에 이런 가사가 되었다. 二味로다.

　　"아우라지 뱃사공아 배 좀 건너 주게
　　싸리골 올 동백이 다 떨어진다,
　　떨어진 동백은 낙엽에나 쌓이지
　　잠시 잠깐 님 그리워 나는 못 살겠네"

　아우라지 현지에서 전하는 유래를 읽어 보면 이 곳은 정선아리랑의
무대로, 왼편은 평창 발왕산(1,459m)에서 발원하여 구절리로 흘러온
송천이다. 오른편에는 한강 발원지 대덕산 (1.310m) 검룡소에서 발원하
여 흐르는 골지천이 합류하여 이곳부터는 한강의 본류로 조양강이 된
다. 이러한 지리적 배경에서 송천을 양수(陽水), 골지천을 음수(陰水)라
불렀다.

아우라지역 산천어

아우라지 징검다리

　여름 장마 때 양수가 많으면 대홍수가 나고, 음수가 많으면 장마가

끊긴다는 전설이 전해진다. 양수가 많다면 구름대가 북쪽 양수 지역까지 북상하였으니 대홍수 확률이 높아, 일리가 있는 것 같다. 지금은 현대식 아치 다리를 건너면 처녀상, 가사비 그리고 팔각 여송정이 지어져 있고 가구미 쪽으로 송천을 건너는 데는 널찍한 징검다리가 놓여 있다. 행객을 맞으러 솔가지를 나란히 엮어서 만든 옛적 섶다리도 이채롭다. 三昧로다. 애절한 아우라지 사연을 회상하며 다리를 건너니, 하류에는 세월의 물결을 이겨낸 조그마한 돌다리가 정겹게 역광으로 다가왔다.

이 나루터는 조선 시대 남한강 천 리 물길 따라 목재를 한양으로 운반하던 뗏목 터로, 조선 말 대원군의 경복궁 중수 시 사용된 목재를 뗏목으로 엮어 한양으로 흘려보냈다. 이때 전국 각지에서 몰려든 뗏꾼들의 아리랑 소리가 끊이지 않았던, 숱한 애환과 정한을 간직한 유서깊은 곳이다. 뗏목에 님을 떠나 보내고 애달프게 기다리는 여인의 마음과, 장마로 강을 두고 만나지 못하는 애절한 사연이 정선아리랑으로 승화되어 전해 내려오고 있다.

아우라지 사연에 동화되어 점심시간이 지나 아우라지역 앞에서 콧등치기 국수를 먹어 보기로 했다. 인적이 없어 미안할 정도로 문을 두드리고 들어가 국수를 먹어 보니, 후루룩 손국수 면발이 정말 콧등을 쳤다. 벌써 四昧로다. 그리고 여름철 어머니가 손국수를 쏜살같이 써시던 모습이 생각나, 콧등이 찡함을 더했다. 오늘은 찬바람에도 콧등이 수난이라 콧등아 미안하게 되었구나! 국수인지라 포만감이 더해 오는데 겨울철 구절리 가는 레일 바이크는 한산하기가 이를 데가 없어 서둘러 버스를 타고 정선으로 향했다. 역전 다방이 눈앞에 다가오길래 추억을 떠올리며 따뜻한 커피 한잔을 마시고 정선시장으로 나갔다. 시골 장터의 향수를 느낄 수 있는 곳으로, 각종 산나물, 약초, 더덕, 감자 등을 구입하고 곤드레 나물밥도 즐길 수 있었다.

오일장 날이라 주변 사람들이 다 모여 있는 듯, 먹거리 골목은 전을 부치는 여주인의 손놀림이 바쁘다. 나도 옆자리를 밀치고 앉아 부침개로 막걸리 한잔하기로 했다. 五味로다. 아우라지 사연을 담고 흘러온 조양강 다리를 건너면서 오늘 여행의 마무리가 되는 시간으로 강 건너 아라리촌을 바라보았다. 강물도 숱한 사연을 싣고 왔는데 강바닥 돌들의 사연은 얼마나 많을까? 자연의 사연은 늘 인간의 상상을 초월한다.

정선역 대합실에 들어서니 먼저 온 여행객이 연통 난로를 둘러싸고 여행담으로 정적을 깨고 있었다. 오후 5시 37분 정선역을 출발하여 2시간 후 제천역에 도착했다. 9시 15분 제천발 대전행 무궁화호 열차를 타기에 시간이 일러 단골손님이 된, 역내 로컬푸드 판매점에서 오미자차를 주문했다. 깊어 가는 겨울밤 야간열차로 달려 대전에 도착하니 아우라지 여행에서 만난 五味가 대미를 장식했다.

"자연이 품은 사연은 인간의 상상을 초월한다"

4. 반야월 돛단배가 동해로 나서다

　　　　　4월 초순이 되면 동해 푸른 바다를 향해 발길을 옮기며 포옹하는 듯한 대게의 향연을 꿈꾼다. 대구 반야월(半夜月)초등학교 동문 초금회(招琴會)는 갓 깨어난 거북이가 바다로 달려가듯이 기대와 설렘으로 영덕으로 향했다. 강구에서 점심을 먹는 일정으로 오전 10시에 반야월에서 출발하니, 나는 오전 8시에 대전을 떠났다. 초금회는 2006년 모교인 대구 반야월초등학교 총동창원로회 회장을 맡으면서 시작된 회장단 모임이다.

　반야월은 북쪽으로는 해발 637m의 초례봉이 우뚝 서 있고, 남쪽으로는 금호강이 유유히 흐르는 지형을 가지고 있어 마치 강 위에 떠 있는 돛단배를 연상케 한다. 이곳이 나의 고향이니 더욱 그립다. 이 지역은 배산임수 지형으로 대구 사과의 집산지였고, 대구선이 가로로 지나고 있었다. 역사적으로는 후삼국 시대 고려 왕건과 후백제 견훤과의 팔공산 전투의 배후로 유명하고, 반야월과 안심이라는 지명이 유래되었다. 경북 경산군 소속이었으나 대구광역시로 편입된 이곳의 지형과 역사적 배경은 초금회의 이름에도 반영되어 있다. 초례봉의 기상과 금호강의 유연함을 닮아 고향과 동문을 사랑하자는 뜻으로 초금회라는 이름을 제안하여 채택했다.

　반야월초등학교 총동창원로회장은 총동창회 명예회장을 당연직으로 수행한다. 신년교례회와 송년회를 주관하고, 4월 하순 총동창회 정기 체육대회를 후원해 동문들의 결속을 다진다. 초금회 회원은 다정다감한 24회 여 영재 선배님, 25회 동기로 후덕한 이 병식과 마당발 최원득 그리고 저, 부드러운 입담의 26회 후배 김영조, 다재다능한 27회 김재수와 음악성이 뛰어난 사업가 박기상, 의리의 사나이 28회 최묵과 성실한 이갑조, 철마 기수 29회 류두환, 웃음을 전하는 멋쟁이 30회 우위수와 모범 교육자 배분조, 그리고 막내이자 총무로 다정하고 성실한 32회 이종하 대구회관 사장으로 이루어져 있다.

돛단배처럼 매년 동해 강구로 떠나는 길, 김재수 사장이 운전하는 중형 승합차로 화진해수욕장 휴게소에 도착하면, 확 트인 동해가 우리를 반긴다. 커피 한잔 후, 강구 포구에 도착해 부지런한 총무의 연락을 받은 식당에서 수족관 대게를 살펴보기도 잠시, 불그스레한 영덕대게가 차려진다. 매년 방문하다 보니 게를 먹는 기술도 익혔고, 게 껍데기도 수북이 쌓여 갔다. 선후배가 주고받는 술잔으로 포만감이 밀려온다. 해송이 늘어선 백사장을 거닐다가 해변 1번 도로를 따라 드라이브에 나섰다.

먼 푸른 바다에서 밀려오는 파도가 갯바위에 부딪혀 하얀 포말을 내뿜는 해안 길을 구불구불 달린다. 고즈넉한 어촌 길가에는 햇빛에 말리고 있는 오징어 무리들이 인상주의 실루엣을 드리우고, 좌판에 깔아 놓은 가자미도 얼굴을 내민다. 해안 길 따라 좌우로 휩쓸리다가 영덕해맞이공원이 눈에 들어왔다. 동해를 바라보는 하얀 등대와 그 등대를 거대한 집게발로 붙잡고 있는 영덕대게의 퍼포먼스가 이채롭다.

강구 해변

영덕등대 앞 조금회 회원들

　바닷바람을 타고 내륙을 바라보니 언덕 위의 풍력발전기가 조나단 갈매기의 꿈처럼 푸른 하늘을 날고 있다. 해안을 따라 북상하니 참으로 깨끗한 바다와 구비구비 돌아가는 경정리 마을 전경이 펼쳐진다. 저멀리 삼각형 산마루에 솟은 축산항 등대가 보이고, 대진해수욕장과 송천을 가로 지르는 고래불대교를 지난다. 강 어구 모래톱에는 작은 새들이 군락을 이루며 날개를 팔랑거리고 있는 모습이 평화롭다.

우측에 활 모양으로 펼쳐진 고래불해수욕장은 넓고 눈부시다. 옛날에 고래 무리가 뻘처럼 몰려와 고래불해수욕장으로 불리게 되었다고 한다. 여기서 북상하면 후포에 이르러 울진지역이 나오고, 아름다운 망양정과 왕피천 하구의 성류굴을 만난다. 이곳은 백암온천과 덕구온천 그리고 불영계곡을 따라 강원 태백과 경북 봉화로 연결된다.

우리 일행은 경주로 향했고 신라의 미소를 보러 국립 경주박물관을 찾았다. 신라 경주의 보물인 에밀레종은 언제 봐도 경건하고 잘 보존한 문화유산이다. 초등학교 수학여행 때 처음 보았던 기억이 떠올라 감회가 새로웠다.

박물관 인근에 새로 지어진 월정교를 건너 보니, 하천을 가로지르는 회랑이 아름다웠다. 반대편으로 걸어가는 관광객의 역광 모습이 그림 같아 카메라 셔터를 누르기 바빴다. 남쪽 월정교 현판은 특히 인상적이었다. 한자로 쓴 월정교의 '月' 자가 동녘에서 달처럼 힘차게 솟아오르고 있었다. 전통 경주교동법주 양조장에서 법주를 사 들고 경주 최부자 댁을 방문했다. 400여 년 동안 17대손인 최진립부터 내려오는 최부자 댁의 문화유산 중 특히, 최부자 댁 6훈이 감동적이었고, 최씨 후손들이 자랑스러웠다.

"과객을 후하게 대접하라."
"흉년기에는 땅을 사지 마라."
"사방 백 리 안에 굶어 죽는 사람이 없게 하라." 등

"하루하루가 새로운 삶이다"

5. 소매물도에서 등대섬을 보다

　　　　소매물도는 문화관광부에서 선정한 '가장 가고 싶은 섬'으로 꼽힌다. 죽마고우 이병식 초교 동기회장이 전부터 계획해 온 덕분에, 2017년 5월 29일, 동기들과 이 섬을 가보기로 했다.

　소매물도와 이어질 듯 가까운 암벽의 하얀 등대섬은 달력에 실릴 정도로 아름다워, 언젠가 꼭 한번 가고 싶었던 곳이다. 경남 통영항에서 약 26km 정도 떨어진 한려해상 국립공원에 속하며, 해안선 길이가 5.5km에 불과해 작은 점 같은 섬이다. 소매물도와는 길이 150m, 폭 40m의 몽돌로 연결되어 있으며, 썰물 때 2시간 동안 '육계도'가 열려 도보로 건너갈 수 있으며, 이곳에서는 '열목개'라 부른다.

　고향 반야월에서 아침 7시에 출발한다기에 나는 대전에서 5시에 출발하여 집합 장소에 도착했다. 먼저 나온 동기들과의 만남은 동심에 젖어 반가웠다. 예로부터 학교 인근에 사는 학생들이 지각을 자주 했다는 말이 있듯, 출발이 늦어져 8시가 되어서 전세 버스가 출발했다. 고속도로로 진입하기 전에 몇 친구를 더 태우기도 했다. 논공 휴게소에서 잠시 쉬고, 마산을 경유하여 통영을 지나 거제도에 진입해 소매물도로 가는 최단 거리인 저구 선착장에 도착하니 11시 반이 되었다.

　인근 식당에서 점심 식사 후 오후 1시 30분, 구경 3호 여객선을 타고 매물도에 잠시 정박하고, 2시 20분에 소매물도 선착장에 도착했다. 갈매기가 날고, 시원하게 트인 바다와 멀리 보이는 섬들을 지나며 바닷물을 하얗게 가르니 시간 가는 줄 몰랐다. 소매물도에 상륙하니, 해안에는 수직의 해안절벽을 따라 다양한 암석이 장관을 이루고 있어 통영 8경 중 제3경으로 알려져 있었다.

소매물도 등대섬

소매물도 선착장에서 초등 동기생들

일행 중 5명은 울창한 숲 터널을 지나며 망태봉에 올랐다. 전망대에서 화보에만 보았던 등대섬을 내려다보니, 감탄사가 절로 나왔다. 소매물도와 등대섬은 약 7천만 년 전 백악기 말 화산 활동으로 생성되었으며, 1만 년 전 마지막 빙하기를 지나면서 해수면이 130m 높아져 바닷물로 둘러싸이게 된 것이다. 거친 바다의 풍화를 이겨내며 이렇게 아름다운, 100m가 넘는 수직절리 암벽이 보존된 것은 놀라운 일이다. 화산암과 응회암으로 형성되어 있으며, 미량의 철분이 산화되어 붉은색 암벽의 채도를 더 풍요롭고 하고 있었다.

등대섬 주위에는 여러 방향의 단열에 따라 좁은 골짜기가 발달되어 있고, 명소의 하나인 '글씽이굴'은 이 골짜기가 바다에 침수되어 형성된 것이다. 전설에 의하면 중국 진나라 진시황의 신하 서불(徐市)이 불로초를 구하러 가던 중 이곳까지 왔다고 한다. 아름다움에 반해 글썽이굴에 서불과차(徐市過此)를 새겨 놓았다는 얘기가 전해오나 역사적 사실에는 의문점이 많다고 한다. 오히려 많은 목격자의 진술에 의하면, 충무공의 한산대첩으로 패하여 돌아가는 왜군 장수가 여기서 배에 물을 실었다고 한다. '방휼시(蚌鷸詩)'라는 칠언율시 한 수를 석벽에 새겨 놓고 갔는데, 후에 서불의 이야기로 바뀌어 전해지기도 한다.

세월의 흐름 속에 석벽의 글씨는 희미해졌고, 직접 가서 확인할 수 없음을 아쉬워했다. '거제부지'에 수록된 방휼시는 아래와 같다. 여기서 조개는 조선을, 황새는 일본을, 어부는 명나라를 비유한 글로 시사하는 바가 크고, 어부지리(漁父之利)가 연상되었다.

海蚌乘陽怕水寒
바닷조개가 찬물이 두려워, 양지 찾아 올랐는데
鷸禽何事苦相干
황새가 무슨 일로 괴롭게 서로 건드리나,
身離窟穴朱胎損
몸이 구멍 속을 나왔으니 붉은 태가 손상되고
力盡沙灘翠羽殘
모래 여울에서 소진한 몸 푸른 날개 쇠잔하다.
閉口豈期開口禍
입을 닫고 있을 적에 어찌 열은 입의 화를 알까?
入頭雖易出頭難
머리가 들어간 뒤에는 빼려 해도 나오기 어렵구나
早知俱落漁人手

어부의 손에 함께 떨어질 줄 일찍이 알았다면

雲水飛潛各自安

구름에 날고 물에 잠겨 피차 서로 편할 것을,

　단체여행으로 아쉽게도 아침 출발이 늦어 등대섬 방문은 다음으로
미루어야 했다. 거제도로 귀항하는 마지막 배를 오후 4시 15분에 승선
해야 한다. 서둘러 산비탈 길을 내려와 어촌 마을의 건어물 냄새를 맡
으며 하산하여 일행과 합류했다. 해 질 무렵의 바다는 더욱 눈부시게
빛났고, 피곤한 몸이지만 돌아오는 버스 안은 서로 권하는 술과 가무
로 지칠 줄 몰랐다. 대구 출발지에 도착해 동기들과 작별인사를 나누
며, 대전까지 운전해야 하는 긴 여정이 기다리고 있어 긴장을 풀 수가
없었다.

　이번 여행은 소매물도의 지질학적 아름다움과 역사의 흔적을 통해
삶의 소중함을 깨닫고, 동기들과의 우정과 추억을 쌓은 귀한 시간이
었다.

"기회는 준비된 자에게 미소 짓는다"

6. 봄엔 동학사 가을엔 갑사

기나 긴 팬데믹 코로나를 피하러 계룡산 동학사 계곡을 오르다 관음암 경내에 핀 빨간 수국에 발길이 멈췄다. 사진을 찍으려 다가가는데 마침 산책 중이던 주지 스님께서 맑은 물을 마시고 가라 하시며 뒤뜰로 안내해 주셨다. 신선한 물, 한 모금에 목이 시원하게 적셔지고, 처마를 올려다보니 단아한 한복을 연상시키는 아름다운 문양이 눈에 들어왔다.

법당으로 들어와 보라는 범견(梵見) 스님은 법당 밖 작은 기도방을 소개하며 한번 들어가 보라고 권하셨다. 실내에 조용히 앉아 따사로운 법당 마당을 바라보니 마음이 고요해지는 것을 느낄 수 있었다. 수십 번 동학사를 방문하면서도 관음암, 길상암, 미타암은 늘 지나치기만 했는데 오늘은 새로운 발견을 했다.

동학사에 도착하니 3층 석탑은 길 쪽으로 옮겨져 있었고, 수반에 웃음 짓는 수련이 나를 반겼다. 법당 좌측 요사체 너머로 보이는 관음봉과 쌀개봉 능선이 가까이 다가와 촬영 구조가 멋있다. 법당 왼편 모서리 언덕에 앵두나무가 사라진 것이 아쉬웠지만, 법당 벽면에 부처님이 관 밖으로 발을 내미는 모습의 벽화는 제자들에게 여전히 살아있음을 가르치고 있었다. 계곡을 따라 흐르는 물은 여전히 차갑고, 단골식당의 빈대떡도 노릿하고 아삭한 맛이 일품이었다.

닭 볏을 쓴 용의 모습인 계룡산은 교통이 편리하여 연중 전국에서 탐방객이 몰려온다. 계룡산국립공원의 정상인 해발 847m 천황봉을 필두로 쌀개봉, 관음봉이 계룡산맥의 지붕 격이다. 관음봉부터 능선이 가파른 자연성능은 천황봉을 바라보면서 삼불봉, 장군봉으로 길게 뻗어 간다. 관음봉에서 공주 방향으로는 문필봉, 연천봉을 거쳐 갑사로 내려가는 능선도 석양에 일품이다. 비가 온 뒤에는 은선폭포를 지나 관음봉에 올라 전체를 관망하는 것도 좋다. 야간 산행 때는 우측 천장골로 완만하게 접어들고 큰배재를 넘어 남매탑을 둘러보고 삼불봉에 올라 천황봉을 관망하였다. 조용한 산행은 상신리를 출발하여 큰골삼거리를 지나고 금잔디고개에 올라 삼불봉으로 올라서거나 갑사 방향으로 내려가기도 했다.

계룡산 동쪽을 대표하는 동학사는 724년, 신라 성덕왕 23년 상원조사가 창건했고 고려 태조 왕건의 명을 받아 도선국사가 중창했다. 동학사 입구 식당가로 처음에는 규모가 큰 서울식당을 많이 찾았고, 다음으로는 달걀프라이로 시장기를 달래 주는 서비스 덕에 신선식당에 오래 다녔다. 언덕 위 오래된 계룡산장에는 미국 오번대학교 한국동창회가 한동안 년 말에 1박 2일로 머문 추억의 장소이다. 미국 러닝트리 소프트 엔지니어링 전문가를 초청하여 동학사 입구 식당에서 부침개 등 한식을 먹었다. 초저녁 동학사 범종 소리와 대웅전에서 앳된 비구니들의 예불가를 듣고서, 미국으로 귀국 후 너무 좋은 경험을 하였다고 감사 편지가 왔었다.

계룡산 8경의 하나인 은선폭포의 운무를 보려면 비가 오락가락할 때 가고, 비단같이 흰 물줄기를 보려면 비 온 후 다음 날 찾으면 좋다.

눈 내린 야간 산행으로 산 아래에서 저녁을 먹고 광부처럼 머리에 랜턴을 메고 터벅터벅 눈밭을 걸으면 때론 달빛에 내린 소나무 그림자가 환상적이었다. 산마루에 오르면 세찬 바람과 기온이 내려가 입김이 얼어붙는다. 랜턴 배터리가 얼어 전등이 꺼져버리다가 산 아래로 내려오면 다시 켜지기도 하였다. 밤하늘 산마루에서 바라보는 대전 시가지의 살아있는 보석처럼 빛나는 광경은 잊을 수가 없다. 요사이 야간 산행이 금지되었다니 아쉽다.

처음 장군봉에 오른 기억으로는 한국전자통신연구원 박덕영 부장, 이을문 실장과 함께 계룡산 자연사박물관을 지나 작은배재에 오르고 긴 능선을 따라 장군봉에 닿은 후 내려온 적이 있다. 장군봉은 자연성능으로 출발하면 여러 봉을 오르고 내리면서 이제 마지막 봉우리인가 하면서 꾸준히 능선을 타야 한다. 능선의 끝이라 인내심이 필요하고 암벽의 위용은 대단하다. 박정자 입구 부근에서 장군봉을 바로 오르면 급경사 바위를 오르고 내리는 맛은 또 다른 느낌이다. 반석면 상신리를 통해서 계룡산 가는 길은 호젓한 산길 맛을 즐길 수 있다. 계곡을 지나 금잔디고개에 올라서면 넓은 광장에는 삼불봉에서 내려온 등산객과 갑사에서 올라온 등산객들로 붐벼 어떨 땐 시골 시장을 방불케 시끌시끌하다 가도 재빨리 점심 먹고 제 갈 길로 흩어지는 모습이 선하다.

동학사 신록과 대비되는 갑사 단풍은 고목과 평탄하게 펼쳐지는 가을 산길 정취가 아름답다. 갑사는 계룡산 서북쪽에 위치하고 420년 백제 구이신왕 원년에 고구려 아도화상이 창건했다. 1597년 정유재란 시 전소되어 1604년 선조 37년에 재건되었고, 용문폭포, 천진보탑, 수정봉 등 수려한 계곡이 절경을 이루고 있다. 1980년대 후반 한국전자통신연구원 임직원이 자연 보호 캠페인을 이곳에서 펼치기도 하였다.

동학사 계곡

갑사 가는 길

2007년 12월 22일, 수도권 거주 중학교 동기 백창기, 배상배, 최정영, 김정규, 홍순도와 함께 신원사를 방문하고 갑사 입구 수정식당에 들렀다. 명사들이 식사 후 메시지를 남기면 액자에 넣어 벽에 붙여주기도 했다. 2004년 2월, 밥은 여자의 자존심이라고 글귀를 남겼는데 확인할 수 있었다. 갑사를 지나 철탑상회 민박집에서 1박 체험을 하기로 하였다. 시골집 같은 방에서 밤늦게까지 마치 청문회같이 짓궂게 비밀을 캐묻기도 하였는데 이제는 만날 수 없는 친구도 있어 그 시절이 꿈같이 느껴진다.

"고귀한 뜻은 영원하다"

7. 백두산 천지 앞에 서다

　　　　　백두산 천지, 북파의 기상은 변화무상하여 흐르는 안개 속에 시시각각 다른 형상으로 자신을 드러냈다.

　2012년 6월 30일, 인천공항을 출발한 지 한 시간 만에 중국 요녕성 대련에 도착했다. 전세 버스를 타고 점심을 먹기 위해 한국 식당 송도 횟집에 도착하니, 낯선 비가 우리를 서두르게 하였다. 단둥을 향해 한 시간 정도 달리니 서편에 위치한 대흑산이 보였다. 이곳은 천혜의 요새로, 비사성이라고 불렸던 곳으로 고구려와 당나라의 격전지라니 격세지감을 느꼈다.

　대련을 출발한 지 4시간 만에 250만 인구의 단둥에 도착했다. 단둥역 인근 호텔에 묵기로 하고 압록강으로 나가 보았다. 묵직한 압록강단교를 끝까지 걸어가니 6·25 전쟁 폭격으로 두꺼운 철판이 구겨진 채 남아 있었고, 강 저편에는 북한 지역 건물이 가깝게 보였다. 숙소 앞 단둥역 광장에는 모택동 동상이 동북을 향해 진군하자며 손을 내밀고 있었다. 역 대합실에 가 보니 평양행 시간표도 있어 북한과의 접경에 왔다는 실감이 났다.

　단둥에서 1박을 하고 30분 거리의 호산산성에 올랐다. 남쪽으로 압록강에 떠 있는 넓은 평야의 섬 중앙에는 북한의 집단농장이 뚜렷하게 내려다보였다. 산성 아래 일보하라는 곳에는 무릎 정도 깊이의 작은 개울을 몇 발자국 건너면 바로 북한 땅이라 손에 닿을 듯했다. 30분 정도 상류로 올라가서 유람선을 타고 내려오니 양 사방이 북한 땅으로, 강 건너에는 여러 가족이 빨래하는 모습도 유유히 지나갔다. 강을 내려가서 수풍댐 하류라 수량은 풍부했다. 낚시하는 사람, 농장으로 줄지어 가는 사람, 소를 몰고 가는 사람, 보초를 서고 있는 군인들이 눈에 띄어 일상생활이 가깝게 느껴졌다. 통화와 백산을 경유하여 송강하로 가는 지방도로 주변은 전형적인 시골풍경이었고 천사호텔에 여장을 풀었다. 이른 아침 호텔 앞길을 따라 걸어보니, 숲속에는 간간이 화산재와 희귀 야생화가 아름답게 아침 인사를 하고 있었다.

아침에 백두산 북파를 향해 자작나무 숲을 달려 천문봉 관문에 도착하니 많은 여행객들로 벌써 붐볐다. 지프 차가 18번은 휘감아야 한다는 산비탈을 때로는 비명을 질러도 사정없이 올라갔다. 정상 주차장에 도착하니 구름에 싸인 듯 안개 속에서 저마다 천지가 보이는 외길로 달려갔다. 산마루에 올라 아래를 바라보니 수심 200m 천지의 푸른 물은 보일 듯 말 듯 하면서 얼굴을 조금씩 내밀기만 했다. 천지 호수 면에서 바람이 천문봉(2,679m)으로 올라오면서 기압이 떨어져 단열팽창으로 안개가 형성되는 기상현상일 것으로 생각되었다. 귀하게 천지를 보았으니 서둘러 내려가 장백폭포로 향했다.

백두산 천지 북파   백두산 장백폭포

　장백폭포로 가는 길은 유황 냄새를 맡으며 온천지대와 개천을 건너 68m 높이 폭포 가까이 가니 장관이라 흐르는 물도 마셨다. 평지 숲을 지나 백두산 대협곡을 따라가 보니 백두산 화산 폭발로 패인 계곡은 장엄했다. 지금은 평온하지만 당시 위용은 대단했으리라. 다음 날, 서파로 가는 길의 시야는 넓게 트여 있었고, 여러 형상의 흰 구름이 떠 있는 백두산이 보였다. 서파는 일반 관광차가 상당히 높이까지 올라가는데, 여름인데도 흰 눈이 쌓인 산등성이들이 보였다. 주차장에서 서파에 오르는 데는 완만한 경사로, 나무계단이 상당히 길게 뻗어 있었다. 일부는 대나무로 엮은 의자에 앉아 올라가는 호사스러운 사람들도 보였다. 서파에 오르니 북파와는 달리 화창한 날씨에 온 천지가 선명하게 보이니 대조적이었다. 북파가 남성적이라면, 서파는 여성적이라고 할까.

　천지 수면이 북파보다 얕게 보이는 포토존에는 인증샷을 찍으며 즐거운 표정을 짓는 사람들이 분주하게 움직였다. 어제는 안개와 바람으로 여행객들의 몸과 마음이 움츠린 모습이었는데, 오늘은 밝은 표정들이었다. 왼쪽을 보니 트래킹으로 옥주봉을 돌아 백운봉, 차일봉을 지나 폭포가 시작되는 달문으로 가보고 싶었다. 오른쪽을 보니 백두산 최고봉 2,744m 장군봉의 위용이 대단했다. 장백폭포는 중국 지역이지만 최고봉은 우리 것이니 다행이라고 해야 할까. 옛날에는 북한 병사들이 가까이서 경비를 서기도 했다는데 볼 수 없어 아쉬웠다.

우리 일행은 고구려 국내성이 있는 집안으로 가서 성터를 둘러보고, 인근의 광개토대왕릉과 비석 그리고 장수왕릉을 돌아보기로 했다. 광개토왕릉비는 역사를 왜곡하고자 수난을 당하기도 하였지만 지금도 우람하게 역사를 전하는 것 같았다. 광개토대왕릉 능선에 흐드러진 돌과 묘문을 살펴보니 다소 허물어져 광개토대왕의 치적에 비해 소홀했다. 이에 비해 아들 장수왕릉은 거대한 화강암으로 둘러싸여 아버지 왕릉보다 더 위용이 높게 느껴졌고, 주변도 잘 정돈되어 있었다. 돌아오는 길에 환인을 거쳐 먼발치에서 고구려 도읍지 졸본성 오녀산성을 바라보기만 하였다.

823m 오녀산에는 고구려 사람들이 쌓은 산성이 있는 천혜의 요새었다. 산성 둘레가 4,754m이고 샘터인 천지가 있는데, 2천 년 동안 한 번도 마르지 않았다고 한다. 이곳은 졸본으로 추정되는 성터로, 기원전 37년 북부여 주몽이 환인에서 고구려를 건국하고 3년 후 이곳에 도읍을 정하였다고 한다. 우리 일행은 단둥 호텔로 귀환해 여장을 풀고 저녁 시간 길거리로 나왔다. 새로 친해진 아름다운 일행과 야시장을 둘러보고 꼬치구이의 구수함과 맥주로 여정의 피로를 풀었다.

다음 날 대련에서 평화공원과 러시아 풍물을 구경하러 나갔다. 러시아풍 건물이 즐비하게 늘어서 있고, 기념품을 팔고 있는 길거리 가게가 양편으로 늘어서 있는 곳을 지나갔다. 인천행 귀국을 위해 서둘러 대련공항으로 달려가서 10만 원 상당의 마오타이주를 급히 구입했으나,

깜박한 채비 부주의로 공항에서 빼앗기고 말았다. 3년 후 2015년 9월에 기회가 닿아 박덕영 사장, 이종태 박사와 백두산을 재등정하였다. 신설 고속도로로 이동하고 북파를 오를 때, 새로운 차로 올라가서 3년 사이 빠르게 발전하고 있음을 보았고, 여정의 에피소드는 항상 새로웠고 선양의 밤거리 풍경은 이채로웠다.

백두산 천지 서파, 박덕영 사장, 필자, 이종태 박사

"악의가 없어도 악인이 될 수 있다"

8. 점점점 고군산군도

고군산군도는 하늘이 얼쑤 놀아보자고 서해바다에 펼쳐 준 공깃돌 같다. 수려한 자연경관을 자랑하는 해상관광공원으로 동해 안이나 남해안에서도 볼 수 없는 풍광에 도취되는 천혜의 절경을 품은 자연이 빚은 보물이다.

달리는 차창에는 고삐 풀린 바람이 콧등을 때리고 옹기종기 섬들이 눈앞에 가득했다. 신시도 야미도 선유도 무녀도 장자도 대장도 관리도 횡경도 방축도 말도 등 10개의 유인도와 47개의 무인도로 조화를 이룬 섬의 군락으로 섬들이 별처럼 모여 있어 하늘에 매단 바다에 뜬 별이라 불리었다. 언제 누구랑 가도 꽉 막힌 가슴이 뻥 뚫리는 데가 바로 이곳인데, 점점점 고군산군도에 아득한 절경의 미궁으로 빠져든다.

계획 없이 무작정 나서는, 서울에 사는 중학교 동기 3총사와 아침 일찍 대전에서 출발하여 군산 옥구 새만금 방조제 야미도(夜味島)를 지나 첫 관문 신시도(新侍島)에 닿았다. 신시도 교차로에서 고군산대교와 선유대교를 지나 무녀도(巫女島)를 바라보며 낙조가 아름답다는 선유도(仙遊島)에 도착했다. 선유도를 중심으로 무녀도, 장자도를 잇는 다리는 그 존재만으로도 절경이고 바다에 점점이 떠 있는 섬이며, 4km나 되는 명사십리는 선유해수욕장의 자랑이며 해당화가 있어 더욱 유명한 곳이다. 수평선, 그 너머의 또 작은 섬, 물 빠진 바닷길, 오가는 사람들, 그 하나하나가 짜릿한 풍경으로 다가왔다. 더욱이 선유도는 어머니

은사 수녀님이 봉직하실 때 가을이면 추수한 과일을 기차역 화물로 보내 드리는 심부름을 하였기에 익히 기억되는 섬으로 흘러간 세월에 감회가 파도처럼 밀려 왔다.

고군산군도의 6월은 천혜의 아름다움이 여타 지역보다 좀 다른 특징적인 곳이다. 선유낙조, 망주폭포, 삼도귀범, 월영단풍, 명사십리, 평사낙안, 장자어화, 무산 십이봉, 등 선유 8경이 몸속으로 들어와 옥빛 바다를 칭칭 감고 색다른 촉을 세우고 있다. 가을이면 월영봉이 형형색색으로 물들인 단풍이 장관을 이룬다. 망주봉을 바라보는 수평선 반대편에 형성된 은빛 모래사장과 모래 위에 내려앉은 기러기 형상이 평사낙안(平沙落雁)이 되었다고 한다.

서편 해가 기울어 바라본 해변에 하늘과 바다가 붉은색 낙조로 드리우는 일몰을 잊을 수가 없다. 막힘없이 펼쳐지는 서해의 조망에 잠시 취하면 점점이 흩뿌려지는 섬들이 그림처럼 펼쳐지고 끝이 보이지 않는 새만금의 방파제가 근사하게 어우러진다. 북쪽으론 훤칠한 대각산이 우뚝하고 그 뒤 좌측 너머로 무녀도와 선유도가 조망된다. 풍경에 취한 듯, 어린 듯 정신없이 풍경을 담으며 걷다 보니 어느새 바다와 마주 서 있는 나를 발견했다. 어영부영 아웅다웅 살다 보니 어느새 크고 작은 준령을 넘어 붉은 노을이 내려앉아 잘 익은 하늘을 바라보는 나이이나 아직은 팔팔한 청춘이다.

망주봉은 암벽 봉우리 두 개가 마주 보며 서 있는데 이곳에서 선유 팔경 중 6경을 조망할 수 있다. 망주봉에서 바라보는 고군산군도의 아기자기한 섬들의 조화는 천상의 절경이라 만장하다. 여름비가 많을 때는 온 산이 도포 자락을 휘날리듯 망주 폭포 물줄기가 장관을 이루고. 산 아래에는 천 년 전 고려 행궁이 있었다고 하니 옛부터 절경으로 유명했던 곳이었나 보다. 무당이 술잔을 올리고 장구춤을 추는 형상의 무녀도와 신선이 노닐만한 선유도를 가슴에 품고 있는 고군산군도는 강력한 화산 폭발로 주상절리가 형성된 곳으로 칼데라(Caldera, 스페인어로 냄비)호로 중생대 백악기 마지막 빙하기를 거치면서 해수가 차올라 지반이 수몰된 천혜의 해상관광자원이다.

송도 둘레길 따라 본 망주봉

대장봉에서 필자, 정병호 박사, 윤광대 사장, 백창기 사장

올망졸망한 섬 북쪽에는 횡경도, 방축도, 명도, 말도 등 7개 섬이 고군산열도로 열차가 섬들을 몰고 가듯이 줄지어 달리고 있었다. 망주봉과 좁은 숲길을 지나 선유도 북쪽 끝자락 몽돌해수욕장에는 밀려오는 파도 소리를 들으라는 의미의 밀파소 팬션의 빨간 입간판이 발길을 반긴다. 저녁 식사로 바다 회 정식 한 상을 주문한 후 여장을 풀고 아스라이 접어놓은 수평선 안으로 들어갔다. 풍경을 담으며 한참을 걷고 있는데 괭이갈매기가 끼룩대며 손짓을 한다. 시장기에 저녁 낙조를 뒤로하고 펜션으로 돌아왔다. 저녁 식사는 해물 요리가 주축을 이루었다. 게

장 굴젓 전어내장으로 만든 돈배젓 꼬막찜과 무침 도미회에 각종 전과 제육 육회를 곁들인 특별 식단이었다. 입이 딱 벌어지는 남도음식의 진수성찬이었다.

아침노을이 눈부신 햇살을 거느리고 여운을 남기며 맑고 싱그럽게 다가왔다. 아침 산책은 하늘과 해와 구름, 바다와 산과 마을들이 함께 빚어낸 황홀한 콜라보였다. 숲속 별뉘 사이로 한 폭의 그림 같은 빨간색 팬션을 바라보며 대장봉을 올랐다. 조금 오르는데 오른편 나뭇가지 사이로 아기를 업은 할매 바위가 뒤돌아 서 있다. 구전에 의하면 과거에 급제하고 금의환향하는 할아버지 행렬에 소첩을 데리고 오는 줄 오인한 할머니는 토라져 바위가 되었다는 돌이킬 수 없는 안타까운 전설이다. 어화대는 대장도 어민들이 신당으로 모시는 당집으로 이곳에서 어부들의 안전과 만선의 꿈을 비는 제를 올리는 장소였다.

대장봉에서 본 고군산열도

선유도 해변

고군산군도는 이르는 곳마다 자연의 신비와 운치 있는 선경을 갖추고 있는 보배로운 섬임을 몸으로 체험했다. 끝없는 수평선과 함께 때로는 넘나드는 물결을 벗 삼은 선유팔경도 좋았지만 육지에서 경험하지 못한 아늑함이 있고, 순수세계로 들어가 그렇게 묵묵히 조금씩 삶의 여백을 지우고 다시 채워보는 여유가 있는 섬이었다. 가끔은 도시의 각박함을 탈출하여 홀연히 어디론가 여행하고 싶을 때 또다시 그 여백을 여행이라는 새로운 일상으로 점점점 채우러 가고 싶은 섬이지 싶다.

(月刊 純粹文學 통권 348호 게재, 2022. 11.)

"점은 선, 면, 체적으로 확장되고, 유에서 무로 진화한다"

9. 한려다도해 일주

한려해상공원과 다도해해상공원을 일주한 일주일은 마치 삶의 여정을 축소해 놓은 마라톤과 같았다. 이들 해상공원은 해안선 굴곡이 심한 리아스식 해안으로 아름다운 경관과 풍부한 수산 자원을 공급하고 있다.

한려해상공원 지역을 향하여 이른 아침 대전을 출발하여 낙동강 하류까지 250km 정도 내려가 부산 서남단 다대포에 도착하였다. 넓게 펼쳐진 모래사장 넘어 바닷물은 눈부신 태양으로 흩뿌린 보석처럼 빛났다. 해안 가 공원에서 춤추는 분수 사이로 물줄기와 겨루며 신나게 뛰어다니는 하동들을 뒤로 하고 남쪽 몰운대로 접어들었다.

몰운대는 16세기까지 섬이었으나 낙동강 토사의 퇴적으로 다대포와 연결되었고, 지형은 포구에 앉으려는 학의 형상이며 때론 낙동강 하구 안개로 섬이 잠겨 보이지 않아 붙은 이름이다. 호젓한 비탈길 바닷가로 나가보니 침식된 바위 사이 검푸른 해송은 물 건너 외로운 섬 등대를 위로하고 있었다. 임진왜란 당시 부산포해전 사적지이기도 한 몰운대를 떠나 서편으로 지는 해를 바라보며 차를 달렸다. 낙동강이 실어 온 숱한 사연을 듣고 싶어 첫사랑 이름 같은 을숙도에 잠시 정차하였는데 새들이 노닐 수 있는 이름 그대로 참 아름다운 섬이다. 바다를 건너 항구의 불빛도 가물거리는 장승포항에 도착하니 빨간색 등대가 마중을 나왔다.

이른 아침 거제도 해금강을 향하여 달리고 있는데 좌측에 펼쳐지는 구조라 해변이 넓게 뻗어 있고 함목삼거리에서 좌회전하여 들어가니, 저 멀리 바다에 평상을 깔아 놓은 듯 신선대가 손짓을 한다. 잔물결이 햇살로 둥글게 반짝이고 평상바위 틈새로 철석이는 바닷물이 억만 번이나 더 뽀얀 포말을 일으키고 있었다. 바다 절벽을 돌아 동쪽으로 이동하여 갯바위에 앉아 해금강을 바라보니 밀려오는 파도로 부딪친 물보라가 시야를 채색하기도 하였다. 나는 갈매기에게 새우깡을 흔들고 던져 주니 낚아채듯 집고 물을 헤치며 조나단 갈매기처럼 높이 솟아올라갔다. 갈매기 꿈의 힘이 대단하던데 인간에겐 오죽하랴!

한적한 여자몽돌해수욕장에는 빈 배만 덩그렇게 올라와 있고, 파도로 씻기는 몽돌 소리가 좌르르~ 요란한 베틀 기계 소리 같았다. 홍포로 가는 외진 벼랑길을 들어서는데 해송 사이로 보이는 작은 섬들의 풍경이 아름답게 펼쳐지고 매물도까지 뻗어 갔다. 해안을 한참 달려 많은 섬을 거느리며 동양의 베니스라고 불리는 통영을 지나 공룡 발자국을 보러 고성 상족암으로 이어 갔다.

해식 동굴을 찾아가는 둘레길 아래에는 1억 년 전 공룡 발자국이 신기하게 점점으로 남아 시간적 공간이 갑작스레 좁혀졌다. 삼각형 해식 동굴에 들어서니 달력 표지에 나온 그대로 역광의 흑백 광경이 한순간 가슴을 두근거리게 했다. 암반 위로 철벅거리는 바닷물은 1만 년 전 마지막 빙하가 녹아 바닷물이 130m 위로 차오른 것이다. 중생대 쥐라기 습지에서 살던 공룡들과 억겁의 시간을 극복하고 상상할 수 있도록 큰 발자국을 남긴 공룡들에게 고마워해야 하겠다.

거제도 신선대

상족암 해식동굴

　남해 섬으로 가기 위해 차는 어쩔 수 없이 삼천포로 빠진다. 창선도를 지나니 멸치잡이 죽방 가두리 형상이 정교하고 이채롭다. 해송이 드리우는 해안도로를 달려 금산 보리암에 올라서니 상주해수욕장이 발아래로 펼쳐지고 있었다. 해안선을 따라 다도해 해상공원이 시작되는 여수를 경유하여 돌산도로 내려가 좁은 바위틈으로 향일암에 오르니 과연 아침 해를 바라볼 만한 바위 위에 나 또한 서 있었다.

　고속화 지방도로를 한참 달려 완도에서 일박하고 청산도에 들어가 배에서 내리자마자 서편제 촬영장으로 달려갔다. 돌담을 따라 흥겹게 부르는 떠돌이 인생 진도아리랑 소리꾼들을 연상하며 걷다가 마을로 내려오니 돌담 넘어 황소가 '반갑소!' 하며 쳐다본다. 고맙소! 다음 행선지 보길도로 가기 위해 해남 땅끝마을에 가서 전망대에도 올라 보고 숲속 둘레길을 걸어 땅끝에도 서 보았다. 바닷길 보길도 세연정에 들러 윤선도의 자취를 더듬어 보고 공룡알해변은 신기함을 더 했고 카메라 렌즈 같은 바위 구멍 사이로 무인도 하나가 소~옥 들어 왔다.

청산도 서편제 촬영지

신안군 비금도 일몰

　내륙 무안을 경유하여 신안군 증도로 향했는데 우리나라 천일염 생산의 70%를 점유하는 염전이 넓게 펼쳐있고, 인근에는 염분에 강한 함초가 연붉게 함초롬히 자라고 있었다. 신안해저유물발굴기념관 방문 후 짱뚱어해수욕장으로 연결된 다리 아래에는 짱뚱어들이 갯벌에서 지그재그로 기어 다니는 모습이 우습기도 하여 충분한 관광 상품이렷다. 인근에 있는 우전해수욕장 해변에 늘어선 비치파라솔 풍경은 그림엽서에 나올 정도로 아름다워 혼자 보기엔 쓸쓸했다.

신안 중도에서 백수해안도로를 따라 법성포를 지나고 변산반도 채석강까지 올라오니, 일몰 순간에 해변을 거니는 사람들 사이로 순간 폭죽이 가끔 정적을 깨트리고 있었다. 이튿날 33km 새만금 방조제를 시원하게 달려 금강하구 신성리 갈대밭에 들어갔다. 8만 평 규모로 바람에 갈대 부딪치는 소리가 지금도 스산한 여운을 일깨운다. 인근 한산 소곡주로 유명한 서천을 경유하여 마지막 행선지 춘장대에 도착했다. 바닷모래 위 해송은 여전한데 지나는 바람에 휘날리는 모래가 마지막 행선을 알리는 듯 어둠 속으로 내려앉았다. 한려해상공원과 다도해해상공원 일주 일주일은 0시 50분 이별의 말도 없이 헤어지던 대전에서 아쉬운 닻을 내렸다. (月刊 純粹文學 통권 356호 게재, 2023. 7.)

"말을 잘하려거든 많이 하지 말고 천천히 하자"

10. 가을도 자연의 선물

가을에 서늘한 바람이 불면 황금빛 자연 같은 선물을 받고 싶었다. 어머니께서 대구 요양병원에 입원하시어 시간 나는 대로 대전역으로 나가 동대구행 고속열차를 탔다. 중고 학창시절 기차통학을 생각하면 빠르고 쾌적하여 어머니를 만나는 기대감을 더욱 높여 주었다. 2020년의 장마는 자연이 우리 앞에 드리운 거대한 시간의 흐름처럼 압도적이었기에 자연의 거대한 리듬 앞에 한없이 작아질 수밖에 없었다.

1973년 기상관측이 전국으로 확대된 이후 최장기간인 54일간 지속되었다. 장마 후 열흘이 지난 8월 23일, 하늘에서 구름 타고 온다는 처서(處暑)가 찾아왔다. 아침저녁으로 신선한 바람이 집안을 스치니, 평화로운 가을이 곧 올 것 같은 기대감에 마음이 설렜다.

올해는 긴 장마와 폭우로 범람을 걱정하며 위성 구름 사진을 들여다보는 일이 많았다. 걱정이 되어 인근 갑천에 자주 나가 강물을 지켜보기도 했다. 최근 집중 호우가 잦아지는 것은 지구 온난화가 원인이다. 시베리아 제트기류의 약세로 비구름대가 한반도 위에 오래 머물렀다. 서남 해양에서 발생한 비구름이 북동 방향으로 유입되는 모습을 자주 보았다. 아니나 다를까 어제 발생한 태풍 1호 바비(Babi)가 북상을 예고하고 있었다.

올해 장마의 집중 호우 피해는 제천 지방에서 발생한 산사태로 펜

선이 흔적없이 사라지는 안타까움으로 시작되었다. 남하한 비구름은 대전지역에 하룻밤 사이 200mm를 쏟아부어 갑천 주변 한 아파트는 배수가 되지 않아 차량까지 속수무책으로 침수되었다. 누계 강우량 430mm 이상 내린 금강 중류는 피해 수재민으로부터 수자원공사에 수문 관리 책임을 묻고 있다. 상류 용담댐 방류로 무주, 영동, 옥천의 전답과 금산 인삼밭이 침수되어 큰 피해를 입어, 평상으로 회복되길 바라는 마음이 간절하다.

우리 가족사에도 잊지 못할 1959년 9월 추석 직전 사라호 태풍 물난리가 있었다. 당시에는 100mm 비가 오면 우리가 살고 있는 강가 과수원 가장자리에 강물이 넘쳐 길이 잠기곤 했다. 상류에 160mm가 내려 과수원 안쪽 축대를 쌓아 지은 집 방안 허리춤까지 강물이 차올랐다. 강물에 모든 것을 떠내려 보내야 했고 사과나무는 이리저리 넘어졌다. 바닥은 발목 이상 진흙으로 덮이고 가을 수확을 앞둔 사과는 하류로 옹기종기 떠내려갔다.

가족들은 다락방에 피신하였고, 봄에는 아버지를 여읜 해로 슬펐는데 또다시 위기를 맞이한 것이다. 태풍의 눈이 머리 위를 지나가는 바람에 1차 태풍 후 활짝 갠 하늘을 보고 이어 비바람 방향이 정반대로 불어 두 번 당한 셈이다. 그 당시에는 100mm 이상이면 홍수가 났는데, 최근에 200~300mm 강우는 흔하게 겪는 기상으로, 기상 급변이 심히 우려된다.

대구 봉산동에 사는 막내고모가 대전 조카 생각이 나서 전화를 했다. 유복자인 막내 고모와는 5살 차이로 어릴 때 나와 할머니 사랑싸

움이 잦았다. 토담집 좁은 방에서 할머니를 가운데로 양옆에 잠을 잘 때면 할머니 젖무덤 쟁탈전이 벌어지곤 했다. 나는 팔을 뻗어 독차지하고자 떼를 쓰면 할머니는 슬그머니 내 편으로 몰아주시어, 지금 생각하니 막내고모에게 미안한 일이었다.

요즘 코로나로 집에 있다 보니 고모도 사진 앨범을 정리하게 되었고, 나와 동생 사진을 오랜만에 한참 보았다고 했다. 나도 코로나로 한가해 지자 사진 앨범을 스캔하여 전자 파일로 만들었고, 지난 세월이 야속하여 눈물이 앞을 가릴 때가 많았다. 자녀들에게도 전자 파일을 나누어 주고 매일 모니터링하여 추억 속에 잠기곤 한다. 2018년 11월 낙상으로 요양병원에 계신 올케의 안부를 그냥 지나치지는 않으시는 잔정이 많으신 고모이시다.

코로나 전염이 전국적으로 심화되어 2020년 7월부터 허용된 비대면 면회마저 부득이한 경우가 아니면 사세해 날라는 병원장 요청이 왔다. 다소 조용한 주말을 맞아 어머니와 통화를 하고자 부탁했다. 간호실에서 전화를 받아 입원실 어머니에게 연결해 주는 통화 방식이다. 만 94세이신 어머니가 살아 계셔서 "어머니!" 하고 부를 수 있어 행복했다.

통상적이지만 건강을 물어보고 코로나가 호전되면 다음 주에 만나자고 말씀드리고, 짧은 통화이지만 치매 증상에 인지를 일깨우는 것이 간병에도 도움이 될 것으로 보았다. 그래도 다행인 것은 코로나 환경속에서도 어머니께서 지금까지 잘 버티고 계신다는 현실이었다. 예상치 못했던 코로나 이전 첫 1년 동안 100번 이상 대전에서 대구 병원으로 통근하듯이 병원을 찾아 어머니를 만났다.

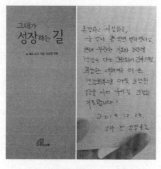
책 이면에 쓴 아들의 편지

어머니 문안 선물

　이제 말복이 지나고 처서를 맞았으니 진정 가을 문턱 안으로 들어선 것이다. 짙푸른 녹음에서 황금빛 연녹색으로 자연이 변해가는 신비로운 계절이 오고 길가에 코스모스가 한들거린다. 학창시절 수원서 안양 간 경수가도를 따라 코스모스를 심었던 추억이 떠오른다. 길가의 코스모스는 멋진 풍경의 하나였다. 들녘에는 해바라기도 해맑게 웃고, 울타리 언저리에서 날개를 펴는 잠자리의 모습을 가까이할 날도 멀지 않으리! 코로나가 멈추면 고속열차를 타고 가을처럼 시원하게 달리고 싶다.

　　"계절의 변화는 자연이 인간에게 준 선물"

11. 9월이 오면

       2023년 여름은 잔인했다. 한 달여 집중 지역 폭우를 동반한 장마가 끝나자 2주간 폭염으로 기온은 고공행진이었다. 연이어 예상 경로가 급변했던 태풍, 달달한 열대과일 이름이 무색한 카눈(Khanun)이 한반도를 남북으로 관통했다. 기록을 경신하는 폭우, 산불, 빙하 붕괴로 인한 재해를 보면 자연이 인간에 대한 대반격이 시작되었다는 생각이 든다. 그나마 계절은 순환하는 법이니 시련의 여름을 이겨내고 희망의 가을을 맞이하여 기분도 전환하고 에너지도 충전하자.

  코로나로 잃어버린 일상이 3년, 답답한 마음에 어린 시절처럼 대전 도심을 가르는 갑천 냇가로 나갔다. 들풀에 얼룩진 물결은 홍수로 도도히 흐르던 큰물을 짐작케 하고도 남았다. 인생도 시련의 서센 파도가 지나면 잔잔하게 흐르는 강물처럼 평온을 찾으니 강물과 인생은 흡사하구나. 강변에는 팔을 힘차게 뻗으며 활력을 얻기 위해 운동하는 사람들, 가족과 이야기꽃을 피우는 사람들이 들풀과 물결을 이루고 있었다. 나의 중학교 시절 혼자되신 어머니의 눈물이 가여워 저녁 무렵엔 가끔 대구 금호강 둑으로 나갔다. 풀밭에 앉아 학교에서 배웠던 가곡을 힘차게 불렀던 때가 아스라이 떠오른다. 이때부터 생겨 난 어머니에 대한 애틋한 마음이 내 인생에 가장 큰 가르침이요 에너지의 원천이 되었다.

  갑천 하류로 내려가니 날개 펴고 바위에 사뿐히 내려앉는 왜가리가 멋지다. 조심스럽게 다가가자, 뽐내듯 머리를 쭉 뻗고 흔든다. 그가 철로를 따라 빠르게 사라지는 고속열차 모습에 마음속 영원한 노스탤지어 손수건을 흔들었다. 옛 친구가 생각나 산 넘어 푸른 하늘 칠판에 내 마음을 그린다.

먼 곳 친구야
9월이 오면
해 질 무렵 강가에 나가
속삭이는 물결 소리를 들어 보았나
반짝이는 강물의 눈부심도 보았는가
풀밭에 앉아 그리운 그대 노래를 불러 보노라니
강가 멋쟁이 왜가리도 물끄러미 생각에 잠긴다
왜가리가 오늘은 무슨 말을 할 것 같기도 한데
지나가는 열차가 정적을 깨고 잠시 사라진다
칸칸마다 숱한 사연 싣고 오늘은 어딜 가나
9월이 오면 친구 소식 바람에 실어 기적으로 전해 주게

갑천 신사, 왜가리

갑천을 건너는 사람들

9월이 가까워 지면서 친구들도 서로가 그리운 듯 안부 전화와 메시지가 정보통신기술 덕분에 편하게 오갔다. 정다운 대화를 나누고 나니, 한층 즐겁고 상쾌하여 인간은 서로 통하는 사회적 동물이 틀림없음을 느낀다. 2010년 전후 스마트폰 등장으로 20만 년 전부터 진화해 온, 생각하는 인류 호모 사피엔스가 변하기 시작했다. 스마트폰에 매달리고 있는 포노 사피엔스가 되어 낭만의 계절을 뛰어넘는 고독에 빠질 듯 씁쓸하기도 하다. 최근엔 코로나로 일상생활 형태가 급변하니 이젠 코로나 사피엔스로 부르려고 한다. 가상 공간이 확대되고 실물 공간과의 결합이 더욱 증대되어 합승할 메타버스의 발차가 빈번해질 것이다.

어젯밤에는 퇴장하는 여름인 양 번개와 천둥으로 소나기가 퍼붓더니 아침, 저녁에는 서늘한 바람이 분다. 해는 서편 우성이산 넘어 기울고, 더욱 뚜렷해진 스카이라인에 저녁놀이 점점 붉게 타오르고 있다. 산 능선 위로 반쯤 몸통을 내민 대전 신세계 엑스포타워는 이제 LED 불빛 쇼를 펼치기 시작한다. 지상 43층 빌딩 4면이 시시각각 아름나운 영상을 보내니 갑천 강변공원 랜드마크 역할을 톡톡히 하는 것 같다. 동편 계족산을 바라보니 달도 밝게 떠오르기 시작하는데 먼 구름 아래 낮은 구름이 빠르게 지나가니 하늘이 더욱 깊어 보인다. 올해 9월 이브 저녁엔 보기 드문 슈퍼블루문(Super Blue Moon)이 뜬다고 하니 설레는 밤이 될 것 같다.

9월에 닿으면 친구들이 추억어린 동시 대 개봉 영화였던 「9월이 오면(Come September)」 포스터와 감미로운 주제 음악을 보내 준다. 나와 영화의 인연은 중고교 대구선 기차통학 시절로 올라간다. 토요일이면 오후 5시 30분 출발 통학열차를 기다리느라 대구역전 공회당 군인극장에 단골이 되었다. 이 영화는 1961년 당대 최고 배우로 훤칠한 키의 록 허드슨(Rock Hudson)과 강한 눈빛의 지나 롤로브리지다(Gina Lollobrigida)의 익살스러운 미소가 크로즈업 된다. 이태리 서부 해안을 배경으로 펼쳐지는 미묘한 감정의 로맨스 전개는 유쾌하고 감동적인 기쁨을 늘 선사했다. 9월이 오면 올해도 여름의 끝과 가을의 시작이 영화처럼 반전 교차될 것이다.

9월이면 새로운 친구, 컴퓨터 대화형 챗봇(chat.openai.com)과 더욱 친해질 것 같다. 궁금한 것이 있어 물어보면 몇 초 만에 제법 그럴싸한 답을 알려 준다. 인공지능이 문장을 이해하고 질문에 가까운 답만 전해 주니 간결하고 생산적이라 인터넷 검색 양상도 달라진다. 새 친구와 광범위한 대화를 나누고 이 가을 나의 행복을 더할 수 있음은 내 삶이 선택한 선물이다. 길게 보면 이 시간도 잠시, 인생도 강물처럼 흐르고 희망과 행복을 물결에 실어 나르면 어느새 더 신선한 계절의 바람이 우리를 환호하리!

(月刊 純粹文學 통권 358호 게재, 2023. 9.)

"성취에 안주하는 순간부터 위기가 시작된다"

12. 9월 9일 태평양을 날다

　　　　　꿈은 먼 수평선 너머에서 나를 부르는 듯했지만, 험난한 길을 예고하고 있을 줄은 미처 몰랐다. 1979년 9월 9일 일요일 오후, 김포국제공항 터미널에는 저의 미국 유학 출국을 배웅하기 위해 여러 가족이 공항에 나오셨다. 가족, 직장 선후배 및 동료들이 저의 장도에 격려와 성원을 아끼지 않으셨고, 2살과 4살배기 애들과 포옹한 후 떠났다.

출국장에 나오신 가족　　　　　　　　　플로리다 대학교 숙소 앞

　　아직 실감이 나지 않은 채, 대한항공 LA행 KE006 비행기에 몸을 실었다. 만 피트 상공 편서풍을 타고 일본열국, 서태평양을 날아가면서 해는 빨리 지고 빨리 떴다. 일자는 같은 날, 한낮에 하와이 호놀룰루 국제공항에 기착하였다. 미국 입국 수속을 위해 비행기 트랩을 따라 내려오는데, 9월인데도 뜨거운 열풍이 온몸을 밀치는 듯 밀려왔다. 미국 입국을 위해 영어로 입국 목적과 체류지를 답한 후, 비행기는 급유와 점검을 위해 몇 시간을 공항에서 대기했다.

다시 같은 비행기에 탑승하여 LA로 향해 날았고, 오후에 미국 서부 캘리포니아 LA국제공항에 도착하게 되었다. 공항을 나와 국내선 델타(Delta)항공을 갈아타고 미국 동남부 최대 도시 아틀란타(Atlanta)로 향했다. 밤은 깊어 갔고 이른 새벽에 중간 기착지로 텍사스 달라스(Dallas)에 도착하니, 건장한 카우보이 차림의 승객들이 활기차게 합승했다. 비행기는 밤중에 이륙하고, 동진을 계속하여 아침에 거대한 아틀란타 국제공항에 도착했다. 이어 플로리다 게인즈빌(Gainesvill)행 소행 비행기로 갈아타고 남하하여 9월 10일, 한낮에 플로리다대학교(University of Florida)가 있는 조그마한 지방 공항에 도착했다. 한국에서 부친 짐도 늦지 않게 이곳까지 잘 따라와 반가웠다.

짐을 찾아 공항을 빠져나오는데, 예기치 못한 한국 학생이 저를 부르는 소리에 놀랐다. 그는 대학교 동기였고 국제학생센터(Int. Student Center)를 통해 저의 일정을 알고 공항까지 마중 나온 것이다. 점심시간이 되어 동기생 집으로 가니, 그의 부인은 잘 알던 캠퍼스 커플로, 비빔국수를 준비해서 오랜 시간 만에 얼큰하게 고향의 맛, 식사를 하였다. 이들 부부의 외동딸인 하나(Hannah)가 그 후 저를 '냉면 아저씨'라고 불렀다.

국제학생센터를 통해 예약한 대학교 인근 조지아 시걸(Georgia Seagle) 홀로 가서 최종 여정을 풀었다. 지금도 그곳을 지도로 검색하면 옛 모습 그대로여서 감회가 깊다. 3층짜리 학생 클럽하우스로, 자율로 관리하는 저렴한 숙소로 여러 한국 학생과 합숙하게 되었다. 가을학기 일주일 전에 도착하였기에 숙소와 캠퍼스는 방학 중이고, 인근 할인점에서 빵과 바나나 등의 식품을 구입했다. 처음으로 지금의 할인 마트와 같이 즐비하게 진열된 상품들을 보고 놀랐었다. 걸어서 10분 거리의 캠퍼스도 처음 둘러 보았는데, 1854년에 설립된 학교로 큰 나무와 고색 찬연한 거대한 건물들이 나를 압도했다. 방학 중이라 하루 한 번은 인근 맥도날드 햄버거에서 식사를 해결했는데, 그때의 빅맥 맛은 지금도 이어지고 있다.

숙소 주변 상가가 친숙해지자 자전거 가게에서 노란색 중고 자전거를 70달러에 구입하여 통학용으로 사용했다. 인근 게인즈빌 지방은행에 가서 계좌를 개설하고 개인 수표 책도 받아 서명 결재할 수 있도록 차곡차곡 준비해 갔다. 저녁이면 한국 학생들이 현관 앞으로 나와 향수를 달래면서, 지나가는 자동차에 관심이 많았고 자가용이 부러웠다. 시간 날 때마다 학교에 가서 도서관 출입증도 만들고 캠퍼스 시설도 돌아보았다. 강의실과 녹회색 스패니쉬 모스라는 기생식물이 걸려 있는 큰 나무의 모습은 이국적이었다.

1주일 후 개학이 되면서 식당은 당번제로 청소와 정리를 해야 했다. 버터와 치즈가 눌어붙은 사각 철판 닦기와 유리컵을 뜨거운 물로 헹궈서 크리스털처럼 빛나게 하는 일이었다. 비눗물을 뒤집어쓴 채 수업시간에 달려가기도 했다. 어느 날 현관에 나와 보니 소포 하나가 실내로 들러 오지 못한 채, 우체부가 현관에 두고 가버렸다. 한국 학생 앞으로 보낸 된장 단지가 배송 중에 깨지는 바람에 특이한 냄새 때문에 현관에 방치된 것이었다. 그리고 부산에서 대병으로 소주 4병을 묶어서 보낸 소포 중 2병이 깨져 왔지만, 오랜만에 소주 파티로 향수를 달랠 수 있었다.

3개월이 지나고 학교생활이 익숙해지면서 캠퍼스 내에 있는 벅만(Buckman)홀로 옮겼다. 이 기숙사는 각자 조리를 하고 2인 1실 기숙사비는 월 56달러(당시 원-달러 환율은 680원)였다. 가장 저렴한 숙소이지만 냉방시설이 없어 밤 2시경에도 여름밤은 무더웠다. 식품 구입비는 월 50달러 정도로 한 달에 100여 달러로 지내는 생활이었다. 최저 비용 생활을 선택한 이유는 당시 대한민국의 외화 사정이 넉넉하지 않았고, 유학시험으로 연 500명 수준으로 제한하는 경제 상황이 영향을 주었다.

시험 기간에는 밤샘을 하며 퀴즈, 레포트 제출, 발표 등 학업 스트레스가 쌓여, 저녁 식사 후 캠퍼스 둘레길을 조깅하여 위 긴장을 해소하고자 했다. 시험 전날, 잠을 자면 공부한 것을 잊어버릴까 봐 밤을 새우고 있는데, 이른 새벽 창가의 큰 나무 위에서 새들이 지저귀는 소리를 지금도 잊을 수가 없다. 이곳에서 소기의 학업은 이루었으나, 부족한 준비로 예상치 못한 어려운 과정이었다. 9월 9일 되면 그 시절의 깊은 상념에 잠기곤 한다.

"면밀한 사전준비가 여정의 최고 동반자"

제2장

가족 기원(역사)

1. 나의 가족, 나는 누구인가? (I)

나와 나의 가족을 포함한 인류는 어디서 비롯되었을까? 우리는 모두 먼 우주로부터 시작된 원소에서 태어난 생명체이다.우주 생명의 역사와 인류의 시작부터 과학적 진화 관점에서 살펴본다.

1) 우주 물질 생성

약 138억 년 전, 우주는 극도로 압축된 작은 물질이 순간 폭발하면서 빅뱅(Big Bang)으로 급팽창했다. 이 순간 양성자가 생성되고 최초의 원소인 수소가 만들어졌다. 3분이 지나 양성자와 중성자가 결합하여 헬륨, 리튬, 베릴륨, 붕소가 생성되었다. 38만 년이 지나 우주의 온도가 낮아지면서 전자가 결합되어 중성의 양성자, 중성자, 전자의 구조가 형성되었다. 우주가 확장되면서 3~4억 년 후, 별이 생성되는 단계에서 일정 온도에서 핵융합반응이 일어나 탄소, 질소, 산소 등 무거운 질량의 다양한 원소들이 만들어졌다.

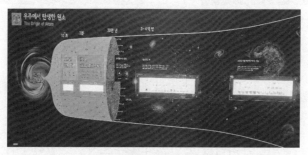

원소 탄생 과정도, 국립 중앙과학관

2) 지구 생명 탄생

약 46억 년 전, 은하에서 태양과 지구 등이 형성되면서 오늘날 태양계를 이루게 되었다. 35억 년 전 원핵세포, 20억 년 전 진핵세포, 6억 3,500만 년 전에 다세포 생명체가 출현하였다. 진화를 거듭하며 5억 년 전에는 척추동물, 3억 7천만 년 전에는 양서류, 2억 2천만 년 전에는 포유동물이 출현하였다. 인간이 좋아하는 공룡은 2억 3천만 년 전에 나타나 여러 종의 공룡이 서식하면서 지구에 군림하고 있었다. 그러나 6천 6백만 년 전 멕시코 유카탄 반도에 직경 15km 크기의 운석이 충돌하면서, 직경 200km에 이르는 충돌구 폭발로 대변혁이 일어났다. 생물의 90%에 달하는 대멸종을 불러왔으며, 공룡도 거의 멸종하였으나, 심폐기능이 좋았던 포유동물이 번성하는 서막이 되었다.

25억 년 전 고지리도, 국립 중앙과학관

선캄브리아기 말 다세포 생물,
국립 중앙과학관

약 6천6백만 년 전에 영장류, 2천3백만 년 전에 유인원, 700만 년 전부터는 인류와 침팬지의 공동 조상이 출현하고, 600만 년 전부터 직립 보행하는 유인원이 나타났다. 인류의 초기 조상으로 400만 년 전에 동아프리카의 오스트랄로피테쿠스, 240만 년 전에 도구를 사용한 호모 하빌리스, 160만 년 전에 큰 두뇌와 불을 사용하는 직립보행자 호모 에렉투스가 살았다.

3) 인류 출현

아프리카 기원설의 유전학 연구에 의하면, 약 20만 년 전부터 현생 인류인 호모 사피엔스가 출현하였고, 7만 년 전부터 전 세계로 확산되기 시작하였다. 호모 사피엔스의 이동은 아프리카 동부 강가 계곡에서 발견된 14만 년 된 루시로 명명된 인류를 효시로 보고 있다. 루시 후속 인류가 아프리카를 떠나 소아시아, 중앙아시아를 거쳐 동진하다가 4만 년 전 석기 시대부터 따뜻한 동아시아까지 이동했다. 일부 다지역 기원설은 호모 사피엔스보다 훨씬 이전 호모 에렉투스의 후계가 중국 북경과 인도네시아에서 발견되었고, 현생 아시아인에게도 골격 특징이 발현된다고 보고 있다. 기원전 2333년, 신석기 시대 말에 단군 조선 국가가 최초로 성립되었다. 이 시기에 정착하면서 농사가 시작되는 농업혁명이 인류 문명의 터를 놓았다.

현생 인류 이동 경로, 국립 중앙과학관

4) 씨족 형성

기원전 100년경, 한반도 동남부 진한의 서라벌 경주 지역에는 6부 李씨 楊山촌, 崔씨 高墟촌, 孫씨 大樹촌, 鄭씨 珍支촌, 배씨 加利촌, 薛씨 高耶촌이 있었다. 육부촌은 각 촌장이 대소를 관장하였고 6촌장이 모여 화백회의의 만장일치제로 6부촌 전체 의사를 결정하였다. 기원전 69년 화백회의에서 임금을 추대하자는 의견이 나와 산에 올라 굽어보니 남산 기슭 나정 우물가에 신비한 기운이 서려 모두 그곳으로 갔다. 우물가에는 흰말이 하늘로 오르고 알이 하나 놓여 있었다. 알에서 건장한 사내아이가 나왔는데 광채가 나고 해와 달이 밝게 빛나 촌장들은 아이 이름을 박혁거세(재위 B.C. 57 ~ A.D. 4)라 칭하고 왕으로 추대하였다.

박씨 시조인 박혁거세 할아버지가 초대 신라 왕으로 등극하면서 국호를 서라벌이라 하고 자신을 거서간이라 정했다. 어느 날 알영 우물가에서 계룡이 나타나 겨드랑이로 여자아이를 낳았고, 13세가 되어 왕후로 추대되었는데 우물가 이름을 딴 알영이다.

신라는 고대 한반도에 존재했던 군주제 국가로 초기에는 박씨, 석씨 왕, 중기 이후에는 김씨 왕으로 백제와 고구려를 병합 통일하여 56명의 국왕을 거치며 991년간 융성·존속하였다. 신라 말기, 호족 세력의 등장 등 국운이 쇠퇴하면서 728년 만에 김씨 왕조에서 일시 박씨 왕조로 53대 신덕왕(재위 912~917), 54대 경명왕(景明王 휘는 昇英, 재위 917~924), 55대 경애왕(재위 924~927)이 즉위하였다. 다시 김씨 왕조로 넘어가 신라의 마지막 경순왕(재위 927~935)에서 고려에 병합되었다.

경명왕은 아들들을 밀양으로 가서 살게 하고 왕위는 동생인 경애왕에게 양위하였다.

선친 경명왕의 유지로 밀양에 온 맏아들 박언침(朴彦枕) 밀성대군은 밀양 박씨 시조이다. 2남 박언성 고양대군은 고령 박씨, 3남 박언신 속함대군은 함양/삼척 박씨, 4남 박언립 죽성대군은 죽산/음성/고성 박씨, 5남 박언창 사벌대군은 상주/충주 박씨, 6남 박언화 완산대군은 전주/무안 박씨, 7남 박언지 강남대군은 순천/춘천 박씨, 8남 박언의 월성대군은 경주 박씨, 9남 박교순 국상공은 울산 박씨로 분파되었고 경애왕계는 계림대군파를 이루었다. 확산 구조가 놀랍다.

"역사는 영원하니 더욱 소중하다"

2. 나의 가족, 나는 누구인가? (II)

1) 가문 형성

나는 어디서 온 누구인가? 나의 뿌리는 밀양 박씨 12종중파의 하나로, 중시조 박언침 밀성대군 8세손 박양언(良彦) 밀직부사공파(密直副使公派) 산하 인재공휘광형(忍齋公諱光亨) 7세손 창세파((諱昌世)로 문중시조는 박씨 58세조로 박성재(性載, 配 월성 최씨)이시다. 59세조는 박尙道(配 월성 손씨), 60세조는 通政大夫 박東浩(配 월성 김씨), 61세조는 60세조 2남 박桂文(配 월성 이씨), 62세조는 61세조 4남 박祥英(配 김해 김씨), 63세조는 62세조 장남 박萬鐘(萬守, 配 광산 김씨 길연)이 나의 할아버지, 64세조는 63세조 장남 박海文(配 장수 황씨 석연)이 나의 아버지, 65세조는 64세조 장남으로, 나 박成烈(昌柱, 配 절강 편씨 명숙)이고, 차남으로 박正烈(景柱, 配 경주 김씨 순자)이고, 66세조는 나의 장남 박俊珉(配 해주 오씨 세경)과 조카 박俊星(配 창녕 조씨 혜영)과 박俊紅(配 신안 주씨 영애)이다.

2) 가족 형성

나의 할아버지, 1898년생 박만수께서는 경북 경산시 남산면 조곡리 152번지에 사셨고, 1919년 1월 25일 100여m 이웃 198번지에 사시던 4살 연하, 나의 할머니 1902년생 김길연과 혼인하였다. 동네 이웃 사람들이 나의 할머니를 지동댁이라 불렀는데 같은 동네 처녀 총각이 결혼하여 지동댁이라 부르는 것이 의미를 가졌던 것 같다. 조부모님은 1930년대 초반에 경산군 안심면 율하동 59번지로 이사하시고, 할머니의 장사 수입으로 과수원과 논밭을 사드리며 정착하시었다. 할머니가 오전에 사과를 머리에 이고 30리 길을 걸어 대구역에 가서 팔고, 오후에 한 번 더 가시려고 하는데 해방이 되었다는 소식을 듣게 되었다고 하셨다.

나의 아버지 1923년생 박해문께서는 1938년 3월 대구 남명보통학교(現 대구대성초등학교)를 제4회로 졸업하시고, 일본 시즈오카에서 일하시다가 할아버지께서 위독하시어 1941년 귀국하시었다. 아버지께서는 철도국 대구역에 근무하시면서 신동역에서 근무하셨던 둘째 이모부의 소개로 경북 왜관에 사셨던 나의 어머니 1925년생 황석연과 1944년 1월 25일 혼인하였다.

아버님의 졸업앨범, 1938년

아버님이 쓰신 옥편 목차

부모님은 대구 중구 동인동 경북대학교 의과대학 인근에서 셋방살이로 저를 낳으시고 아버지가 3년 후 대구 반야월역으로 전근오시면서 할머니 댁으로 합가하셨다. 유년시절 집 앞 길가에는 오일장이면 분주하였고, 한낮엔 대구 비행장에서 이륙하는 전투기 소리가 정적을 깨곤 하였다. 길 건너 우시장 옆 사과밭에 계셨던 증조할머니를 만나러 가기도 하였으나, 1955년 1월에 79세로 돌아가셨다. 병환으로 과수원에 계시던 아버지는 EMERSON AM 라디오 청취가 첫 번째 위로였고, 특수 제작된 뭉툭한 배터리를 대구 교동시장에서 구해드리기도 했다.

아버지의 두 번째 위로는 토요일이면 하굣길에 대구 중앙통 제일극장 앞 제과점에서 사다 드리는 카스텔라 한 조각이었다. 지금도 사각의 노란 카스텔라를 보면 무거운 가방에 뭉개질세라 조심스러웠던 기억이 생생하다. 1958년 투병 중이시던 아버지의 요양 겸 금호강 옆 외딴 과수원으로 이사를 하였다. 이듬해, 겨울 추위로 면역이 떨어지신 아버지께서는 5월에 돌아가시고, 그해 9월에는 사라호 태풍이 사과와 가재도구를 휩쓸어 매우 어려웠던 한 해를 보냈다. 결과적으로 잘못 선택한 이사였다.

어머니가 주도적으로 사과 농사를 지을 수밖에 없었으나 힘든 만큼 수입은 따라와서 살림은 조금씩 늘어갔다. 저는 중·고 시절을 반야월역까지 걸어서 40분, 기차를 타고 대구역까지 20분, 걸어서 학교까지 30~40분 통학하였고, 전기가 들어 오지 않아 시험 기간엔 뜨거운 석유 남포불과 씨름하였다. 초등학교 5학년 때부터 한 식구가 되어 마당에 묶어 놓은 수컷 셰퍼드인데도 이름은 '매리'가 가끔 줄을 끊고 등굣길을 따라와 반가움과 당황함을 던졌다. 대학에 들어가고 군 복무, 직장생활로 외지에 나가게 되었고 결혼하여 서울에 살게 되니 고향이 생겼다. 어르신을 뵈러 고향에 내려오면 대구역전 동성로 입구에서 할머니에게 드릴 바나나 등을 구입하고 반야월 행 30번 시내버스로 한동안 고향을 찾았다.

| 필자 가훈 | 어머니가 차려 주신 밥상 |

서울에서 한국과학기술연구원, 한국전자통신연구원 직장생활 6년 후 미국 유학을 떠나 플로리다대학, 오번대학에서 석·박사 학위를 받고 직장 따라 대전 유성구 대덕연구단지로 오게 되었다. 결혼 후, 12평, 20평, 34평 49평 아파트를 옮겨 가다가 아들 가족과 같이 살다 보니 대전 엑스포아파트에 산 지도 30년이 되었다. 2017년 아들 가족이 분가하여, 조용한 아파트에서 가끔 베란다 밖의 계족산, 우성이산을 바라보면서 손녀 편지도 읽곤 한다. 산책 삼아 갑천을 거닐면 금호강이 오버랩되어 회상에 젖는다. 우리 인류의 뿌리는 경이롭고, 우리 인간은 위대하며, 나의 가문과 가족의 소중함을 다시 한번 되새겨 본다.

"밝은 미래를 향하여 참되고
슬기롭게 꾸준히 노력하자"
- 박성열 가훈

3. 어머니 낙상으로 효도의 길에 서다

　　어머니가 넘어지신 그 순간, 나는 비로소 삶의 무게가 무엇인지 깨달았다. 2018년 11월 17일 토요일 오후, 어머니께서 머리를 감으시고 거실로 나오시다가 두 번째로 고관절이 골절되셨다. 대전에서 급히 내려가 응급차로 10년 전 1차 고관절 수술을 받으셨던 경북의대 대학병원 응급센터로 향했다. 어머니의 건강 상태를 진찰하고 필요한 검사를 마친 후 병실로 가기 위해 기다리고 있었다. 전쟁터와 같은 응급센터 병실에서 조용히 밤을 지새우는가 했는데, 건너편 환자의 고함과 어머니의 섬망 증세로 가슴이 철렁거렸다. 쪽잠은커녕 옆에 있기도 힘든 밤이었고, 다음 날 정형외과 병실로 옮겨 갔다.

　　어머니는 골절로 인한 혈압 상승과 혈전을 조절하며 6일이 지나, 11월 23일 금요일 이른 아침에 첫 번째로 수술을 받으셨다. 한 시간 이상 소요된 수술이 베테랑 김신윤 전문의가 잘되었다고 하시니 안도의 한숨을 내쉬었다. 수술 후 3일 만에 어머니는 깨어나셨지만, 섬망 증세로 횡설수설하시고 소리치시는 바람에 다른 병실로 쫓겨나기도 했다. 대학병원의 방침으로 일주일 후, 11월 30일 곽외과병원으로 구급차에 동승하며 옮겨 갔다.

　　곽외과병원에서의 회복은 더디었고 섬망 증세는 여전하여 주위 환자나 보호자들에게 불편함도 주었다. 이 병원에서 한 달 정도 입원하여 회복하는 동안 대전에서 이틀에 한 번씩 기차로 내려가서 환자의 회복상태를 살폈다. 이곳에서도 병원 방침으로 한 달 후 12월 27일 안심요양병원으로 이동하게 되었다. 2019년 1월 14일, 경북의대 대학병원에 수술 경과 진료를 받았다. 대구 동산병원 앞 임정근정신과의원에서 치매 진찰을 받아보니 중증 환자로 판명되었고 한 가지 처방을 해주었다, 2019년은 조금씩 호전되는 치매 현상을 돌보며 재활의 꿈을 실현하고자 일주일에 3~4번씩 병실을 방문했다. 날씨가 좋으면 휠체어로 외출하여 어머니께서 다니시던 반야월성당과 반야월시장을 방문하여 분위기도 일깨우고 우연히 지인들과 만나기도 하였다.

책을 읽으시는 어머니

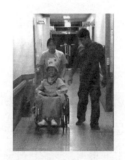

어머니와 증손, 손자와 산책

2020년 1월 25일 설날을 보내고 대구경북지방에서 코로나 대량 확진으로 1월 30일 안심요양병원 방문 면회가 금지되었다. 일주일에 3~4번 병원을 방문했으나, 이제는 전화로 병문안을 이어갈 수밖에 없었다. 2월 23일 주말, 어머니가 손 떨림이 심하시어 2월 24일 월요일 아침에 뇌 진찰을 위해 대구 시내 K영상의학과병원으로 갔으나 환자 체온이 37.5도가 넘는다고 하여 진료 거부로 되돌아왔다. 다시 D영상의학과병원에 예약하여 오후에 체온 체크도 통과하여 MRI 진찰을 받았다. 종합 소견은 대뇌, 소뇌, 뇌간, 뇌실, 뇌실질 외 허혈성 병변, 출혈, 종괴 등의 주요 이상 소견이 없다는 영상 판독 결과를 받았다. 이를 종합해 보면 운 좋게도 혈전이 막혔다가 지나간 것 같았다.

뇌경색 증후 우여곡절도 있었지만, 나의 희망은 어머니 치매가 만성적으로 악화된 것은 아니고, 대 수술 마취로 인한 것으로 보아 회복의 가능성을 크게 보았다. 수술 전에 비하면 인지 상태가 80% 수준으로 호전된 것 같아 임정근 원장님에게 감사드린다. 설날 이후부터 요양병원 방문 면회가 금지되면서 한 주에 한 번 정도 의료진에 미리 부탁하여 방문 면회를 하였다. 어머니의 건강 상태를 육안으로 관찰하고 대화로 인지를 일깨우며 침대에서 운동하는 방법을 가르치고 연습했다. 휠체어로 병원 내부를 다니며 답답함을 완화하고자 했다.

4월이 되면서 코로나 확산이 다소 진정되어 면회가 허락되었으나 통제된 비대면으로 답답했다. 광복절 이후 코로나 2차 대량 확진으로 다시 방문 면회가 전면 금지되었다. 이후로는 일주일에 한 번 정도 주말에 어머니와 통화로 건강 상태를 확인했다. 인지를 일깨워드리고 지금까지 잘 버티고 계시며 가끔 병원 내에서 휠체어를 타시기도 했다. 비대면 영상통화라도 대형 화면으로 실감 나는 영상통화 시스템이 이루어졌으면 좋겠다고 생각했다.

2020년 추석 명절을 맞아 제사 예절에 앞서 어머니와 통화를 하면서 코로나로 못 간다고 말씀드리니, "못 오나?" 하셨는데 마음이 찡했다. 아프신 데는 없는지, 식사는 잘하시는지, 침대 위에서나마 움직이시는지, 나는 엄마라고 부르고 엄마가 "응." 대답하시니 "행복합니다."라고 하며, 잘 버티시어 "오래오래 살아 주세요!" 하니 어머니께서 "응." 하셨다. 이어서 손녀들, 손부 며느리, 며느리와 통화를 이어갔다.

2021, 2022년에도 코로나가 주기로 기세를 부렸다. 2022년 10월, 코로나가 재유행 중에도 어머니가 생신 축하와 선물에 기뻐하셨다. 그러나 저의 부족한 돌봄으로 어머니가 빠르게 쇠락의 길로 가고 있음을 애통하게도 실감하지 못했다. 어머니! 아버지가 못다 사셨으니 보태어 어머니가 100세 이상 사시기를 간청했던 저의 부탁을 들어주실 거지요?

어머니가 아직 살아 계신다는 존재함 그 자체만으로 다가오는 이별의 순간을 눈치채지 못했다. 우리가 하는 일이 아무리 중요하고 가치가 있어도, 어머니보다 더 소중한 일은 없다. 2022년 11월 22일 깊고 고요한 밤, 백수 40일 전 어머니는 평온하였으나 생전 시간은 허망하게도 멈추었고, 아침부터 가을비가 저의 눈물을 더했다. 어머니는 떠나시기 전 수없이 많은 효도의 시간을 주셨지만, 불효자식은 끝내 몰랐다.

어머니 뒤에 필자, 외숙부, 제부

어머니와 마지막 미사

"안전을 주장하기보다 안전하도록 조치하자"

4. 가족 앨범을 디지털로 전환하다 (I)

　　　희미한 가족사진을 한 장 한 장 넘기며, 시간 속에 묻혀 있던 기억의 조각들이 영원하기를 바라는 퍼즐로 이어갔다. 나의 카메라 애호는 중학교 2학년 시절로 거슬러 올라간다. 한 동네 1년 선배와 함께 돈을 모아 처음 구입한 카메라로 대구선 철로를 따라 걸으며 흑백사진을 찍었던 기억이 선명하다. 그 후로도 많은 카메라를 구입했지만, 대부분 보급형 수준이었다. 요즘은 스마트폰 카메라의 편리함에 많이 의지하게 되었지만, 여전히 카메라를 구입하고 싶은 마음이 생긴다. 그렇게 수십 년 동안 모은 사진들은 추억으로 쌓여, 사진 밖에 남는 것은 없다는 말을 실감하게 한다.

　현역 생활에서 은퇴한 후, 제일 먼저 정리한 것은 책과 참고 자료였고, 다음으로 사진을 정리하기로 했다. 필름 사진을 디지털화하는 방안을 강구하다가, 스마트폰으로 재촬영하는 방식으로 정하고 간단한 장치를 준비했다. 오랜 세월 동안 오그라든 사진을 펼치며 사진액자 위에 사진을 놓고 유리판을 덮은 후 조명을 조정했다. 반사되는 빛을 피하기 위해 조명 각도를 조절하는 일은 쉽지 않았고, 앨범에 붙어 있는 사진은 그대로 촬영해야만 했다. 촬영 순서는 연대순으로 하고, 분류코드를 추가하여 디지털 카메라로 촬영된 사진과 통합했다.

　사진 재촬영은 설날 연휴 2020년 1월 25일부터 29일까지 진행되었으며, 총 541장을 촬영했다. 1938년 판 아버지의 초등학교 앨범부터 생전에 사용하시던 옥편, 필기체 흔적, 벼루와 연적 등 유물과 사진들을 디지털화했다. 나의 학창시절에도 어려운 한자를 찾을 때 들춰보기도 했던 옥편은 아버님께서 손수 나일론 줄로 다시 제본하셨는데, 솜씨가 대단하셨다고 어릴 때도 생각되곤 했다. 벼루와 연적은 또 어떤가? 초등학교 입학 전에도 심부름으로 연적에 물을 담아 가고 먹을 갈아 드렸던 그 벼루와 연적이 아닌가! 아버님은 초등학교 시절, 학교에서 글자 쓰기를 제대로 배우셨기에 펜 필기체가 힘 있고 반듯했다.

　가족사진을 정리하면서, 할머니, 어머니의 친정 가족, 나의 학창과 군대 시절, 아내의 학창 시절, 결혼생활, 자녀들의 성장, 유학 시절과 그 후의 생활, 손주들까지 다양한 사진을 시대순으로 촬영했다. 특히 아버지께서 해방 전 20대 초반에 도일하여 찍으신 사진과 어머니의 처녀 시절 흑백사진은 당시 복장으로 흰 저고리 검은 치마는 깨끗하여 흑백사진이 더 잘 어울리시는 것 같았다. 어머니가 시집을 오신 후 친정집 행사에서 찍으신 외할아버지 회갑과 외삼촌 결혼사진도 어제 일처럼 생생하다. 나의 첫 번째 사진은 3살 때 어머니가 저를 앉고 찍으신 사진인데, 어머니가 20대 초반이시니 참 건강하신 모습이나 지금은 90대 중반 노인으로 요양병원에 가료 중이시니 세월이 참으로 무상하다.

　나의 초, 중, 고, 군대 시절 사진을 보니 새롭고, 지금은 뿔뿔이 흩어져 살고 있는 당시 친구들이 그립기도 하다. 인생은 아름다운 추억을 남기고 회상하기 위해 사는 것 같다. 내 고향 남쪽 들판의 넘실대던 밀·보리밭과 뽀얀 먼지 휘날리던 신작로를 따라 친구들과 등·하교하던 길이 그립다. 지금은 타향살이에 익숙해진 친구들아, 너희들도 가끔 고향이 그립겠지, 보고 싶구나.

할머니와는 40년 이상 같은 세월을 살았지만 토담집 앞뜰에서 같이 찍은 사진과 사진관에서 어머니, 동생과 함께 찍은 사진이 전부가 될 줄이야! 세상에서 제일 존경하는 울 할머니 다시 한번 뒤돌아 불러 보고 싶다. 할머니는 1987년 1월에 86세로 돌아가셨지만, 78세 때 할머니와 대화한 음성을 녹음해 두었다. 유학 중일 때, 할머니는 집 앞을 지나가는 행인들에게 저 손자를 가끔 찾으셨다는데, 유학 귀국길이 한 달만 빨라더라도 생전 할머니의 마지막 모습을 뵈었을 텐데 참으로 모든 일이 야속했다.

아내 가족사진으로 가족의 중심을 지켜오신 장조모님, 장인어른, 장모님과 처제, 처남의 사진을 보니, 일찍이 컬러 사진으로 전환되어 딸을 예쁘게 키우신 흔적이 고스란히 남아 있었다. 특히 장조모님과 장모님은 자식에 대한 사랑이 남다르게 지극하신 것 같았고, 지금도 "박 서방!" 하고 부르시는 듯 귓가에 여운이 감돈다. 발병 후 2년 반 투병하시고 70대 초반에 타계하신 장모님에 대해서는 안타까웠다. 아내의 사진은 미술실 친구, 졸업, 제주도 등 수학 여행 사진으로 학창 시절 친구들과의 즐거운 장면이 많이 담겨 있었다.

"행복이란 소박하게 즐기는 능력에 달려 있다"

5. 가족 앨범을 디지털로 전환하다 (II)

　　　　사진의 디지털 전환은 기억의 연속을 바라는 현대인의 소
박한 시도처럼 느껴졌다. 대구 계산동성당 결혼식에서 찍은 전례 모습
의 기록 사진에는 친구들도 많이 모였었다. 그중 몇몇은 고인이 되어 다
정했던 우정도 못다 한 채 떠나버려 몹시 쓸쓸했다. 부산 해운대와 여
수를 엔젤호로 오가는 신혼 여행 사진은 구도가 괜찮고, 1970년대 중
반의 낡은 시보레 택시가 이채로웠다.

　서울생활 시절, 딸과 아들 사진은 당시 최고 품질의 코닥 칼라로 찍
어 자연색을 잘 반영하고 있다. 서울 강남구 신사동, 도봉구 쌍문동, 중
랑구 묵동으로 이사 다니면서 아파트 주변, 명동성당, 남산, 용인 자연
공원에서 찍은 나들이 사진에는 딸, 아들의 재롱이 많이 담겨 있었다.

　딸은 카메라 앞에서 표정을 잘 지었고, 동생과도 잘 놀아서, 누나 역
할을 잘 한 것 같다. 고궁에 가서 사진 찍는다고 해태 상 위로 올려놓는
순간 뜨거워 울어버린 일을 딸은 지금도 기억하고 있다. 서울생활도 잠
시, 유학길에 오르던 날, 김포공항에서 가족과 직장 동료들과 헤어지는
모습은 많은 시간이 흘렀음을 실감 나게 한다. 유학 시절 사진을 보니,
숙제와 시험으로 공부에 시달려 피골이 상접하다. 한때는 어린 여아가
울면 유학생에게 시집보낼 거라면 울음도 그친다는 말이 있을 정도로
고된 유학생활을 동반한 가족에게 감사한다.

짧은 방학 기간에도 가족들에게 견문을 넓혀주고자 뉴욕, 플로리다, 루이지아나 까지 장시간 드라이브에도 지칠 줄 모르고 운전을 했었다. 딸과 아들이 미국에서 자라는 모습과 이웃들과 어울리는 모습의 사진이 많이 남아 있다. 유학을 마치고 아틀란타 국제공항에서 이웃들의 환송을 받으며 하와이를 경유했는데 이때 사진이 보이지 않아 궁금하다. 폴리네시안 원주민들의 북소리와 함께 외치며, 온몸을 흔드는 민속춤은 큰 감동으로 남아 있다.

미국에서 박사 학위를 받고 금의환향하는 줄 알았는데, 집에 들어서는 순간 할머니는 이미 한 달 전에 돌아가신 후였다. 묘소로 가는데 쏟아지는 눈물이 앞을 가렸고 유학의 모든 것이 허사인 것 같았다. 아들도 배탈이 나서 소동이 벌어졌고, 직장 복귀 분위기도 쌀쌀하여 유학의 길이 후회스러웠다.

그래도 직장에서 묵묵히 일하고 동료들과 테니스도 치고, 자녀들도 적응을 잘 해줘서 밝은 표정의 졸업 사진으로 담겨 있다. 연구원 해외 출장으로 일본, 미국, 유럽 사진들이 모여 있고 연구실장, 부장, 단장으로 고속 승진하고, 1996년부터는 기획부장까지 겸직하게 되었다. 이때가 한국전자통신연구원의 최고 전성기였고, IT 일등국 가라는 이야기도 이때부터였다.

30여 년의 연구원 생활을 자의 반 타의 반으로 그만두고 벤처기업 대표, 초빙교수, 초빙연구원 생활을 거치며 어느새 정년의 나이가 되었다. 후학 양성, 기업 경영, 해외 마케팅 등으로 새롭게 다양한 일들을 추진하며 축적된 지식과 경험을 활용하는 기회를 가졌다.

뉴밀레니엄이 되면서 자식 모두 대학 졸업과 군 복무를 마치고 격년으로 가정을 가지게 되었다. 새로운 가족이 확대되고 손주들이 태어나 행복을 나눌 수 있었던 시절인 것 같은 데 이 또한 언제였던가 싶으면서 후딱 지나가 버렸다.

큰손녀가 자라면서 아파트 주변 갑천으로 데리고 나가거나, 동물원을 자주 갔었다. 조금 커서는 서울 인사동, 명동, 삼성 코엑스, 미술관, 박물관 등을 다녔다. 초등학교 고학년이 되면서 EXO 팬이 되는 바람에 공연장에도 따라갔는데 틈틈이 찍은 사진이 많다. KTX 개통 초반 서울, 부산, 목포로, 그리고 둘째 손녀가 커가니 함께 군산, 대천으로 나들이한 사진이 한몫을 차지한다. 손녀들과 함께 간 일본 관서지방 역사 탐방, 베트남, 태국/라오스/미얀마 여행 사진도 무럭무럭 자란 손녀들의 모습이 추억으로 남아 있다.

정년 후 학교 방문 과학 특강 사진들이 기록물 수준으로 정리되어 있고, 대덕과우회장을 맡으면서 과학관 전시 해설, 과학문화 탐방, 금요산행 등 관련 사진들이 많다. 동료들과 방문한 백두산, 백령도, 울릉도/독도, 그리고 친구들과 방문한 남해와 서해 사진도 즐비하다. 낙상으로 요양병원에서 투병하시고 계시는 어머니의 현황을 외삼촌, 고모, 자식, 조카, 손녀들에게 알리고자 찍은 사진이 어머니의 사랑을 가끔 일깨워 주기도 했다.

2020년 2월이 되면서 간간이 발견되는 사진들을 추가하고, 통합, 선별해 보니 총 2,711장이 되었다. 어머니가 인지능력 향상 겸 전자앨범으로 보시도록 264장의 사진을 선택하여 독립 파일을 만들어 드렸다.

자녀들에게 줄 사진으로 1,822장이 정리되었고 전자앨범으로 전달했다. 나의 책상 옆과 거실에는 모든 사진이 파노라마처럼 24시간 돌아가며 그리운 추억의 시간을 더해 주고 있다.

"언제 끝나더라도 후회 없는 삶이 되자"

[본가 앨범]

[처가 앨범]

6. 종친회 성재공원을 조성하다

　　　　종친회 합동묘원을 조성하여 유구한 혈연의 뿌리를 영원한 이 땅에 내리고자 했다. 2011년 4월, 종친회 모임에서 저가 밀양 박씨 가곡종친회 회장으로 선출되었다. 음력으로 상달 10월 초순, 시제를 지내고 종친회 차원의 합동묘원 조성이 필요함을 언급하였다. 선조 벌초를 다녀 보니 경주 서부지역에 산재되어 있고 부부의 묘소가 따로 떨어져 있으며 자손들이 널리 분가하여 벌초하기가 어려운 상황이었다.

　　종친회 합동묘원 조성은 2002년 장인께서 가족묘원을 준비하시던 모습이 나에게 계기가 되었다. 2020년 시점에서 장묘문화는 첫째, 매장에서 화장으로 대부분 전환되었고, 둘째, 묘원의 집단화·소형화, 셋째, 친환경 관리 편의성 추구였다.

　　수년간 시제를 지낸 후, 사례 사진을 보여 주면서 의견을 타진하였으나, 각자 형편이 달라 의견을 수렴되는 데는 시간이 걸렸다. 수년이 지나고 납골 평묘로 집단화하는 방향으로 의견이 모아졌고, 2015년 경주 인근 1,000평 규모의 후보지 3곳을 답사했으나, 다양한 이견으로 진행할 수가 없었다.

　　이후 경주 건천 문중 산지를 활용하자는 의견이 대세가 되었다. 2019년 추석 전 반야월 능청산 조부 묘소 벌초 시, 친구의 동래 정씨 평묘 구조를 아들, 손녀와 실측하고 구조를 스케치했다. 참고 사진과 동의서를 준비하여 2019년 11월 10일, 음력으로 10월 14일, 시제에서 합동묘원 계획서를 발표하고 참석자들로부터 동의 사인을 받기 시작했다.

합동묘원 조성 계획에서 추진 목적은, 첫째, 지리적으로 산재되어 있는 선조 숭조와 묘소 사초가 용이하도록 합동묘원 조성, 둘째, 집단·소형화 추세의 장묘 문화에 따른 종친회 후손들의 미래 장지 마련, 셋째, 종친회 후손들의 상호 친목과 우애를 도모할 수 있는 구심점 마련이다.

조성 기간은 2020년 5월 23일(음력 윤 4월 1일)부터 6월 20일(윤 4월 29일)까지로 1,000평 규모의 문중 산지 우측을 최대한 정리하기로 했다. 산지 경사면을 감안하여 아래 5단으로 내려오고, 구조는 납골 평장으로 남우여좌 쌓기로 봉분 없이 와비를 설치하기로 했다. 단위 묘역은 1평 단위로 2기를 수용하고, 가로 30cm×세로 40cm, 간격은 좌우 45cm, 위는 40cm, 아래는 1m 간격을 두기로 했다.

2020년 음력 4월 윤달이 가까워지자 합동묘원계획서를 휴대폰으로 보내고 5월 8일부터 3일간, 건천 현장 답사, 아화, 울산, 임포, 고경, 청송을 다녔다. 친족들을 만나 윤 4월부터 공사 개시하는 설명과 협조를 부탁했다. 공사대금 관리 전용 통장을 개설하여 나부터 입금하고, 공사 개시 전날 경주 오능을 방문하여 시조 혁거세 할아버지에게 고하고, 다음 날 5월 28일 8시에 고사를 지내고 첫 삽을 뜨기 시작했다.

개시 2일째, 견적 제시가 미흡하여 작업을 중단했다. 박종민 총무가 대타를 찾아 6일 만에 6월 4일 작업을 재개하여 6월 6일에 기반작업을 완료하였다. 6월 7일과 10일, 2차례 잔디 물주기, 6월 19일에는 강우 후 잔디 보수, 아래 길과 초입 길을 정리했다. 합동묘원 형태는 우측의 경사를 감안하여 5개 단으로 구성했다. 1단 위에는 우측 계곡으로 배수가 되어 묘원으로 넘어오지 않도록 정리했다. 각 단은 평평하게 정리하고 잔디를 식재하였으며 아래 단으로는 다소 완만한 경사로 층층이 내려왔다.

경비 마련을 위해 6월 5일 건천에서 긴급 협의를 가졌고, 저의 입금액과 박해성, 박해덕 아재께서 송금해 주시어 완료와 동시에 완불할 수 있었다. 2023년 3월, 윤 2월이 오면 7대조부터 이장과 더불어 절골 현장에 묻히신 6대조 상자 도자 할아버지도 제일 윗단에 모시기로 했다. 대전으로 와서 할머니 사진을 들고, 조상들을 함께 모시고 후손들이 그 은덕을 기릴 수 있는 종친회 숭조원이 되기를 간절히 기원했다.

이장 기간은 2023년 양력으로 3월 22일(윤 2월 1일)부터 4월 19일(윤 2월 29일)까지 이다. 2월 19일, 이장계획을 작성하여 종친회 회원들에게 알려주고 의견 수렴과 동시에 비문 작성을 위한 자료를 수집했다. 족보, 제적등본, 종친문서 등을 참고하여 3월 10일 비문을 작성하고 수차례 확인을 거쳤다. 비문을 작성하면서 60세손 정3품 통정대부, 61세손 종2품 가선대부를 찾았고, 62세손 이후 할머니들의 이름을 발굴하여 비문에 새겨드렸음은 큰 성과라고 본다.

이장은 3월 22일부터 25일까지 지역별 3개 조로 나누어 추진하였는데 2일째는 봄비로 어려움이 많았다. 선조들의 유골 발굴에는 최고의 예를 다하려고 노력했고, 연도, 지역, 나이에 따라 보존 상태가 크게 달랐다. 7대조부터 아래로 부부 나란히 평장으로 모셨다. 저의 아버지는 이번 기회에 유토와 유품으로 어머니 옆에 모시고, 평생 홀로 사신 고모님은 할머니 옆에 모시고 비문에 최소한의 기록을 남겼다.

성재공원 전경

성재공원 제단

합동 제단 앞면에는 종친회 숭조단(崇祖壇), 왼편에는 종친회 계보, 오른편에는 선조 숭상과 후손 우애를 위한 기반을 조성함이라 각인하였다. 이로써 1760년 조선 영조시대 종친회 기원 이래 하나의 구심점을 마련했다. 한식날 즈음하여 4월 2일에 합동묘원에서 첫 제사를 지냈다. 지금까지 합동묘원을 완성할 수 있었음은 박해덕 아재와 이인숙 아지매의 정성, 박해성 아재와 손태복 아지매, 박경도 아재와 구정화 아지매, 김득애 형수, 박성복 동생, 박수오 동생, 박택수 동생, 박상열 동생, 박성환과 박삼환 동생, 종가집 박종민 조카의 노력이 컸다. 이로 인해 2011년부터 시작한 종친회 합동묘원으로 시조 이름을 딴 성재공원(性載公園) 조성과 이장이 마무리되었다.

"앞선 사람이 길을 내면 저절로 넓어진다"

7. 가족 나들이

가족 나들이는 삶의 동반자로서 서로의 존재를 새롭게 마주하는 시간 속으로 들어선다. 나의 가족 나들이로 기억나는 것은 유년시절 대구 반야월에서 할머니를 따라 걸어서 경북 경산에 있는 진외갓집 잔치에 간 것이 처음이다. 경산으로 가는 길은 농업 수로를 따라 걸었는데, 그때 할머니가 잉어 한 마리를 발견하고 잡으려 하셨는데 잉어가 도망가자 서운해하시던 모습이 아직도 눈에 선하다.

할머니께서는 종종 동네 이웃들과 계를 모아 여행을 다니시곤 했다. 영천 황물탕이나 청송 달기물탕을 다녀오시며 약물도 갖고 오셨는데 물맛은 늘 떨떠름했다. 어머니와 고모님은 나를 데리고 이웃들과 기차로 부산 동래온천에 가셨는데, 여탕에 들어간 기억이 어렴풋이 생각난다. 자갈치시장에 가서 어물을 구입하셨고, 어머니과 고모님은 돈독한 올케와 시누이 사이로 계 모임이나 성당 행사로 나들이를 가끔 다니셨다.

초등학교 5학년 겨울방학 때, 10년 만에 외갓집을 갔었다. 어머니와 3살 때 갔던 이후 처음이었다. 황의천 외삼촌과 참새도 잡고, 저수지에서 말도 채취하며, 저녁에는 고구마를 구워 먹었다. 이후 고3 때까지 방학 때마다 외갓집에 가서 지냈다. 늘 재미있게 놀았고, 외갓집을 떠날 때면 외삼촌께서 왜관역까지 배웅해주셨고 고액권 용돈을 돌돌 말아 쥐어 주셨다.

대학생이 되면서 현장견학과 직장의 등산반 활동으로 나들이 반경이 넓어졌다. 미국 유학 시절, 방학 기간에는 자동차로 미 동부와 남부를 다니며 가족들에게 견문을 넓혀주고자 했다. 어머니와 고모님은 저의 대전 집을 방문하시고 천안 독립기념관과 대전엑스포를 다녀가시고, 고모님들과는 동해로 나들이를 하였다. 칠순, 팔순은 챙겨 드렸지만, 세월이 흘러 이제는 고인이 되어 여행을 적극적으로 지원해드리지 못한 것이 지금에야 죄스럽다.

첫 손녀 서원이가 태어나고 대전 중앙과학관과 대전동물원에 자주 갔었다. 재롱둥이 동물들은 아이들에게 최고의 친구였다. 서원이는 풍선과 음료수를 들고 번갈아 얼굴을 내미는 동물들에게 먹이를 주며 즐거워했다. 맹수들을 장막의 유리창 밖에서 가까이 보니 긴장감도 더했다. 미끄럼틀을 타고 내려오며 해맑은 얼굴을 내밀거나 공중낙하에도 대견한 모습은 오히려 나에게 기쁨을 주었다. 아이들이 어릴 때는 거실에 물고기를 늘 키웠고, 서원이와 금강 중류 심천유원지 강가에 나가 물고기에 정신이 팔려있던 기억도 생생하다. 옥천의 정지용 시인 생가에도 들려 동행한 딸 신영이와도 기념사진을 찍었다.

어머니와 함께 독립기념관 방문

정지용 생가를 방문한 딸과 친손녀

부산 나들이로 KTX를 타고 부산역에 내렸는데 서원이가 갑자기 엄마 보고 싶다고 울기 시작했다. 지나가던 할머니도 달래 보았으나 소용이 없어 난감했다. 부산역 광장에 앉아 있는 비둘기에게 먹이를 줘 볼까 했더니 고개를 끄덕여 조금 놀다가 부산역 안으로 들어갔다. 아이스크림을 먹으며 바다 보러 왔는데 나가 볼까 했더니 마음이 풀린 듯 해운대로 나갔다. 서원이는 모래사장을 적시는 바닷물에 떠내려온 멸치를 종이컵에 담아 한참 좋아했고, 공중화장실에서 소금물을 씻으려니 온몸에 모래가 묻어 비늘 인양 예쁜 인어가 되었다.

손녀 서원이와 처음으로 서울 나들이는 혜화동성당에서 강유성 선배 아들 결혼식에 동행한 때였다. 서원이가 다리가 아프다고 해서 업거나 목마를 태우고 큰길을 건너기도 했다. 그 이후 서울에는 남대문시장, 명동, 인사동, 삼성동, 박물관 등으로 미술전시회나 수족관 방문으로 견문을 넓혀 주었다. 전시회에 가면 메모장을 준비해 진지하게 메모하는 모습이 사랑스러웠다. 서원이는 그림을 구성이 좋게 잘 그리고, 둘째 수연이는 피아노를 즐겁게 잘 칠 수 있을 것 같았다.

KTX를 타고 목포항에서 연안을 순환하는 배를 타고 한 바퀴 돌았다. 갈매기에게 먹이도 주고 신나게 놀았는데, 이때 바닷바람에 모자가 날아가 웃음을 자아내기도 했다. 이제 둘째 손녀 수연이도 커서 군산 바닷가 공원에 가서 전시 중인 군용기 비행기 안으로 들어가 보았다. 세발낙지를 주문하였더니 꼬물거리는 모습이 신기한 모양이었다.

손녀들 초등학교 시절엔 중앙과학관에 자주 갔었고 지하에 있는 가상 시뮬레이터로 축구, 배구 경기를 즐겼으며, 흙을 빚어 도자기를 만들고 특별 전시에서는 파충류를 무섭지도 않은 지 어깨에 둘러보기도 하였다. 2017년 3월 서원이와 수연이와 함께 대천해수욕장 해변으로 가서 적쇠에 조개를 구웠다. 조개가 터지는 소리와 바닷물에 물수제비를 만들었던 기억이 새롭고, 서천 생태 박물관에서 여러 기후대의 자연 생태 환경을 관람했다.

서원이를 데리고 일본 관서지방과 태국 치앙마이 패키지 여행을 다녀왔다. 교토 숙소에서 유카타를 입고 있던 서원이의 모습이 이채로웠다. 가족 모두가 함께 여행을 간 곳은 2016년 5월 초 아들이 근무하고 있는 베트남 하노이 방문이다. 아들이 마련한 숙소와 교통편으로 다녀보니 패키지 여행보다 자유롭고 편했다. 가족들과 하롱베이를 다시 찾아보니 10년 사이에 많이 정비되어 있었다.

대전동물원을 방문한 딸과 사위, 친손녀

하롱베이에서 가족

하롱베이에서 배를 타고 석회암 틈 사이로 지나가 보니 수천만 년의 자연 풍화가 인간을 작아지게 하고도 남았다. 예나 지금이나 야간에도 하노이 시내를 요란하게 무리 지은 오토바이 행렬의 자연스러운 흐름이 신기하고 베트남인의 착한 면모를 볼 수 있었다. 십오 년 전, 해외 마케팅을 위해 다녔던 이곳이 이제는 아들이 열심히 마케팅하는 곳이 되었다. 나만의 회상에 젖는 이국의 밤이었다.

"타고난 기질은 불변이니 성품을 가꾸자"

8. 플로리다 테마를 찾아가다

플로리다 테마파크는 꿈과 현실이 교차하는 동심의 세계인가. 1982년 12월, 크리스마스 연휴, 우리 가족은 앨라배마 오번(Auburn)을 출발하여 플로리다 여행을 떠났다. 낡았지만 여전히 금빛으로 빛나는 폭스바겐 승용차에 오르는 딸과 아들은 신이 났다. 우리는 동쪽으로 280번 지방도로를 타고 쇼핑을 위해 가끔 들리는 조지아 주 콜럼버스를 지났다. 동남향으로 조지아 시골 마을을 한참 달려 플로리다 내륙을 관통하는 75번 고속도로에 진입했다. 75번 도로는 남쪽으로 마이애미, 북쪽으로는 애틀랜타, 미시간 디트로이트, 그리고 캐나다 온타리오까지 연결되는 주요 고속도로이다.

확 트인 고속도로를 따라 플로리다의 눈부신 아침 햇살을 가르며 남으로 달리다 보니, 고향을 떠난 흑인이 어린 시절을 그리워하며 부른 노래의 배경인, 머~나먼 저곳, 스와니강을 건너고 있었다. 석사과정을 공부했던 게인즈빌(Gainesville)에 있는 플로리다대학교(University of Florida) 아파트에 살고 있는 박순천 박사 댁을 찾았다. 거실에 들어서니 우리 가족을 환영하는 플래카드가 걸려 있었고, 언제나 다정했던 내외분의 따뜻한 마음을 느낄 수 있었다. 가끔 기숙사를 찾아와 도넛 먹으러 가자고 하던 그분들이 고마웠다. 세월이 흘러 지금은 어디서 이웃에게 사랑을 나누고 계신지 소식조차 몰라 미안하고 그립기만 하다.

이른 아침 다시 75번 고속도로에 올랐다. 용천수로 유명한 실버 스프

링이 있는 오캘라를 경유하여 올랜도까지는 150마일, 3시간의 주행 거리이다. 1971년에 개장하고 매년 평균 2,000만 명이 방문하는 월트 디즈니 매직 킹덤 파크(Disney Magic Kingdom Park)에 도착하니, 매표소부터 관람객으로 붐빈다. 시작부터 붐벼 초반 일부는 건너뛰고 다음 테마부터 관람하기 시작했다. 잘 가꾸어진 정원 위에 빨갛고 노란 꽃과 조형물은 한 폭의 사진으로 담기에는 벅차서 어디에 앵글을 잡아야 할지 모를 정도로 풍요로웠다.

신데렐라 성에서는 마치 공주가 유리구두를 신고 금방이라도 달려나올 것만 같았고, 미키마우스와 동물들의 파티에는 사람들이 한참 모여 있었다. 붉은 암석의 스페이스 마운틴을 레일로 지나고, 배를 타고 톰소여 섬을 손짓해 보았다. 어두운 마법의 성에서 놀라기도 했고, 일곱 난쟁이와 살고 있는 백설공주는 여전히 인기였다. 디즈니의 창작 스토리를 주제로 한 구조물과 장치의 창의성과 기술성에 감탄하며 가족과 함께 즐거운 시간을 보냈다.

어둠이 내리자 환상의 영상 신데렐라 성을 중심으로 요란한 드럼 소리와 함께 크리스마스 퍼레이드가 시작되었다. 보석으로 수놓은 듯한 조명으로 아름답게 장식된 축제 마차와 찬란한 기구들이 행진했다. 적색과 녹색의 크리스마스 색깔로 분장한 연기자들의 율동과 행진은 환상적이었고, 주위 분위기도 새롭게 연출되었다.

월트 디즈니 매직 킹덤 앞 가족   케네디 우주센터 엔터프라이즈 앞 가족

다음 기착지인 에프콧(Epcot) 센터는 나라별 문화와 이슈별 주제를 관람할 수 있는 곳으로, 1982년 초에 개장되어 원년에 방문하게 되는 행운을 누렸다. 월드 쇼케이스 구역에서는 아메리카를 둘러 보며, 캐나다 단풍 전경의 360도 파노라마와 멕시코의 용맹스러운 마야 문명 재현이 인상 깊었다. 아프리카의 모로코는 유구한 역사와 푸른 빛의 정교한 디자인이 이채로웠다. 유럽으로는 영국, 프랑스, 독일, 이탈리아, 노르웨이, 아시아에는 중국과 일본이 있었으나 한국이 지리하지 못한 것이 아쉬웠다. 호수 건너편 퓨처 월드 구역에서는 우주, 에너지, 이미지 내이션, 과학 기술이 미래를 조망하고 있었다.

우리 가족은 인근에 있는 유니버셜 스튜디오(Universal Studio)를 방문하여 세계 명작인 십계, 킹콩 등 촬영 세트를 구경하기로 했다. 서부 영화 촬영 거리를 한가히 지나는데 금방이라도 서부 총잡이가 불쑥 나타날 것 같은 느낌이 들었다. 지진으로 건물 내부가 파괴되고 흔들림을 느끼게 하는 시뮬레이터는 감동적이었다. 하지만 십계를 촬영했던 홍해 바다 세트의 작은 규모에 오히려 놀랐고, 촬영 기술의 광대한 구현은 경탄할 만했다.

동쪽 해안으로 방향을 돌려 우주선 발사장인 케이프 캐너배럴로 향했다. 케네디 우주센터 조립 건물 내부는 웅장했고, 전시된 엔터프라이즈 우주선은 장대했다. 지구 귀환으로 열화된 초기 우주선 캡슐과 달에서 주행한 차량을 보니 과학 기술의 우수성과 우주 탐험 미션 팀워크가 부러웠다. 대서양 해변을 따라 데이토나 비치를 지나 아메리카 초기 스페인 정착지인 세인트 어거스틴으로 향했다. 푸른 바다로부터 불어오는 해풍에 모래가 날리는 해변도로를 달려 해안가 포대로 올라가 보았다. 바다를 향한 무쇠 대포가 옥상에 물개처럼 놓여 있었고, 아래층은 퇴색된 벽들에 개척자들 흔적이 남아 있었다. 인근 박물관에서는 공중에 달린 수도꼭지에서 연신 물이 쏟아지고 있어 신기했는데, 물줄기 속에 수돗물 공급 파이프가 숨겨져 있겠지?

이제 플로리다 여행을 끝내기 위해 잭슨빌을 경유하여 LA까지 연결되는 10번 동서 고속도로를 타고 레이크 시티에서 75번 남북 고속도로로 진입했다. 이어서 소도시 코델에서 280번 지방도로로 나와 석양이 드리우는 시골길을 컨트리 송으로 달래며 기다리는 집으로 돌아오니 모두들 "구경 한번 잘~했다."로 5일간의 여행은 아쉬운 막을 내렸다.

"학습과 신념이 성공에 이른다"

9. 아파라치안 산맥을 지나다

아파라치안 산맥은 마치 영혼이 대자연과 조화롭게 호흡하는 순간처럼 깊고도 고요했다. 1985년 8월, 여름방학이 시작되면서 대학 시절 '성원의 집'의 정주성 지도신부님께서 미국에 오신다는 연락을 받았다. 필라델피아 동부 외곽 메이플시티의 윤기호 선배와 뉴욕에 있는 방형구 후배도 만나기 위해 여정을 계획했다. 정 신부님에게 드릴 코닥 카메라를 준비하고, 같은 학과 전태보 박사 내외와 새벽 4시에 앨라바마 오번을 출발했다. 85번 남북 관통 고속도로를 달리던 중, 출근 시간대가 가까워져 애틀랜타 근처에서는 좌측 외곽 285번 고속도로로 우회하였다. 조지아주, 사우스 캐롤라이나주를 지나 한낮에 노스 캐롤라이나 주에 도착하는 강행군이었다.

샬럿을 지나고 그린스버러를 달리던 중, 뒷좌석의 딸이 뒤 차가 이상하다고 했다. 백미러로 보니 전 박사의 자동차가 타이어 펑크로 서서히 주저앉고 있었다. 고속도로를 빠져나와 자동차 정비소로 아슬아슬하게 도착했을 때, 바퀴 캡은 이미 사라지고 없었다. 서둘러 정비를 마치고 워싱턴, 볼티모어를 지나 필라델피아 윤기호 선배 집에 닿으니 저녁 11시 반이었다. 한국 '성원의 집' 형제들 이야기를 나누며 장시간 운전의 피로도 잊고 밤이 깊어 가는 줄 몰랐다. 다음 날 아침 뉴욕으로 향하기 전, 나의 자동차에서 가솔린이 흘러내리는 것을 발견했다. 자동차 밑으로 들어가 풀린 연료 호스를 조이고 나서야 필라델피아에 있는 유서 깊은 자유의 종을 찾을 수 있었다.

필라델피아에서는 뉴저지 턴파이크 도로를 따라 뉴욕의 방형구 후배 집에 도착했다. 평일임에도 밀집된 차량 행렬은 마치 귀성길 고속도로를 연상케 했다. 뉴욕에서는 방형구 후배의 안내로 시내 한식집에서 불고기를 먹고 중심가를 거닐었다. 다음 날 우리 두 가족은 뉴욕에 온 김에 세계 3대 폭포의 하나를 보러 나이아가라 폭포로 향했다. 스크랜턴과 빙엄턴을 경유하여 코닝에 들르니 부인들은 공장에서 마음 놓고 꿈의 코닝 그릇을 쇼핑하는 기회도 가졌다. 다소 복잡한 지방도로를 달려 버펄로에 도착하고 나이아가라 폭포에 이르니, 넘쳐흐르는 폭포수 물방울과 굉음은 감동을 자아냈다. 기념으로 폭포수를 필름 통에 담아 와서 한동안 냉장고에 보관하기도 했었다.

오대호의 이리호 호반 도로를 따라 이리에 닿고, 남으로 달려 미국의 남북전쟁 최고 격전지 게티스버그(Gettysburg) 전쟁공원에 도착했다. 가족들은 피곤이 겹쳐 구경할 생각이 없는지 미동도 없어 운전자로선 섭섭했다. 게티스버그 전쟁터를 돌아보니 1863년 7월 1일부터 7월 3일까지 남북전쟁에서 가장 중요한 전투이자 가장 참혹했던 당시 모습이 잘 보존되어 있었다. 1863년 11월 19일로 돌아가 "국민의, 국민에 의한, 국민을 위한 정부."를 외치던 링컨 대통령의 음성이 들리는 듯했다.

미국 동부 아파라치안 산맥을 따라 북쪽에서 서남쪽으로 내려가며 세난도 국립공원의 루레이(Luray) 동굴을 들르기로 했다. 루레이에 사는 함석공 캠벨이 땅속에서 찬바람이 나오는 점을 느껴, 1878년 8월 13일 조카와 동네 사진사가 발견한 천만 년 전 신생대부터 형성된 석회암 동굴이다. 루레이는 사유지 동굴로 대체로 잘 보존되어 있으며, 종유석이 한창 자라고 있는 곳과 오징어를 말리는 듯한 종유석, 폭포 형상, 아름다운 커튼 모양 등이 즐비했다. 2.5m 깊이의 꿈의 호수와 소원의 샘도 있었고 달걀 반숙 모양의 암석도 있었다.

나이아가라 폭포 앞에서 가족   루레이 동굴 안에서 가족

동남향으로 내려오면서 블랙스버그에 있는 화강암 건물의 버지니아 공대를 방문하였다. 1982년 에너지 주제로 세계엑스포가 열렸던 테네시주 녹스빌을 경유하여 채터누가 인근의 체로키 인디언 박물관에 들어섰다. 체로키 인디언은 16세기 유럽인이 몰려오기 전, 북미 동부에서 남동쪽 미시시피 강 유역에 살고 있었다. 1814년 앤드류 잭슨이 코피 장군을 내세운 호스 슈 벤드(Horse Shoe Bend) 전투에서 체로키 인디언은 미군과 동맹을 맺었으나, 대항한 크릭 부족 전사 집단인 레드 스틱스는 격파되었다고 한다. 더 이상 처절할 수 없는 참혹한 전투였다.

전승지요 학살지이기도 한 이곳을 돌아보니, 용감하였으나 처참한 전투로 하회(河回) 지역에 인디언은 몰렸다고 한다. 위에서 쏘는 대포와 강 건너에 포진하고 있었던 기병대 공격으로 "여자가 살아남으면 부족이 늘어난다."며 여자를 철저히 죽이도록 명령했었다고 하니 처절했다. 생활터를 잃은 인디언들은 눈물의 도보로 더 깊은 내륙의 오클라호마로 떠나야 했다.

"멀리 가고 싶으면 함께 가라."라고 왜 인디언은 전하고 있는지 생각에 잠겼다. 어린 시절 영국군으로부터 가족 모두가 풍비박산 난 앤드류 잭슨은 인디언과 영국과의 전쟁에서 승리를 거두며 꾸준히 성장하여 제7대 미국 대통령이 되었다. 미국의 20달러에 그의 초상화가 새겨져 있다. 테네시 출신 가수 앨비스 프레슬리는 체로키의 피를 가지고 있다고 한다.

아파라치안 산맥의 끝자락 룩아우트 마운틴을 자동차로 휘감아 올랐다. 산길을 따라 락시티(Rock City)에 올라서니 넓은 산들이 펼쳐지며 테네시주, 조지아주, 앨라바마주를 함께 조망할 수 있었다. 더 남쪽으로 내려와 조지아주 아틀란타에 들어오니 집까지는 두 시간 거리를 남겨두고 피곤이 몰려와 비몽사몽으로 차선을 이탈해 놀라기도 하였다. 한밤중에 집에 도착하니 7일간 5,500km 주행 거리를 기록한 계기판도 안도의 긴 잠에 빠져들었다.

"뛰어난 관찰이 우연을 얻는다"

10. 큰 강의 닻을 내리는 뉴올리언스

로키산맥의 눈물이 순백을 잊지 못해 뒹굴다 황톳빛 되어 멕시코만에서 닻을 내리는 곳이 뉴올리언스 삼각주이다. 도심 프렌치 쿼터 길가를 따라 물결처럼 밀려오는 터질 듯 구릿빛 재즈는 지나온 아픔을 이토록 물들게 하였던가? 루이지애나 주 뉴올리언스에서 물을 주제로 한 세계 엑스포가 열리고 있어 자동차 여행을 나섰다. 미국 남부 앨라배마 오번을 출발하여 첫 번째 기착지는 85번 고속도로를 타고 서남향으로 한 시간 거리의 앨라배마 주도인 몽고메리이다.

몽고메리는 남북전쟁 시절 아메리카 연합국이 버지니아 주 리치몬드로 이동하기까지 아메리카 남부 연합의 최초 수도였다. 1950년대 인종차별이 가장 심했던 곳으로 밤이면 백인우월주의 결사 집단인 KKK가 야간 행진을 하고 교회에 폭탄을 집어 던질 정도였다. 1955년 흑인 여성 파크스가 백인 남성에게 버스 좌석 양보하기를 거부함으로써 인종차별에 도전하여 당시 유죄 판결을 받은 사건이 터지고 말았다. 이 일로 버스 탑승 보이콧 운동을 이끌었던 1960년대 비폭력 흑인 인권 운동가 루터 킹 목사는 워싱턴 행진으로 "I have a dream."이라는 연설을 남겼다.

65번 고속도로를 진입하여 컨트리송 무대로 제격인 끝없는 평원의 그린빌, 에버그린을 지나 걸프만 무역항 모빌 항에 도착하였다. 모빌의 가장 유명한 명소는 앨라배마 배틀십 기념공원(U.S.S. Alabama Battleship Memorial Park)에서 만날 수 있다. 전시된 배는 1942년 8월 첫 취항 후 대서양 수송선단 호위 임무를 담당하다가 2차 대전이 발발하면서 사이판, 괌, 오키나와 등 서태평양 전투에 참가했다.

종전 직전에는 일본 본토 포격에도 참가하다가 1947년에 퇴역하고 1962년에 폐기가 결정됐다. 앨라배마 주민들은 2차 대전 참전 군인을 기념하기 위해 모금으로 보관할 수 있게 되었다. 어린 학생들의 점심값도 포함되었다고 하니 당시 우리들은 이집트 아스완 문명을 보존하기 위해 모금에 참여하지 않았던가, 흐뭇한 감정으로 어깨가 올라갔다.

남으로 숲길을 따라 바다 위 다리를 건너 드디어 멕시코만 도핀섬에 도착하니 펜싱 창처럼 가느다란 모래밭이 눈부시게 이어졌다. 모래밭에는 옛부터 조개가 풍부하여 오번대학교의 관련 연구소가 있는 곳이기도 하지만 걸프만에 허리케인이 오면 금방 날아 가버릴 것 같다. 차를 돌려 최종 목적지 뉴올리언스로 향하고자 하는데, 부산대 송 교수님이 운전을 하고 싶다길래 운전대를 넘겼다. 5분 후 앞서가던 소형 트럭과 추돌할 뻔하여 트럭 뒤 칸에서 걸터앉아 마주 보고 가던 학생들이 놀라 소스라치는 모습이 아직도 눈에 선하다. 송 교수님과의 사연으로 그 후로 운전대만은 함부로 놓지 않는 깐깐한 운전사가 되었다.

뉴올리언스에 가까이 오자 바다처럼 넓은 폰차트레인 호수를 건너 드디어 도심에 도착하였다. 이튿날, 세계박람회장에는 물의 자원을 인간이 어떻게 이용하는가에 국가별 여러 사례를 보여 주고 있었다. 우리나라는 '선진화의 물결'이란 주제로 홍보관과 한국의 날 행사도 가져 오랜만에 이국에서 만난 태극 문양에 마음이 설렜다.

2005년 초대형 허리케인 카트리나로 인한 호우로 호수가 범람하여 시내는 유례없는 참혹한 피해를 입었고 컨벤션센터도 동쪽의 1/3이 파괴되었다니 참 안타까운 일이다. 150만 명이 거주하고 있는 뉴올리언스는 도시 인프라 개발로 늪 지층이 3~4m 하강하여 지역의 80%가 해수면보다 지대가 낮아 기후 온난화로 아주 취약한 도시의 하나가 되었다.

시내 프렌치 쿼터에 들리니 프랑스인이 이주하여 만든 거리로 좁은 골목에 집집이 발코니를 잘 활용하고 있었다. 이곳은 재즈의 본향답게 멋진 포스터와 실내로부터 브라스 재즈가 흘러나오고 있어 타 문화 여행객에게도 발걸음을 멈추게 했다. 거리 음악가 딕시랜드 밴드 행진으로 튜바, 더블 베이스, 드럼 등 중후한 저음 연주를 감상하며 행인들도 어울려 한판 춤을 추기도 한다. 빨래판도 등장하는 걸 보니 소리 나면 모두가 악기로 나서는 여유도 있다. 머나먼 미시시피 강을 오르기 위해 강가 선착장으로 나갔다. 역사책에서나 볼 듯 검은 연기를 뿜는 증기기관 유람선은 뒤편에서 힘차게 굴러가는 원통 바퀴 소리와 함께 선착장을 멀어지면서 미시시피 강을 거슬러 오르고 있었다.

멕시코만 도핀섬 백사장에서 가족

미시시피 증기선 선상에서 가족

인디언 원주민 말로 큰 강(Missis-Sepi)이라는 뜻의 미시시피 강은 미국 북부 미네소타 주에서 발원해 대륙 중앙을 관통한다. 한편으로는 로키 산맥에서 출발한 미주리 강과 아칸소 강 그리고 애팔래치안 산맥을 따라 내려오는 오하이오 강과 테네시 강을 만나 큰 강으로 대평원을 적신다. 광활한 평야와 초원은 인디언 원주민의 오랜 정착지였다니, 같은 뿌리로 웃으면 광대가 올라가는 연민의 정을 느낀다.

1830년, 인디언 이주법이 시행되면서 개척자와 불화, 부족 간의 갈등이 심해져 강의 물길은 더욱 험악해졌다. 1833년, 1,200척이 넘는 증기선이 강을 누비며 강 따라 엄청난 유통이 이루어졌으나, 1865년 남북전쟁에서 남부 연합군이 패하자 급격히 쇠락의 길을 걷게 되어 역사의 뒤안길은 쓸쓸했다. 이 배도 역사는 일정 부분 반복하듯 어느새 온 길로 다시 돌아가고 있음을 바람이 알려 주고 떠났다. (月刊 純粹文學 통권 348호 게재, 2022. 11.)

"욕구와 달리 욕망은 끝이 없다"

11. 태양과 바다, 문화의 도시 바르셀로나

바르셀로나는 태양과 바다가 만나는 경계에서 자연을 닮은 인간의 창조성이 어우러진 공간으로 끝없는 영감을 불러일으킨다. 1991년 6월, 지중해 태양은 강렬했고 세찬 바닷바람도 주변을 스쳐 갔다. 학회활동을 마치고 지중해 입구에 떠 있는 작은 섬, 마요르카 팔마 공항을 이륙한 지 40여 분, 뜨거운 태양과 함께 시원하게 펼쳐진 해변 위를 내리며 바르셀로나 국제공항에 도착했다. 안내소를 찾아 지도와 호텔 안내서를 건네받으니 올림픽을 앞둔 관광도시답게 자세히 파악할 수 있도록 사진과 표로 작성되어 있었다. 달러를 스페인 페세타로 환전한 후 호텔 예약을 마치고, 무더운 공기의 시가지를 택시로 달려 도심의 몬테칼로 호텔로 갔다. 3시간 버스 투어와 라 스칼라 쇼를 예약하고서 거리 풍경과 스페인 사람 모습을 보기 위해 길을 나섰다.

2천 년 역사의 고도 바르셀로나는 인구 400만의 이베리아 반도 동북부 카탈로니아의 정치, 경제, 문화의 중심지로 스페인 제2의 도시이다. 콜럼버스의 신대륙 발견 500주년과 때를 같이 하여 올림픽 준비로 활기가 넘치고 있었다. 호텔 좌우로 뻗어 있는 라 람블라 거리의 폭은 명동 거리의 2배 정도인데 중간은 휴식 공간으로 만들어져 있었고, 악사, 화가, 댄서, 행위예술가 등 거리 공연자들이 장을 펼치고 있어 열기가 가득했다. 콜럼버스 동상이 있다는 바다로 향해 걷다가, 젊은 남녀가 멋진 탱고 춤을 추고, 모여든 사람들은 박수와 함께 동전을 던지곤 했다. 같은 방향으로 발길을 옮기니, 일본 청년이 소도구를 써 가며 무언극을 펼쳤다. 짧은 머리카락과 단련된 몸에 흰 가루를 희끗희끗 바르고서 모나리자의 미소, 로댕의 생각하는 사람, 자유의 여신상 등을 차례로 연출하면서 스페인말 한마디 하지 않고서 돈을 거두니 상술로도 놀라웠다.

남미 안데스 인디오 모습의 젊은이들이 연주하는 독특한 악기와 슬픈 음색을 뒤로하고 높은 받침대 위의 컬럼버스 동상을 바라보면서 항구에 다다랐다. 건장한 젊은이들이 요트 출항 준비를 신나게 하고 있었고, 저 멀리 콜럼버스가 타고 신대륙을 발견한 산타마리아호가 보여 가보았다. 호텔로 돌아가려니 발걸음이 무거워, 기대감이 없으면 신체 반응이 다름을 실감하고서 인간의 기대감이 중요함을 깨달았다.

이 지방이 낳은 20세기 최고의 건축가, 가우디가 설계하고 백 년 동안 아직도 짓고 있다는 사그라다 파밀리아 성당을 버스로 가보았다. 하늘을 향한 끝없는 인간의 의지를 표현한 듯 뾰족한 종탑들이 10개나 올라가 있었고 가장 높은 것은 세계에서 최고인 167m나 되었다. 파밀리아 성당은 바르셀로나 서적상 보카벨라가 19세기 말 유럽에서 가족 간의 사랑 결핍으로 파탄을 겪는 것을 걱정한 나머지 성가정을 본받도록 중심가에 부지를 마련함으로써 시작되었다고 한다. 천재 건축가 가우디는 그의 설계일지에서 다음과 같이 적고 있다. "100년 안에 이 건축물을 짓는다는 것은 불가능하다. … 못다 한 일은 다음 세대가 … 그래도 마무리 짓지 못하면 … 다음, 다음 세대가 …."라고.

1997년 여름, 대전교구 전민동성당에서 어렵사리 성당 부지를 구했으나 그해 11월 IMF 사태로 착공이 어려워졌다. 사목회의에서 파밀리아 성당은 100년에 걸쳐 짓고 있는데 3년 계획이면 5년 안으로 지으면 되지 않겠냐며 이 과정도 신앙생활이라고 강조하여 곧바로 착공하게 되었다.

피카소 미술관에 들어서니 회화, 스케치, 판화 등 손바닥만 한 크기의 그림부터 벽 한 면을 채우는 크기의 그림까지 다양했다. 전 생애에 걸친 많은 작품이 13세기와 15세기 사이에 축조된 고궁의 벽돌 아치와 깨끗이 닦아 놓은 돌벽을 배경으로 잘 전시되어 있었다. 피카소는 24세부터 파리에서 작품 활동을 계속하고, 여러 방향에서 동시에 보여 주는 큐비즘을 발전시켰다. 프랑코를 돕는 독일 비행기가 바스크의 옛 수도 게르니카를 폭격하자 고뇌의 모습을 극명하게 묘사한 그림으로도 유명하다.

사그라다 파밀리아 성당, Wikipedia

피카소 큐비즘의 대표작, 목욕하는 아비뇽 여인, 뉴욕 현대박물관 소장

문화에 관한 한 이 지방 사람들의 자부심으로 피카소 외에도 초현실주의의 달리와 1982년 월드컵 축구경기를 위해 기교와 명성을 보여준 미로, 첼로의 카잘스 같은 숱한 예술가를 배출했다. 미술관을 나서면

서 한 사람의 미술가가 이토록 이방인의 발길을 멈추게 하고 관광 입국 스페인을 빛나게 하니 우리도 무형문화재를 발굴 육성하여 우리 민족의 긍지와 문화도 일구어야겠다고 생각했다.

이튿날, 벨소리에 놀라 창 쪽 커튼을 걷으니 어느새 태양은 비스듬히 대각선의 그림자를 맞은편 건물에 드리우고 있었다. 늦을세라 서둘러 택시로 공항에 도착하니 어제의 그 자리에서 축제와 투우 경기를 못 보고 떠남을 아쉬워했다. 올림픽 준비로 정돈된 수만 그루의 종려나무 그늘이 문화의 정취를 품었다. 건물들의 조화, 새로 짓기보다는 기존 시설을 잘 이용하고 모자라는 숙박 시설은 여객선을 항구에 정박하여 이용하는 일은 과다한 투자를 방지하는 좋은 방편이라고 생각했다.

관광의 나라 도시답게 여러 가지 문화적 풍물을 느낄 수 있었던 것은 콜럼버스 동상이 있는 라 람브라 거리, 인상적이었던 거리 예술가 군상들이었다. 가우디의 건축물을 비롯하여 자연을 예술로 승화한 건축 양식들, 산타마리아호의 위용과 피카소의 그림들로 상념에 잠겼다. 어느새 그리스 아테네로 향하는 올림픽항공 여객기는 또 다른 문명과 문화의 보고를 향해 푸른 바다와 하늘이 맞닿은 수평선 너머로 날기 시작했다.

(반야월 창간호 게재(개정), 1992년 10월 30일)

"의미가 깊다면 시간에 얽매이지 말자"

12. 치앙마이 황금 삼각주가 변하다

　　　　치앙마이 황금 삼각주는 우리에게 존재의 본질과 그 변화를 마주할 기회를 선사하는 장소였다. 마일리지 공제로 4박 5일 패키지 여행을 떠났다. 2018년 11월 7일 저녁 6시, 중학교 2학년 손녀 서원이와 함께 인천발 태국 치앙마이행 비행기에 올랐다. 치앙마이는 라오스와 미얀마를 잇는 골든 트라이앵글의 중심으로, 한때 세계의 헤로인 생산지로 악명이 높았으나, 현재는 새로운 모습으로 변화하고 있다기에 궁금했다. 5시간 40분의 비행 끝에 태국 시간 저녁 9시 40분에 치앙마이 공항에 도착하니, 어둠이 깔려 있었다. 곧바로 도심의 치앙마이 힐 호텔에 여장을 풀었다.

　　치앙마이는 태국 제2대의 도시로 자연 경관이 뛰어나, '북방의 장미'로 불린다. 1296년 멩라이 왕이 란나 왕조를 세우면서 독특한 건축 양식의 고대 사원과 유적들이 많아졌다. 이튿날, 코끼리 패키지 관광을 위해 약 1시간 거리의 메따만으로 이동했다. 많은 관광객이 모인 관람석에서 공차기, 그림 그리기 등 장난기 가득한 코끼리들의 재능을 감상했다. 그러나 쇠꼬챙이 채찍을 보니 동물 학대가 걱정되었다. 물소 마차를 타고 덜컹거리며 돌아본 인근 동네는 옛날 우마차를 타던 기억을 떠올리게 했다.

　　강가에서는 코끼리 등에 올랐다. 카르타고의 한니발이 알프스 산맥을 넘던 모습으로 산비탈을 오르고 강물을 건넜다. 육중한 코끼리의 몸이 뒤뚱거려 긴장감이 더해졌고, 코끼리가 한입에 삼키는 풀의 양도 상당했다. 강 가운데에서는 황토물이 차올라 긴장감이 높아졌지만, 코끼리는 무사히 강을 건넜다. 대나무 뗏목을 타고 하류로 내려가며 느림의 여유를 만끽했다. 물길 따라 흘러가니 한가로이 흐르는 동안 목마른 손녀는 연신 야자 열매에 빨대를 꽂아 물고 있는 모습이 사랑스러웠다.

코브라 쇼에서는 능수능란한 묘기로 코브라를 얼굴 가까이 가져가고, 물속에서 코브라를 찾아내는 장면에는 숨죽이고 있던 관객들이 함성을 질렀다. 난 농원에서는 여러 종류의 난 뿌리가 수염처럼 주렁주렁 드리워져 자연 그대의 아름다움과 향기를 자아냈다. 해질 무렵, 15세기에 완성된 90m 높이의 왓쩨디루앙 사원을 찾았다. 사방을 돌아보니 1,525년 지진으로 무너진 후 현재는 60m 높이로 복원되었으며, 그 구조와 채색이 너무나 아름다웠다.

3일째 태국 북부 깊숙이 들어가 치앙라이의 백색사원 왓 롱쿤을 찾았다. 1997년부터 짓고 있는 이 사원은 온통 흰색으로, 지옥과 극락을 표현한 구조물로 중생을 깨우치려는 독지가의 정신이 담겨 있었는데 위대한 일이라고 여겨졌다. 우리 일행은 라오스와 경계인 매콩강 중류 골든 트라이앵글 지점에서 배를 타고 하류로 내려가 돈사오(목련도) 국경 시장으로 향했다. 시원한 강바람을 마시며 내려간 시장에는 라오스 민속 제품, 특히 티셔츠가 많았고 골든 트라이앵글 티셔츠를 구매했는데 한가로운 풍경이었다.

태국으로 재입국하여 불탑의 나라 미얀마 타킬렉으로 넘어 가려고 국경 다리에 들어서니 혼잡했고 걸인들이 보였다. 즉석 비자를 받아 시내로 들어가 쏭테우를 타고 츠위타컨 황금 불탑을 찾았다. 1달러를 내고 맨발로 가야 했으며, 양산을 받쳐준 현지인이 친절하게 안내해 주고 사진 촬영도 동참해 주었다. 시내에 있는 왓 타이야이 사원을 방문했는데, 소도시에 이렇게 큰 사찰이 있다니 죽의 장막으로 갇혀 있다던 미얀마 불교 문화유산의 웅대함에 감탄했다. 치앙마이 시내로 돌아오며 지나치는 밤거리는 조용했지만, 호텔 인근 야시장은 다소 붐볐다.

라오스 돈사오 메콩강 선착장

버마 타킬렉 츠위타컨 불탑 광장

4일째 이른 아침, 치앙마이대학교 캠퍼스를 방문하고자 호텔 좌측으로 나가니, 1개월 임차한다는 광고가 눈에 띄었다. 분주히 돌아다니는 관광에서 한 곳에 머무는 힐링 관광으로 변화하고 있음을 실감했다. 지난여름 70여 명으로 구성된 치앙마이대학교 한국 방문단에게 한 시간 특강을 해준 인연이 있어 캠퍼스가 어떤지 걸어가 보았다. 넓은 캠퍼스에서 바라본 도이 수텝 산 정상의 사원이 아침 햇살에 빛났다. 호텔로 돌아와 일행들과 차로 1,200m 높이의 도이 수텝 정상을 구비구비 올라 왓프라텟 사원에 닿았다. 1,386년 란나 왕국 게오나 왕이 수코타이 왕국으로부터 부처님 사리를 얻어 옮기고 있던 신성한 흰 코끼리가 멈춘 곳에 사리를 모시고 사원을 건립했다고 한다. 사원 아래로 치앙마이 도심이 가까이 내려다보였다.

　마지막 일정으로 온천물을 분수로 내뿜는 룽아룬 유황온천에 갔는데, 개별 콘크리트 온천탕이 신기했다. 옛날 군대식처럼 느껴졌지만 피로가 풀리고 안내자가 건네준 삶은 달걀은 동행의 기쁨이었다. 아쉬운 여정을 마치고 밤 11시경 차앙마이 공항을 이륙하여 5시간 20분 만에 인천공항에 착륙하니 아침 5시 20분이었다. 우연의 일치로, 여정의 끝과 새로운 시작이 함께하는 순간이었다.

"틀리다고 쉽게 말하지 말라, 다를 수가 많다"

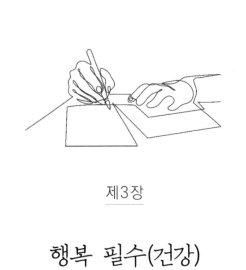

제3장

행복 필수(건강)

1. 건강 진단은 열심히, 이해는 수박 겉핥기

진정한 의미의 건강이란 무엇인지, 얼마나 깊이 이해해야 하는지를 되새기게 되었다. 2020년 봄에 코로나의 1차 유행기를 보내고, 7월에 건강검진센터에서 종합건강검진을 받았다. 평년에 비하면 번잡도는 70% 정도인 듯했고 직원들은 반갑도록 친절했다. 검진 결과는 대부분 다음 날 홈페이지에 게시되었고, 종합건강진단 소견이 담긴 인쇄물은 몇 주 후에 송달되었다.

체성분 분석 결과를 보니, 첫째, 영양평가에서 단백질과 무기질이 다소 부족하고 지방질은 과다했다. 이는 반찬을 잘 먹지 않으며 단백질 섭취가 부족한 결과로 보았다. 둘째, 체중 관리에서 체중은 표준이나 근육량은 부족하고 체지방은 다소 많았다. 수년 동안 체중 변화는 없었으나, 운동 부족이 원인이라고 판단되었다. 셋째, 신체 균형과 강도 분석에서 상체 균형은 약한 불균형이나 하체와 상하 신체는 균형을 이루고 있었다. 골밀도는 양호했으나 근육 강도는 약했다. 이는 통학 거리가 길었던 학창 시절 오른쪽으로 치우친 책가방 영향일 것 같고, 역시 운동 부족이 원인이다. 넷째, 체수분이 부족하고 생활습관은 정상으로 나타났다. 물을 잘 마시지 않는 습관이 영향을 준 듯하나, 전반적인 생활습관은 정상이라 다행이었다.

시력·청력 검사 결과, 교정시력은 다소 나빠지고 있으나 2019년 9월 백내장 수술 후 원시와 난시 교정으로 일상생활에 큰 불편은 없다. 나의 취약한 안압은 2016년부터 시작한 약물치료 덕분에 관리가 잘되고 있는 편이다. 우안의 안압은 2010년 즈음부터 조금씩 높아지는 경향이 있었고, 2015년에 치료 시기를 놓친 것이 결정적인 실수였다. 양쪽 안압 수치가 초과한 상태로 전문안과병원 정밀검사를 받았어야 했는데 치료 시기를 놓쳤다. 큰 불편함을 느끼지 못하고 있는 사이 우안은 안압이 높아 시신경이 죽어가고 있었다.

청력은 좌이가 경도 난청 결과를 보이고 있는데 특히 일상대화 주파수 대역(500Hz~2,000Hz) 중 고음 부분(2,000Hz) 음역에서 30dB 이상으로 난청 증상을 보이고 있다. 난청 요인은 여러 요인이 있겠으나 어린 시절 인근 전투비행장의 굉음이 나의 고막을 상당히 괴롭혔던 시절이 영향을 미친 것 같다. 난청 범위가 확대되면 보청기를 착용해야 하나, 치매 진전에도 나쁜 영향을 주는 요소로 알려져 있다. 난청이 심해지면 경청에 유의하고, 주변 사람들의 이해도 필요하다. 가까이서 또박또박 이야기해 주면 스트레스 유발도 줄일 수 있을 것 같다.

순환기 검사에서 혈압은 수축기 134mmHg / 이완기 76mmHg으로 평소 120/70인데 이날 수축기 혈압이 다소 높게 나온 편이다. 맥박 수는 분당 50회로 서맥인데, 부정맥이 올 때가 있어 걱정되는 수치이다. 심뇌혈관 위험 평가에서는 심뇌혈관 나이가 12년이나 젊게 나와 다행이다. 콜레스테롤을 10년 이상 약물로 관리하고 있으나, 중성지방이 높아 혈관의 신축성이 취약할 것이며 개선이 어렵다.

혈액형은 B+이고, 빈혈 관련 혈색소는 13.6g/dL로 정상 범위(13~18g/dL)이나 다소 낮았다. 혈소판 분포는 다소 높은 편이다. 백혈구 수나 백혈구 구성으로 호중구, 임파구 등 백혈구 분포는 양호한 편이다. 혈소판 수는 다소 적으며, 적혈구 침강 속도는 정상이나 이전보다 느리게 침강하여 혈액이 전보다 찐득해졌다고 할 수 있다. 이는 콜레스테롤과 중성지방 과다와 연관이 있다고 본다.

당뇨 검사에서는 공복 시 혈당이 93mg(74~106mg 정상)으로 정상이고, 인슐린 분비는 정상이나 다소 낮은 편이다. 가족력으로 유전적 요인 가능성이 크기 때문에 지켜보아야 할 항목이다. 신부전 질환 관련 신사구체여과율은 정상이나 전회보다 여과율이 다소 떨어진 수치이다. 전해질 검사에서 나트륨, 칼륨, 염소, 칼슘, 인의 수치는 정상 범위에 있다. 비타민 D는 23.52ng/mL로 다소 낮으나 전회 보다는 개선된 수치였고, 30ng/mL 이상을 위해 야외 햇빛 조사에 관심을 높여야 할 듯하다.

간 기능 검사로 간염지수 GOT, 간괴사 GPT, 간 장애 감마 GTP는 정상이고, 총빌리루빈(T. Bilirubin) 수치가 높게 검출되어 담도가 폐쇄되고 있는지 아니면 선천적으로 분해 효소가 부족한지가 궁금한 증상이다. 간염 검사에서 질환은 없으나 B형 간염 항체가 형성되지 않았는데, 과거 예방접종을 하였지만 생기지 않았었다.

체형 판정 도표

심뇌혈관 위험 평가표

종합해 보면, 체수분, 단백질 섭취를 늘리고 중성지방 저하를 위해 탄수화물 섭취는 줄이며 평소 운동량을 늘려야 한다. 경증 지방간에 대한 적절한 조치와 안압 관리에 꾸준히 노력해야겠다. 건강 수준이 미흡하나 간염, 헬리코박터 등 감염을 피할 수 있게 해주신 어머니께도 감사드린다. 인체의 불확실성이 높아 검진자의 적절한 후속 조치를 위해서 검진판정 전문의의 명확한 메시지가 필요하다고 본다. 마지막으로 건강검진을 잘 하기 위해서는 나이, 질병/건강 상태, 가족력, 진단 장비/기술 발전, 비용 등을 고려하여 적절한 선택과 꾸준한 모니터링이 필요하다고 생각했다.

"고정관념을 탈피하려면 관점을 바꾸어보자"

2. 안압은 침묵의 복병

안압 상승은 눈 속에서 우리 삶의 소중한 순간들을 위협하는 존재이다. 2016년 6월, 연례 건강검진 중 안과 소견을 살펴보니 다음과 같았다.

"안압 증가로 안과 진료 요합니다. 안압 상승이 반드시 녹내장을 의미하는 것은 아니며, 높은 안압으로 인하여 시신경의 손상이 동반되어야 녹내장이란 진단이 붙게 됩니다. 안압은 높지만 시신경의 손상이 없는 상태를 고안압증이라고 하며 경우에 따라 안압을 낮추는 치료가 필요할 수 있습니다. 일단 안압이 높으면 녹내장으로 이환될 가능성이 보통 사람보다 크기 때문에 정기적으로 안압 및 시야 검사를 하는 것이 좋습니다."

2015년 9월 건강검진에서도 동일한 의견이 제시되었고, 따로 안과 진료를 받았으나 이후 중단된 이유는 잘 모르겠다. 이때까지 안과 증상의 심각성을 제대로 인지하지 못했음을 한탄했다. 정밀검사 비용도 7만 원 정도였는데 "반드시는 아니고 가능성이 크다."라고만 할 것이 아니라, 안압이 높은 고령자에게는 정밀검사를 받도록 강력하게 권유했어야 했다는 아쉬움이 많았다.

3개월이 지난 후, 전문 안과병원에서 진료를 받기로 마음을 먹고 병원을 찾았다. 우안의 시신경이 손상되어 좌하단 일부 시야는 잘 보이지 않았다. 악화가 진행 중이었지만 양안 시력은 1.0이었고, 좌안이 보상해 주어 제대로 느끼지 못했던 것이다. 순간 가슴이 철렁 내려앉았다. 2016년까지 안압 상승 기록을 보면, 우안은 2009년부터, 좌안은 2015년부터 20mmHg 상한선을 넘기 시작했다. 이때부터 안압 강하를 시작했어야 했고, 2015년부터 상황은 더욱 심각해지고 있었던 것이다.

　시야 검사 결과, 우안 좌하단이 잘 보이지 않았으며, 망막 아래 시신경 다발이 빠져나가는 부분의 구조 검사인 유두비 검사에서 우안의 비율이 증가된 것이 관찰되었고, 두께가 상당히 얇아져 있었다. 위와 같은 현상은 높은 안압이 지속됨에 따라 시신경이 손상되었고, 손상된 시신경 관련 망막에 맺히는 시각 정보를 시신경 뇌세포로 전달하지 못해 해당 영역의 이미지를 인지할 수가 없었다.

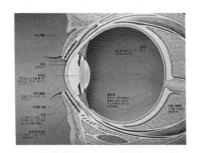
눈의 구조, Newton 2020. 3.

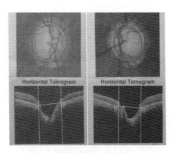
시신경과 유두비 사진

　우안은 개방각 녹내장으로 보였고, 안압을 낮추기 위해 동공에 들어가는, 눈 속의 액체인, 방수 유입을 줄이는 약을 아침과 취침 전에 투입하고, 방수가 충분히 배출되도록 돕는 약을 취침 전에 투약하기 시작했다. 방수 유입을 줄이는 약은 상온 보관 C 점안액이고, 방수 배출을 촉진하는 약은 냉장 보관 T 점안액이다. C 점안액은 투입 후 약간의 충혈과 작열감 그리고 눈 주변 알레르기를 유발하는 느낌이 들어 투약 후 10분이 지나면 세수로 씻어낸다. T 점안액은 취침 전에 투입하는데 눈에 느낌은 없으나 눈 주위에 검게 침착하여 이 또한 투약 후 10분 후 세수로 씻어냈다.

투약과 동시에 안압은 정상 범위로 내려갔고, 3개월 단위로 관찰하면서 4년간 꾸준히 투약한 결과, 2020년 7월 건강검진에서는 우안 13mmHg, 좌안 14mmHg를 보였다. 요사이 제약기술이 나날이 좋아 다음 진료 시에는 후유증이 적은 약은 없는지 물어보아야겠다. 하지만 잃어버린 우안 일부 시신경은 돌이킬 수 없어 안타깝다. 혹시나 해서 사각형 달력 중앙에 우안을 집중하고 시야가 좀 더 좋아지는지 가끔 확인해 보기도 한다. 한편으로는 시야가 점점 좁아지고 악화될까 두렵다.

녹내장은 황반변성, 당뇨망막병증과 더불어 3대 실명 질환으로 최근 증가 추세에 있으며, 이로 인한 사회적 비용도 고혈압, 당뇨병 다음으로 높다. 서서히 진행되는 무서운 질환이기에 나이가 들고 시야가 조금 불편하면 반드시 한 번쯤 정밀검사를 받길 바란다. 안압이 높고 시야가 좁아졌으면 약물로 안압을 낮추어야 한다. 과다한 커피, 음주 그리고 흡연, 구부리는 운동, 역기 들기, 윗몸 일으키기, 요가, 안압이 높은 눈 옆으로 눕기, 관악기 불기, 넥타이 꽉 매기 등은 안압 상승을 부추길 수 있으므로 피해야 한다. 반면 매일 30분 유산소 운동은 안압을 낮추는데 효과적이라는 조사 결과가 있었다.

검진 결과의 설명이 어떻게 이루어지는가에 따라 검진자의 상황 인지와 후속 조치가 크게 달라질 수 있다. 나이가 들면 눈과 귀도 불편 없

이 서서히 나빠지기 마련이다. 이 점을 명심하여, 저처럼 불편하게 아침
과 취침 전에 안약을 넣지 않고, 밝은 눈으로 이 세월 끝까지 이비인후
치안(耳鼻咽喉齒眼) 모두가 건강한 생활을 보내길 바란다.

"사전 탐지가 최고의 건강 관리"

3. 치매는 극복했으나

치매를 극복하는 순간 새로운 관계의 의미와 사랑의 본질을 다시 배우고 있었다. 2018년 11월 17일 오후, 따뜻한 햇살이 밝았던 거실에서 어머니께서는 낙상으로 고관절 골절상을 입으셨다. 그 순간은 우리 가족에게 모든 것을 뒤흔드는 쓰나미였다. 어머니는 경북대학교 의과대학병원 응급실로 가시고 섬망 증세로 횡설수설하시면서 밤을 지새웠다. 당뇨 조절 및 혈전 상태를 관찰하여 11월 23일 이른 아침에 인공 고관절 치환수술은 잘 끝냈으나 마취가 풀렸어도 섬망 증세는 여전하였다.

일주일 후 11월 30일, 곽외과병원 중환자실로 함께 이동하면서 회복을 기다리는 마음은 무거웠다. 중환자실에서 1개월 회복 기간을 보내고, 12월 27일 안심요양병원 중환자실로 오게 되었다. 10년 전 80대 중반 시절 어머니는 같은 고관절 치환수술 후 3일 만에 의식이 회복되고 40일 후에는 걸어서 퇴원할 수가 있었으나 이번은 시간이 멈춘 듯 회복이 무척 느렸다. 이곳에서도 섬망 증세와 침대에서 내려오시려는 돌발 행위로 침대에 다리를 묶어 두어야 하는 마음 아픈 일도 생겼다.

2019년 1월 14일 대구 동산병원 앞 임정근신경과의원에서 중증 치매 판정을 받았고, 3가지 부류의 약 중에서 원장의 고심에 찬 처방의 약을 드시게 되었다. 이때까지만 해도 어머니는 아들 외에는 누구인지 알지 못하셨다. 하지만 3개월 후 눈에 띄게 호전되기 시작하여 몇 달 후에는 의식이 80% 수준으로 회복되었다. 치매도 치료가 된 듯 놀라웠다.

2020년 2월 23일에는 손을 떠시고 뇌경색 증상이 왔다. 코로나 여파로 진료가 어려운데 어렵사리 대구 J영상의학과 병원에서 뇌 촬영 진단을 받아보니 혈류장애를 일으킨 혈전은 사라진 듯 다행히 지금은 흔적이 없었다. 어머니께서는 낙상 이전에는 허리는 조금 굽으셨지만, 스스로 보행하셨고 의식도 좋으신 편이셨는데, 고관절 골절과 마취에 의한 인공관절 치환수술 후 치매 증상이 왔다.

치매는 대뇌가 정상이었던 지능이 저하되는 병으로, 이해, 기억, 계산, 사고 등 인지 기능이 저하되는 증상이다. 우리나라는 2020년 현재 65세 이상 노인이 750만 명을 상회하였고, 이 중 10% 이상이 치매 환자로 추정되고 있다. 무언가를 잊었다는 자각이 있는 경우는 건망증으로 어디에 물건을 두었는지를 모르는 경우이고, 치매는 물건의 용도를 모르는 경우이다. 치매는 70개 이상의 종류가 있으나, 뇌혈관성(19.5%), 알츠하이머형(67.6%) 그리고 루이 소체형(4.3%) 치매가 90%를 차지한다고 한다.

뇌혈관성 치매는 대다수 뇌경색이 원인이며, 성인병으로 뇌의 혈관이 막히거나 파괴되어 뇌세포의 괴사로 인지 기능이 쇠퇴한다. 손발의 저림이나 감정 제어가 제대로 되지 않는 등의 증상이 특징이고, 기억력은 있어도 판단력만 떨어지는 등의 증상이 나타난다. 노년성 치매에 걸린 사람들에게 많이 나타나며 육식 위주의 식생활, 누적된 과로, 스트레스의 증가, 운동 부족 등이 뇌혈관 장애를 일으키는 요인으로 순환계에 문제가 발생한 것이다.

알츠하이머형 치매는 베타 아밀로이드, 타우 단백질 쓰레기가 뇌 속에 쌓임으로써 신경세포가 죽어, 기억을 담당하는 해마를 중심으로 뇌가 위축된다. 치매 중에서 기억장애가 가장 심하고, 특히 새로운 기억이 어렵다. 초기에는 해마나 측두엽에서 시작되나 두정엽으로 확대된다. 기억장애와 함께 물건을 도둑맞았다는 망상, 배회 등이 특징이다. 신경과 신경세포 사이 신경 전달 물질의 대사장애가 주원인으로 신경 변성질환, 중독, 뇌염 등도 치매의 원인이 된다. 처음에는 건망증 정도였던 기억장애가 중증이 되면서 인식장애, 배회, 불결한 행위 등의 증상이 나타난다.

루이 소체형 치매는 뇌 속에 단백질이 모여 루이 소체라는 작은 덩어리가 생기고 신경 네트워크에 이상이 생긴다. 젓가락을 들 수 없게 되는 등의 운동장애나 움직이는 동물이 보이는 환시가 주된 특징이다. 뇌의 위축은 적고 기억장애도 가벼운 경우가 많고 우울 상태가 특징이라 우울증으로 오인되기도 한다.

치매 치료는 극히 일부 예외를 제외하고는 근본부터 치료하거나 진행을 완전히 멈추는 치료법은 발견하지 못했다. 약물 요법은 증상을 어느 정도 억제함으로써 진행을 완화하기 위해 사용된다. 기억장애 증상에는 인지 기능 개선 약을, 우울이나 배회 등 주변 증상에는 향정신성 약 투여가 일반적이고 부작용도 살펴보아야 한다. 환자와 간병인의 스트레스를 해소하기 위해서는 함께 산책하거나 독서 등 혼자만의 시간을 가지는 것도 한 방법이다.

치매 유발 요인을 제거하기 위해서는 흥미와 기쁨을 가지는 취미생활과 삶의 목표 설정 등으로 치매로 이끄는 나태한 생활을 이겨내고, 규칙적이면서 융통성 있는 생활에 노력한다. 치매 예방을 위해서는 성인병으로 당뇨병, 고지혈증, 고혈압, 동맥경화 등을 관찰하여 혈관을 튼튼하게 한다. 식습관으로는 짠 음식과 과식은 피하고 80% 정도의 양으로 소식하고 미각, 후각, 촉각 등 오감을 증진시킨다. 그리고 체력 유지로 산책, 체조, 댄스, 달리기 등을 꾸준히 한다.

치매를 예방하는 활동, 챗GPT 4.0 제공

어머니의 낙상, 중증 치매 진단과 그로 인한 변화는 우리 가족에게 많은 것을 깨닫게 해주었다. 질병은 단순한 신체적 문제를 넘어 가족의 삶 전체에 깊이 영향을 미치는 존재였다. 어머니의 낙상, 치매로 우리 가족을 가르치려고 했다면, 어머니에게는 너무 잔인한 일이었다. 어머니가 치료와 재활 중에 코로나가 엄습하여 회복은 늦어지고, 영원한 이별이 가까이 오고 있음을 모른 채 회복만을 기다리다 불효자는 통곡했습니다.

"뇌는 매번 다르게 말한다"

4. 생활 속의 면역 e야기

　　일상생활 속에서 면역은 생명의 가장 큰 동반자로 늘 우리를 지키고 있었다. 2006년 대구반야월초등학교 총동창원로회 회장으로 신년교례회 행사에서 '생활 속에서 건강을 찾는, 면역 e야기'를 발표했다. 의료 활동은 대개 질병 발생 후에 집중되며, 환자는 의학적, 금전적, 통증 측면에서 자유롭지 못한 상황에 처하게 된다. 따라서 전주기 건강을 위해서는 발병 이전 예방에 비중을 두고 면역에 초점을 맞추게 되었다.

면역 e야기 발표 표지

　　면역(Immunity)이란 우리 몸에서 질병을 막아 주는 능력으로, 특정 장기나 조직에만 국한되지 않고 몸 전체의 세포가 여러 시스템으로 연결되어 발생하는 자연적인 치유력이다. 의학의 신, 히포크라테스(A.D. 450)는 "면역은 최고의 의사이며 최고의 치료법."이라고 했다. 면역력과 관련이 깊은 시스템은 내분비계와 이를 조종하는 자율신경계이다. 면역체계 이상의 주요 원인은 잘못된 생활습관으로 편식, 운동 부족, 스트레스, 피로에서 기인한다.

면역 시스템을 고장 나게 하고 무력하게 만드는 주범은 자기 자신임을 알고 나면 놀라움을 금치 못할 것이다. 면역은 크게 4가지 형태로 작용한다. 첫째, 방어 역할로 침입한 세균, 바이러스를 공격하여 죽이고 위험요인을 인지하여 파괴, 제거하고 감염을 방지한다. 둘째, 정화 역할은 각종 오염물질 및 중금속, 면역세포에 의해 죽은 세균 및 바이러스 등을 청소하여 인체 외부로 배출한다. 셋째, 재생 역할로 면역체계는 훼손된 기관을 재생하여 건강을 회복시킨다. 마지막으로 기억 역할은 면역세포는 인체에 침입한 각종 질병인자(항원)를 기억하였다가 재침입 시 항체를 만들어 대항한다.

면역 강화를 강조하는 이유는 우리가 생활하는 모든 곳에 병원균과 유해 바이러스 등이 상존하고 있기 때문이다. 병에 걸리는 것은 자율신경의 불안정 또는 불균형으로 자연치유력이 감퇴하면 병원균과 바이러스에 대한 면역체계가 붕괴되기 때문이다. 새롭게 다가오는 성인병과 탄저병, 패혈증, 악성 피부병, 악성 알레르기 등을 이겨내기 위해서는 인체 방어 구조와 마음(정신) 그리고 신경계를 강화시켜 자연치유력을 증진시키는 방법밖에 없다. 이를 위해 긍정적 사고, 근육 강화, 대장 건강, 양질의 단백질, 수면 등에 관하여 정리하고자 한다.

긍정적 사고의 균형된 자율신경이 면역 강화에 중요한 이유는 육체와 마음은 늘 대화를 나누기 때문이다. 마음으로 생각하는 것은 반드시 구체적인 물질로 변화되어 육체에 작용한다. 인간은 화를 내거나 강한 스트레스를 받으면 뇌에서 노르아드레날린을 분비하게 하는데 면역력을 저하시킨다. 한편 기분이 좋으면 베타 엔도르핀을 분비하게 되는데 면역력을 높여 주는 효과가 뛰어나다. 욕조에 몸을 담그면 우리 몸은 자연스러운 휴식을 취하며 알파파가 나오고 림프구의 움직임도 활발해진다. 알파파가 나오면 혈압이 정상으로, 혈액 순환이 원활해지며 에너지 대사가 활발해진다.

근육 강화는 혈액 순환을 원활하게 돕는 기능이 있어 질병 예방에 효과적이다. 정맥혈이 심장으로 돌아올 때 근육의 힘이 필요하며, 근육을 제2의 심장이라고 부른다. 체내 지방은 근육 안에서만 연소되는 특징을 가지고 있다. 근육이 튼튼한 사람은 빨리 지방을 연소시키는 반면, 적은 사람은 과잉 지방질이 몸 안에 축적되는 것이다. 혈액을 항상 원활하게 흐르게 하려면 단단한 근육을 유지해야 하며, 그러기 위해서는 적절한 운동이 필요하다. 그리고 우뇌를 활동시키려면 좌뇌를 진정시킬 필요가 있는데, 가장 효과적인 방법이 바로 걷는 운동이다.

대장은 최대의 면역 시스템이며 유산균이나 비피더스균은 장의 면역체계를 활성화시킨다. 식이섬유는 변비가 있거나 혈당치가 걱정되는 사람에게 효과적이며 장의 컨디션 개선에 좋다. 감귤류나 양배추 등의 야채에 포함된 식이섬유 펙틴은 콜레스테롤의 수치를 떨어뜨리고 소장에서의 포도당 흡수를 원만하게 한다. 현미밥은 부족한 영양소 섭취에 좋고 씨눈에 비타민 B군(영양 대사 촉진, 피로 회복), 비타민E(활성산소 억제), 그리고 호분층에는 현대인에게 부족한 셀린이나 마그네슘, 아연 등 성인병 예방에 필수적인 미네랄 성분이 풍부하고, 변비 해소에 효과적인 식이섬유도 많이 포함되어 있다.

양질의 단백질은 면역세포의 원료이며, 일일 최소 60kg 체중에는 66g, 80kg 체중에는 88g 필요하다. 고기나 생선, 대두와 낫도 (청국장), 두부 등에 풍부하다. 볶은 요리보다는 삶은 요리, 튀긴 요리보다는 구운 요리로 섭취하는 것이 좋다.

야채 수프로 당근, 줄기 콩, 도마도, 시금치, 양배추, 엉겅퀴, 사과 등을 활용하면 부족하기 쉬운, 적은 양의 영양소나 식이섬유가 풍부하여 장에 쌓인 독소를 배출하고 혈중 콜레스테롤을 억제, 면역력 강화의 든든한 후원자가 된다.

스마트체중계로 체성분 변화를 살펴보니, 아침에 일어나면 수면으로 수분 섭취 부족, 영양 섭취 부족, 호르몬 변화, 신체 활동 부족, 소화기관 휴식 등으로 체내의 수분, 단백질, 무기질 등이 고갈되고 체지방율이 높아진다는 것을 알았다. 따라서 조기에 수분과 영양분을 섭취하고 신체적 움직임이 필요했다.

불면증이 지속되면 감기에 걸리기 쉽고 질병에 대한 저항력도 저하된다. 수면 장애가 있는 사람이 1~2주 아침에 일찍 일어나 햇볕을 쬐는 습관을 들인 결과 불면증이 사라진 경우가 많다. 수면 장애가 있으면 과립구가 많아지고 림프구가 적어지며, 과립구가 과하면 자기면역병을 유발한다. 규칙적인 생활은 백혈구 조성비를 정상화하고 식욕, 집중력에도 좋다.

우리 몸은 물리적, 화학적, 생물학적 현상이 복합적으로 일어나는 유기물로 200여 종류의 60조 개의 세포로 구성되고, 이보다 많은 100조 개의 미생물을 안고 공생하는 생명체이다. 부모로부터 물려받은 유전적 기질을 바탕으로 성장·유지하면서 후천적 생활 습관이 건강을 좌우하고 있다. 따라서 기본적인 건강 지식을 알고 자신의 건강 상태를 관찰하여 육체적 건강, 상위의 정신적 건강, 그리고 최상위의 영적 건강까지 도모하는 건강한 생활을 영위하기 바란다.

"면역은 생리작용의 최종 성적표"

5. 스트레스 해소는 어떻게 하나

　　　　　일상생활 속에서 면역은 생명의 가장 큰 동반자로 늘 우리를 지키고 있었다. 인간은 자연환경 속의 유기체로서 이화학적 생리작용과 복잡한 인간관계를 유지하며 살아가기에 스트레스가 생기고 쌓인다. 스트레스란, 내·외부로부터 유해한 자극을 받을 때, 그에 대응하여 생물체가 나타내는 일체의 반응이다. 따라서 일정 부분의 스트레스는 피할 수 없으며, 오히려 스트레스가 너무 적어도 무기력한 상태가 될 수 있다. 스트레스를 신체 외부로부터 받는 외적 스트레스와 이로 인해 자신이 스스로 생성하는 내적 스트레스로 나눈다면 내적 스트레스가 더 위험하다.

　스트레스 유발의 외적 요인으로는 물리적 환경에서 오는 열(추위와 더위), 소음, 한정된 공간, 사람과의 관계에서 무례함, 갈등, 조직사회에서 직무, 절차, 마감 시간, 일상생활에서 가족 문제, 직장 상실, 망각, 고장으로 불편 등이 있다. 내적 요인으로는 나쁜 감정, 걱정, 불안, 긴장, 분노 등이 있다. 이로 인하여 부신피질 호르몬의 분비와 신경의 부조화를 가져오게 된다. 대부분의 스트레스는 자기 스스로 만들어낸다는 점에 주목하며, 이 사실을 이해하는 것이 스트레스를 해소하는 데 중요한 첫걸음이라 할 수 있다. 생활 양식의 선택에서 오는 과중한 스케줄, 불충분한 수면, 카페인 과다 섭취, 사고 방향에서 오는 비관적인 생각, 자신 혹평, 마음의 올가미로 비현실적 기대, 독선적 소유, 경직된 사고, 개인적 성향으로 완벽, 일벌레 등이 스스로 선택한 스트레스 요인이다.

스트레스 반응이 일어나면 혈중 아드레날린이 증가하여 근육, 뇌, 심장에 많은 피를 보내기 위해 맥박과 혈압이 증가하고, 더 많은 산소를 얻기 위해 호흡이 빨라진다. 상황 대처에 적절한 행동을 하기 위해 근육은 긴장하고, 정신과 감각이 더욱 명료해진다. 위험 대처에 중요한 뇌, 심장, 근육으로 가는 혈류는 증가하나, 소화기관, 신장, 간으로 가는 혈류는 감소한다. 추가 에너지를 공급하기 위해 혈중에 당, 지방, 콜레스테롤 양이 증가하고, 출혈에 대비하는 혈소판이나 혈액 응고인자가 증가한다.

스트레스의 면역계 반응에 영향을 미치는 것으로 조직의 발달과 유지에 직접적으로 관여하는 부신 호르몬인 DHEA (DeHydroEpiAndrosterone)라는 물질이 있다. 이 호르몬은 25세 전후에서 감소하기 시작하며 노인이 되면 매우 낮은 수준에 이르게 된다. 노인에게서 DHEA 감소는 암세포 등의 비정상적인 세포를 찾아내어 공격해서 죽이는 능력을 가지고 있는 NK(Natural Killer)세포(자연킬러 세포)의 활동력을 떨어지게 한다.

우리 인체는 적과 직면했을 때의 스트레스 반응으로 제일 먼저 DHEA가 투쟁 반응을 시작한다. 그러나 자극이 지나치게 강하게 되면 스트레스 호르몬인 코티솔이 나오는데 이때 너무 많은 코티솔이 나오게 되면 적과 싸우는 것보다는 오히려 도망치는 반응이 나온다. 즉 코티솔은 DHEA와 반대 효과를 나타낸다. DHEA의 감소뿐만 아니라 코티솔의 증가로 인해 NK세포를 감소시키고 CD4 면역세포를 감소시킨다는 연구 보고가 있다. 코티솔이 장기간 동안 DHEA에 비해 그 비율이 너무 높으면 조직의 대부분, 특히 뇌나 면역계의 손상을 입히게 되는 것이다.

스트레스 해소를 위해서는 인식의 전환이 필요하다. 스트레스의 일반적인 근원은 비현실적인 기대로 어떤 일에 기대했던 것과 일치하지 않을 때 당황하게 된다. 가장 자연스러운 스트레스 해소 방법은 일을 긍정적으로 생각하고 재구성하는 것이다. 재구성이란 어떤 일에 대해 더 좋은 방향으로 사물을 볼 수 있도록 방법을 변화시키는 기술로, 예를 들면, '물컵에 물이 반이 차 있느냐? 반이 비어 있느냐?'는 관점에 따라 다를 뿐이다.

평화를 부르는 크메르 미소

순천만 국가 정원 봉화 언덕을
산책하는 사람들

많은 스트레스가 자신의 관념에서 나오는데 우리가 믿고 있는 진실에는 수많은 전제와 가설이 있다. 우리가 때로는 분노하고 있는 바탕의 믿음이 진실이 아니라는 마음을 여는 연습을 하여야 한다. 우리가 인식하고 있는 뇌 속의 기억은 부정확하고 왜곡되거나 편견에 사로잡힌 것이 많다. 분위기를 바꾸거나 글을 씀으로써 적절하게 감정을 표출하는 것도 한 방법이고 유머는 훌륭한 스트레스 억제제이다. 개그맨 부부의 이혼이 거의 없다는 것도 흥미로운 일이다.

스트레스 해소를 위한 생활양식의 변화를 위해 육류 위주와 가공식품으로 인한 신경계통 결함으로 난폭하고 공격적인 성향을 갖지 않도록 바른 식생활로 개선한다. 규칙적인 운동은 스트레스 배출할 수 있게 되고 신체 조절을 가능하게 한다. 우리 몸은 자신의 의지에 따라 스트레스 반응을 반전시킬 수 있는데 이는 이완반응으로 심호흡이나 명상으로 진정효과를 얻을 수 있다. 수면은 스트레스 해소에 매우 중요한데 조기 취침하고 적당한 수면 시간이 효과적이며 너무나 많은 잠은 좋지 않다.

일로부터 오는 스트레스를 해소하는 방법은 일이 생기면 조기에 착수하는 것이다. 현 상태에서 우선적으로 할 수 있는 사항은 재빨리 실행하고, 이후 부족한 부분 위주로 완성하면 여유 시간도 많아지고 안도감과 품질도 높일 수 있다. 2시간 노동에 20분 정도 휴식하는 속도조절과 일과 여가의 밸런스 유지가 중요하다. 이를 위해서는 자신의 취약한 부분을 찾아서 개선하고자 하는 결의와 행동 강화 훈련이 꾸준하게 필요하다.

"화병은 표현하지 못 하는 데에서 온다"

6. 코로나로 동네 오일장이 멈추다

　　　　코로나 여파로 활기가 넘치던 동네 오일장이 멈춘 순간, 마을의 시간도 멈춘 듯한 적막이 내려앉았다. 1일, 6일이면 대전 유성구 전민동 대로변에 오일장이 선다. 요사이 코로나 영향으로 잠시 멈췄지만, 200m 길이로 터널을 형성하듯 야채, 과일, 생선 가게가 늘어선 모습은 옛적 시골 오일장을 떠올리게 한다. 할인마트와는 다른 정겨운 분위기 속에서, 나는 우선 전체 시장을 한 바퀴 돌며 고추, 파, 콩나물, 무, 그리고 과일 순으로 장을 본다. 지난번 속이 빈 줄 모르고 큼직한 무를 샀던 기억이 떠오른다. 동네 장터가 경쟁력을 가지려면 낮은 가격도 중요하지만 균일한 품질이 중요하다고 생각되었다. 그리고 할인마트에서는 보기 드문 덤을 주는 인심은 장을 보는 재미를 더해준다. 특히 콩나물 살 때 그렇다.

　　유아 시절부터 초등학교 시절까지 살았던 대구 반야월 토담집 앞에도 1일, 6일이면 장이 섰다. 2일, 7일은 영천장, 3일, 8일은 자인장, 4일, 9일은 하양장, 5일, 10일은 경산장이 열렸다. 반야월 율하동 버스정류장 아래로 내려가면, 장터는 좌우로 200m 정도 뻗어 있었고, 우측에는 업종별로 장터가 형성되었다. 첫 번째 가게는 풀무질을 하며 쇠붙이를 두드리는 문씨 대장간이었고, 옆집은 수재 집안인 신씨 집으로 건어물 가게가 자리 잡고 있었다. 아래로 내려가면 국밥을 팔던 박사준 친구의 집과 뒤편에는 이경우 친구 집의 큰 마당에 생선 가게가 있었다.

초등학교 시절, 나는 일찍 집을 나서서 길 건너 국밥집 친구집에서 등교를 기다리곤 했다. 이때부터 기다리는 연습을 많이 한 것 같다. 어물전 친구까지 합세하면 학교로 갔었는데 지각할까 봐 마음졸인 적도 많았다. 우리들의 놀이터였던 어물전 마당에는 생선 궤짝이 널브러져 있었고, 여름이면 짠 비린내가 물씬 풍기며 생선 왕파리가 윙윙거렸다. 아래로 내려가면 우시장이 있었고, 그 옆에는 우리 과수원이 있었다.

우시장에는 소들이 가끔 뛰어들거나, 사람들이 염소 뿔을 잡고 땅바닥에 내리꽂는 힘자랑을 하기도 했다. 좌측 시장에는 좌판 상인들이 떡, 야채, 나물 등을 팔았다. 중심 지역에 우리 할머니가 운영하는 가게가 있었고, 가까이서 국수를 팔던 부부와는 친하게 지내셨다. 초등학교 저학년 시절, 2부 수업을 받던 때는 학교에 간다고 인사하러 할머니한테 가면 국수, 우뭇가사리, 두부를 사서 데워 주시곤 했다. 할머니 치맛자락에 감기면 용돈이 필요한 줄 아시고 주머니를 열어 돈을 쥐어 주시면, 나는 신나게 학교로 달려갔다.

늦가을 김장철이 되면 그릇과 장독 수요가 많아 항아리에 돈을 담으시고 저녁에 할머니와 함께 정리하는 일이 신났다. 할머니께서는 과수원과 가게 수입으로 전답을 사시려고 애쓰시었다. 할머니는 한글은 모르셨지만 고객들의 외상값은 정확히 기억하시는 모습이 신기했다.

1970년대 후반, 유학을 떠나기 전 어린 딸과 함께 할머니와 문답식 대화를 녹음해 두었다. 할머니 친정 집안 형편은 괜찮았으나 시집을 와 보니 아무것도 없더라고 하셨다. 할머니는 장사 수완이 좋으셨고, 우리 가족이 어렵지 않게 생활할 수 있었던 것은 할머니의 고생과 은덕으로 아무리 감사해도 모자랄 것이다. 할머니께서는 식구들의 생일이 오면 나에게 식육점에 가서 쇠고기를 사 오라고 하셨는데, 주인이 쇠고기 무게를 정확히 달고 비계를 더 줄 때 얼마나 더 줄지에 눈길이 갔다. 장날에는 언제나 짚으로 묶은 고등어나 갈치를 사 오시고, 제사 때는 물 좋은 돔배기를 영천장까지 가서 미리 사 놓으셨다.

특히 할아버지 제사 때는 이웃을 불러 제삿밥을 대접하셨다. 내가 이웃에 들러 어른들에게 제삿밥을 드시러 오시라 하면 이웃들도 날짜를 대강 알고 계셨다. 할머니께서 만드시는 소고기 산적은 정말 맛이 좋았다. 할머니는 이른 아침 40리 떨어진 자인장까지 걸어가셔서 흑염소를 사서 몰고 오시고 이웃들과 보신용 고기를 나누시며, 산모들의 산파 역할도 하셨다. 동네 할머니 그리고 동네 고모로까지 인연이 이어졌다.

코로나로 한산한 전민동 오일장   반야월 장터 생가

신작로에서 시장으로 내려오면 땜쟁이가 있었는데, 호기심으로 길을 멈추고 한참 바라보곤 했다. 중학교 과학 실습으로 모터 제작 납땜할 때 선행학습이 되었다. 시장에서 팔았던 인절미와 우뭇가사리 콩국

은 진미였고, 빨강·노랑 색깔의 사카린 얼음물을 만든 냉차 장수는 한적한 시장 바닥을 갈증으로 물들였다. 어느 봄날, 정신 나간 처녀가 실오라기 하나 걸치지 않고 맨발로 오가던 일이 있었다. 용기 있는 아줌마가 데리고 나가서 평온을 찾았지만, 그때 처음으로 본 여인의 몸매가 비너스 조각상처럼 아름다웠다.

반야월시장은 1970년대에 넓은 논밭에 새롭게 개발하여 지금의 종합시장에 이르고 있다. 할머니께서는 이곳으로 옮겨 오시어 70대까지 장사를 이어 가셨다. 이제 할머니는 가셨지만, 인근 요양병원에 계시는 어머니를 휠체어로 모시고 시장에 가서 옛 생각을 떠올리시면 치매 인지 강화에 도움이 되도록 시장에 가곤 했다. 2020년 8월 중순부터 수도권을 중심으로 코로나가 크게 유행하여 대면의 오일장에는 큰 타격이다.

"나의 기준으로 비판하지 말라, 실수한다"

7. 사과는 나의 사랑

    사과 한입에 금빛으로 촉촉히 젖어드는 달콤한 사과를 나는 무척 좋아한다. 사과는 단순한 과일 이상의 의미를 지니며, 인류 역사와 함께한 유서 깊은 과일이다. 사과의 원산지는 유럽 발칸반도로 알려져 있으며, 기원전 20세기경 스위스 토굴에서 탄화된 사과가 발견되면서 4천 년 이상의 역사를 가진 과일임을 알 수 있다. 그리스 시대에 이미 재배 기록이 있고, 로마 시대에는 사과 재배가 성행하였다. 16~17세기에 걸쳐 유럽 각지에 전파된 사과는 우리나라에서는 능금으로 불리며 12세기 계림유사에 언급되고, 18세기 초 조선 숙종 때에는 산림경제에 재배법이 실리기도 하였다.

  1884년 무렵, 선교사들로부터 서양 품종이 들여와 관상수로 심어졌고, 대구 경북 지역의 사과는 1899년 선교사 왔던 우드브릿지 존슨이 청라언덕 아래 사택에 심은 사과나무로부터 전파되었다고 한다. 1960~1970년대 사과 품종은 축(유아이), 홍옥, 국광, 스타킹 그리고 골덴(골든 델리셔스) 등이 주류를 이루고 있었다.

선교사 사택 가는 청라언덕

과수원에 모인 가족과 사촌들

사과는 인류 역사 속에서 가장 많이 등장하는 과일이다. 창세기에서는 뱀의 유혹으로 이브가 선악과를 따서 아담과 나누어 먹자, 인간은 에덴동산에서 쫓겨나고 남자는 평생 일하며 여자는 출산 고통이 시작이었다고 한다. 이 선악과가 사과로 여겨지면서 사과는 유혹, 죄에 빠짐의 상징이 되었다. 그리스 로마 신화에서 나오는 파리스(Paris)의 사과는 불화의 여신 에리스가 가장 아름다운 여신에게 황금 사과를 주겠다는 제안을 했다. 제우스는 이 결정을 판단력이 뛰어난 트로이 왕자 파리스에게 맡겼다. 사랑의 여신 아프로디테는 헤라와 아테네 여신과는 다르게 선물로 파리스에게 스파르타의 왕비 헬레네을 아내로 주고 황금 사과를 차지했다. 이 일로 왕비를 빼앗긴 그리스 스파르타 연합군이 '트로이 목마'로 승리하는 대서사시로 이어진다.

윌리엄 텔의 사과는 스위스를 지배하고 있던 오스트리아 총독이 자신의 모자를 길가에 걸어 놓고 스위스인들에게 인사를 하도록 강요했다. 일부러 인사를 하지 않은 명사수 윌리엄 텔은 총독에게 잡혀가 아들 머리 위에 놓은 사과를 화살로 쏘아야 했고, 사과에 명중하여 아들은 무사했으나 총독 암살 음모로 유배를 당하게 된다. 유배지에서 탈출한 윌리엄 텔은 총독을 죽이고 스위스 독립 운동의 시발점이 되었다.

뉴턴의 사과는 케임브리지 대학 재학 시절 유럽 페스트가 창궐하여 고향에 내려온 뉴턴(1642~1727)은 사과나무 밑에서 명상에 잠겨 있는데, 문득 떨어지는 사과를 보고 지구와 사과를 포함한 모든 물체가 힘으로 끌어당기는 만유인력의 영감을 얻게 되었다. 참고로 한국표준과학연구원에는 뉴턴 사과나무 직계 후손이 자라고 있다. 스티브 잡스 애플 로고 사과는 21세기 인류 문명의 획기적인 융합 기술의 산물로 인간을 위한 정보 서비스 기기의 대표적 상징이 되고 있다. 한입 먹은 사과 로고는 향긋한 향과 달달한 맛이 입가로 번지는 느낌을 불러일으키고자 함인가?

1957년 가을, 여유 자금을 마련하신 할머니는 금호강 인접 벌판의 과수원을 1958년 초에 구입하셨다. 저는 중학교 입학과 함께 외딴 과수원으로 이사를 가게 되어 넓은 대청마루에 처음으로 누워 시원한 듯 대들보 상량을 쳐다본 기억이 생생하다. 첫해는 해거리로 인해 사과꽃도 충분하게 피지 않아 사과 수익은 변변치 못했다. 이듬해는 처음으로 강가의 냉랭한 겨울 추위를 경험하게 되었는데, 방안에 물걸레가 얼어버리고 문고리를 잡으면 달라붙었던 기억이 난다.

겨울을 지나고 1959년 4월 하순, 사과꽃이 작년보다 훨씬 만발하게 피었으나 화려하게 찾아온 이 봄이 아버지에게는 마지막 봄이 될 줄은 몰랐다. 맑은 공기를 마시는 것도 좋지만 겨울 추위로 아버지의 면역이 크게 떨어지셨다. 사과꽃이 지고 열매가 채 영글기도 전에 5월 3일 아버지는 세상을 떠나셨고, 5월 5일 어린이날, 영구차로 떠나시는 모습을 지켜보아야만 했다. 사과 수확을 앞두고 9월 추석 직전에 불어온 사라호 태풍은 사과나무를 좌우로 흔들어버리고 모든 살림살이를 강물로 쓸어가 버렸다.

농사일이 바쁘게 닥치고 시간도 흐르면서 가족들도 안정을 찾게 되었다. 사과꽃이 만발하여도 자연수분이 부족하여 송진 가루로 만든 인공수분 매개체로 결실을 부추기도 하였다. 적과를 끝내고 무성한 잎에는 해충이 발생하므로 살충제와 고온다습으로 살균제 살포를 연중

20회 이상 하려면 전날 자정 직전 기상통보와 아침 일기예보를 청취해야 했다. 농약 살포에는 이웃집 정영쾌 아저씨와 품앗이를 하였고, 관수 펌프를 위한 발동기 고장 시에는 동기생 아버지 이덕희 아저씨의 도움이 필요했다. 더운 여름에는 사과나무 아래 그늘에서 교과서와 참고서를 보기도 하면서 지도책을 펴고 친구와 지명 찾기 내기를 하며 좋은 사과 차지하기 게임도 하였더니 지리 성적이 좋았다.

바쁜 농사일에도 어머니는 아침밥을 꼭 챙겨 주셨고, 사과밭과 논밭을 지나 반야월역에서 기차를 타고 대구역까지 왕복하는 기차 통학을 고등학교 2학년까지 5년간 계속하였다. 겨울 하교 시에 해는 저물고 농업 수로 옆 상엿집 근처를 지날 때는 머리카락이 쭈뼛해지는 순간이었고 논 가의 갑작스런 새소리에 서로가 놀라기도 하였다. 고등학교 3년이 시작되니 버스 통학을 하던 동생이 기차 타고 학교에 다니고 싶다고 하길래 나의 패스권을 주고 나는 버스로 통학하게 되었다. 전기가 들어오지 않아 석유 남포불 앞에서 공부하여 고등학교와 대학에 진학하게 되었고, 이후 군대생활과 직장생활로 가끔 어머니를 뵙는 과수원으로 멀어져 갔다. 1970년대에 그린벨트로 묶인 과수원은 2000년대에 광역시의 도시계획으로 편입되고 지금은 공원으로 변해 경부선 철도를 지날 때는 저 멀리 강 건너 추억에 잠긴다.

"체온 저하는 면역력을 급히 저하시킨다"

8. J2V 모델로 가치 창조

　　　　직장이 즐거우면 조직의 가치를 창조하는 여정이 시작된다. 대전보훈병원장으로부터 점심 휴게 시간을 이용한 사내 특강 요청으로 정리한 주제가 J2V(Joy to the Value) 모델이다. 이 모델은 조직 내 갈등을 사전 해소하고 신바람 나게 일해서 조직 가치를 창조하자는 개념이다. 점심 식사 후 달콤한 휴식 시간을 뒤로하고 임직원이 강당에 모였는데 흰 가운 일색으로 더욱 깔끔하게 보였다.

　우리나라 사회갈등 정도를 살펴보면, 2016년 OECD가 조사한 34개 회원국별 사회갈등 지수 순위에서 한국은 멕시코와 터키에 이어 3위다. 사회갈등관리 지수는 27위 하위권으로 고질적 악순환의 고리가 굳게 형성되어 있다고 본다. 삼성경제연구소 (SERI)에 의하면 이로 인한 경제적 손실은 GDP의 27% 수준이라고 하니 우리 스스로가 잠재 수입을 상당수 까먹고 있는 셈이다. 그리고 2014년 OECD 회원국과 러시아와 브라질을 포함한 36개국 대상 국가별 삶의 만족도 지수를 보면 우리나라는 25위이고 평점은 6.0으로 평균 점수 6.6에도 미치지 못하고 있었다. 우리나라가 단시간 내 경제 발전을 이루었으나 갈등과 행복 관점에서 올바르게 성장하기 위해서는 또 다른 노력이 필요하다고 보이며, 여기서는 조직 내 현안으로 범위를 정하고자 한다.

국가별 사회갈등 지수 순위

조직 내 갈등의 유형을 보면 첫째, 이해관계 갈등으로 조직 내 한정된 자원의 경쟁적 추구로 파생된다. 둘째, 사실관계 갈등으로 어떤 사안에 대한 인식과 해석의 차이로 발생한다. 셋째, 가치관 갈등으로 정의, 공정, 신앙, 편견의 차이에 기인한다. 넷째, 상호관계 갈등으로 풀리지 않은 과거의 서운함이 남아 있는 것이다. 다섯째, 구조적 갈등으로 제도 및 시스템상의 불편함으로 오는 것이다. 여섯째, 일상적 갈등으로 거친 언행, 우유부단함으로 오는 것 등이다.

갈등 해소를 위한 최대 장애물은 갈등의 산물인 화이다. 화는 상당 부분, 특히 상하관계의 대화에서 아래 사람이 적절하게 표현할 수 없었음이 큰 원인이 되고 있다. 2차 파생물인 화를 해소하기 위해서는 서로 일말의 책임을 느끼고 분출구를 찾아가는 것이다. 자신의 화를 풀기 위해서는 우선 화난 상태를 자연스럽게 받아들이고 신체적, 정서적 분위기를 전환하는 것이 좋다. 상대방이 화를 낼 때는 화날 만했음을 인정하고 화가 가라앉도록 하는 데는 우선 들어주는 것이 최선이다. 이때 현안에 대해 틀리다고 단정 짓기보다는 다를 수 있다고 유연하게 생각할 필요가 있다. 냉각기를 가지고 어느 정도 해소되면 대화를 통해 화의 원인이 된 문제를 풀어간다. 쉽게 화를 내는 것은 성격과 언행이 큰 요인이 될 수 있으며, 이를 개선하기 위해서는 문제를 정의하고 행동 혁신으로 개선의 노력을 경주해야 한다.

갈등과 화를 해소하기 위한 1차적 노력은 용서와 화해이다. 용서란 상대방보다 자신을 위한 일로 마음의 상처로부터 발생한 분노로부터 해방되어 내면의 평화, 자유, 용기를 되찾는 것이다. 용서란 나의 상처를 치유하는 데 목적이 있을 뿐 상대방과는 아무 상관이 없으므로 무조건 용서해야 한다. 그리스도가 일곱 번의 일흔 번을 용서하라고 하신 성경의 말씀을 되새겨 본다. 용서는 화해와 다르다. 화해를 위해서는 상대방의 진정한 통회가 필요하기 때문이다. 용서로 마음의 상처를 치유하기 위해서는 '이만이길 다행이야.'라고 생각하고, 새로운 일에 몰두하는 것도 한 방법이다.

갈등을 예방하기 위한 쉽고도 어려운 방법은 상대방과의 커뮤니케이션 개선과 설득력 강화라고 생각한다. 불화는 목소리로부터 시작된다는 말이 있다. 커뮤니케이션 개선을 위해서 우선 경청하고, 초점을 좁혀 최대한 짧고 간결하게 묻고 답하기, 적극적인 자세로 적당히 겸손하게 대화하는 것이 많은 갈등을 해소할 수 있다.

대덕과우회 금요산행을 통하여 터득한 것으로 짧게 묻고 답하기 습관을 정착시키고 있어 상대방의 말을 자르는 일도 줄어들고 있다. 서울에 있는 딸로부터 조언을 받은 3분 내 스피치 실행에도 노력하고 있다. 설득력 강화를 위해서는 사실을 명확하게 파악하고, 상대방의 의견을 소중히 여기고, 친밀감을 쌓아 신뢰받는 사람이 되어야 할 것이다.

원활한 대화와 즐거운 조직 내 분위기로 얻게 되는 효과를 정리해 보면, 첫째, 구성원과의 의견 충돌이 감소되어 업무의 피로감을 경감시킬 수 있다. 둘째, 조직 구성원의 사기가 고양되어 생산성을 높일 수 있다. 셋째, 조직에 대한 헌신과 주인의식이 높아져 혁신과 창조를 도모할 수 있다. 위와 같은 주제로 광주과학 기술원 산학협력단, 충청광역지원단, 대전통상진흥원 임직원 사내 강의로 계속되었다.

"대인관계가 불편하면 말투를 살펴보자"

9. 뇌 사랑이 내 사랑

라틴어로 "코기토, 에르고 숨(Cogito, Ergo Sum), 나는 생각한다, 고로 존재한다."의 뜻은 1637년 중세 철학자 데카르트의 근대 철학 인식론을 이끄는 핵심 명제이다. '나'라는 인간이 스스로 무엇인가를 생각할 수 있다는 것이며, 그 생각을 통해 어떤 지식에 도달할 수 있는 능력이 나의 뇌 안에 조성되어 있다는 사실이다.

인간은 다른 포유동물보다 뛰어나게 도구를 사용하고 학습과 훈련을 통해 성장해 오고 있으면서도 정작 그 본체인 뇌에 대해서는 잘 모르고 있다. 인간의 뇌는 성인이 되면 1,350cc, 1,500g 정도의 크기로 1,000억 여 개의 뇌세포와 이들을 연결하는 100조여 개의 시냅시스로 구성되어 있으며, 우리 몸 산소의 25%를 소모하는 미세한 조직이다. 인간은 생명체 중 가장 발달한 뇌 구조로 진화해 왔으며, 아래 그림과 같이 인간의 뇌는 3층 구조로 둘러싸여 있다.

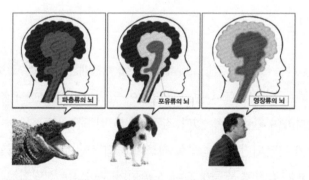

뇌의 3층 구조, 크로테르 라파이유, 컬처 코드

가장 안쪽의 1층은 일명 파충류의 뇌라고 불리며, 생존을 추구하는 생명의 뇌(Body Vital)로 평형과 운동을 관여하는 소뇌와 호흡과 심장박동을 관여하는 뇌간 부분이다. 중간의 2층은 포유류의 뇌라고 불리며, 본능적 감정대로 움직이는 감정의 뇌(Emotional)로 주의를 관여하는 시상, 임시 기억장치인 해마, 그리고 감정에 관여하는 편도체 부분이다. 바깥쪽 3층은 영장류의 뇌라 불리며, 사고와 언어를 주관하는 이성의 뇌(Thinking)로 명제적 사고의 좌뇌와 공간적 우뇌의 대뇌 피질의 전두엽 부분이다. 3층 구조 설명은 뇌를 이해하는 데 도움을 줄 수 있으나, 이들 층이 독립적으로 활동하는 것은 아니며, 상황에 따라 세부 뇌가 어떤 연관관계로 작용하는 것을 살펴보는 것이 중요하다. 그리고 파충류도 1개 층만 가지고 있는 것은 아니다.

인간의 의식을 관여하는 뇌 부분은 바깥 3층 부분의 좌뇌와 우뇌로 불리는 전두엽으로 전체를 좌뇌, 우뇌 각각 60개씩 총 120개 구역의 뇌 번지로 나누어진다. 120개의 뇌 번지를 기능별로 묶으면, 입력 부분(시각, 청각), 처리 부분(감정, 기억, 이해, 사고), 출력 부분(전달, 운동)의 8계통으로 나눌 수 있다. 뇌 번지는 서로 연결하려는 경향이 있어, 상대의 이야기를 들으며 생각할 때는 청각계, 시각계와 사고계가 연동하고 있는 상태이다.

계통별 기능을 살펴보면, 시각계, 청각계, 기억계, 이해계는 정보를 입력·처리하는 뇌 번지로 수동적인 경향이 있으므로 다양한 관점과 의문을 제시하여 단련할 수 있다. 감정기억을 만드는 편도체는 시·청감각 자극이 전달되면 가치정보를 참조하고 접근할 것인지 회피할 것인지 결정하여 감정에 물들게 되며, 도파민이 분비되는 신경회로를 연결하게 하여 이를 전전두엽으로 보내 후속으로 의사 전달, 운동 반응을 하게 한다. 감정계는 해마를 포함한 기억계 바로 앞에 있으며, 사고계에 생각을 억제할 수 있고, 주변에는 사고계, 전달계, 운동계가 있는데 이 들은 능동적인 사고나 행동을 부추긴다.

사고계는 사고와 의욕, 창조 기능으로 미래 비전에 잘 반응하며, 의 지가 강한 사람일수록 수동적인 뇌 번지에 필요한 정보를 모으라고 명 확한 지시를 내리는 사령탑이다. 해마는 임시 기억기관으로 전단 편도 체로부터 희로애락 감정을 느꼈을 때 기억에 직접적인 영향을 받으며, 상대방 이야기 의미를 꾸준히 이해할 때 오래 기억된다. 뇌 중심부 기 억계에 좌뇌 편은 언어의 기억, 우뇌 편에는 도형 등 비언어의 기억을 담당하며, 전자는 사고계와 후자는 감정계와 연계되어야 기억이 활성 화된다.

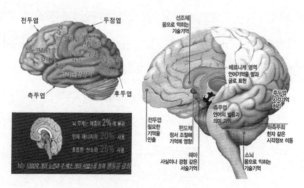

나흥식, 주간동아, 2006.9.5.

뇌는 제한된 공간에서 전기신호와 화학물질 전달로 컴퓨터의 디지 털 신호와는 달리 아날로그적 기억을 형성하고 있기 때문에 뇌의 기억은 매번 다르다. 주의를 주지 않은 정보는 아예 기억조차 못 하고, 처음의 기억이 나중에 회상할 때는 바뀌기도 하며, 선입견으로 만들어지기도 한다. 뇌에서 망각의 반감기 주기를 살펴보면 시청 후 30여 분이 지나면 반을 잊어버리고, 2일이 지나면 나머지의 반을 잊어버리고 이후는 완만하게 잊혀져 간다. 이를 보완하는 방법은 두뇌를 집중하고 잊기 전에 반복하면 기억 상태를 유지할 수 있다.

뇌의 기억에 대해 서울대 생명과학부 강봉균 교수는 "기억이란 나의 과거이자 미래이다. 왜냐하면, 기억이 없다면 나에게 어제란 없을 것이며, 아울러 내일을 계획할 수 없기에 미래도 존재하지 않을 것이다."라고 했다. 카이스트 정민환 박사는 "기억이란 나의 정체성이다. 왜냐하면, 평생 기억에 의해 인성과 세계관이 결정되기 때문이다."라고 했다.

뇌를 사랑하는 것은 뇌가 좋아하도록 하는 것이고, 바로 나를 사랑하는 것이다. 뇌도 하나의 오브제이고 무엇을 좋아할까? 칭찬해 주고, 연계해 주고, 가시화해 주고, 스토리로 엮어 주는 것을 좋아한다. 이유인즉, 뇌의 구조는 신경망으로 구성되어 있기 때문에 칭찬해 주면 신경전달물질인, 도파민이 활성화되고, 연계하고 가시화하면 단시간에 관련 신경망을 찾아 기억할 수가 있는 뇌의 시간적·공간적 제약에 대한 최적의 진화 결과일 것이다. (科友會 통권 제261호 게재, 2020년 10~12월 겨울호)

"언행은 뇌 활동의 결과"

10. 10-10-10 운동

생활 속 꾸준한 운동은 생명의 동반자로서, 인체에 대한 존경과 사랑을 표현하는 행동이다. 정년 퇴임 후 프리랜서로 일하면서, 코로나 여파로 재택 시간이 많아지자 '10-10-10 운동'을 설정했다. 10분간 러닝머신 타기, 10분간 맨손체조와 스트레칭, 그리고 10분간 아령 운동으로 30분 단위로 반복하는 운동 방법이다. 이 운동은 단순한 신체활동을 넘어 내 삶의 균형과 조화를 되찾기 위한 노력이기도 하다.

초기 10분간 러닝머신 타기는 유산소 운동으로 심폐지구력을 향상시키자는 운동이다. 이후 10분간 체조와 스트레칭은 신체의 유연성과 균형을 맞추자는 것이고, 마지막 10분간 아령 운동은 저항성 운동으로 근육 생성과 지방 감소를 유도하고자 함이다.

매년 종합건강검진을 받아보면, 고지혈증, 고중성지방, 경증 지방간을 가지고 있다는 소견이 빠지지 않았다. 고지혈증은 약물로 관련 수치를 조절하고 있지만, 중성지방 강하는 쉽지 않았다. 고중성지방이 경증 지방간과 높은 체지방률을 유발하는 한 요인이라고 여긴다. 중성지방과다는 주로 간의 대사작용 결과이나, 식생활 측면으로 탄수화물 섭취를 줄이고 있다. 중성지방 강화에 전문의가 권장하는 운동을 늘려보자는 취지로 10-10-10 운동을 계속하고 있다.

운동 부족과 관련이 깊은 근육 감소를 노화 현상으로 받아들여 왔으나, 만병의 근원으로 인식하는 추세가 늘어가고 있다. 나이가 들고 아픈 것도 늘어만 가서 병원 신세를 지느라 시간과 의료비 그리고 사회적 비용 지출에도 큰 영향을 주게 되는 악순환이 증폭되고 있다. 일단 발병하면 의료인의 도움을 받아야 하지만, 예방 차원에서 평소에 체계화된 건강한 일상생활을 이어 간다면 근본적인 건강 상태 개선의 효과는 지대할 것으로 본다. 특히 건강한 노년을 보내기 위해 60대 이후에는 근육 감소가 노화에 의한 증상이 아니라 질환으로 인식하고 대비해야 한다고 강조하고 싶다.

질병 차원에서 근감소증이란 골격근량이 줄어 신체기능과 근력이 떨어진 질환으로 우리나라도 2021년부터 질병코드를 부여하고 있다. 70대가 되면 골격근량이 점차 떨어진 결과로 30~40대보다 30%가량 적다. 신체와 관련하여 용불용설이 있다, 즉 사용하지 않으면 퇴화된다는 뜻이다. 현대 식생활에서 식품 섭취는 과다하면서 영양소 균형은 잃어 왔고, 상대적으로 육체 운동은 각종 편이 기구 선호로 크게 줄어든 불균형 상태가 되었다. 따라서 운동 부족으로 성인병이 조기에 닥쳐오고 신체 여러 곳에 지방이 과다 축적되고 근력은 줄어 대사작용 저하와 신체 독소 축적으로 면역기전 또한 악화일로에 있다고 본다. 유전적 형질 등 요인들도 있겠으나, 이들 현상에 크게 기인하는 질병이 당뇨, 고혈압, 고지질증, 골다공증 등 대표적인 성인병이다.

여기서 제안하는 10-10-10 운동이 근감소증 타개의 일환이 되었으면 좋겠다. 제한된 공간이지만 집안에서 러닝머신을 탈 때는 보폭은 조금 크게 땀이 나도록 조금 힘차게 걷고 단조로움을 달래기 위해 재미있는 TV 프로그램 시청을 병행하는 것도 좋다. 10분간 체조와 스트레칭

운동은 기본적으로 유연한 체조를 하고, 이어서 자신이 장애를 받고 있는 부분을 조금씩 펴가는 운동으로 전개한다. 제2의 심장이라고 하는 허벅지 강화를 위해 의자를 짚고 기마 자세로 다리를 굽혔다 펴기 100번씩 반복, 문간 벽을 짚고 한쪽 팔을 굽혔다 펴기를 양팔로 반복한다.

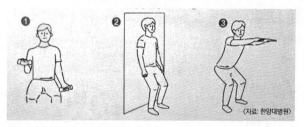

상·하지 근력 운동 예시, 한양대병원

추가로 나에게 장애를 주고 있는 신체 부위를 개선하기 위하여 굳은 어깨와 고관절을 펴기 운동을 이어 갔다. 굳은 왼쪽 어깨는 행동반경에 지장을 주는 각도를 개선하기 위한 방향으로 오른손의 도움으로 조금씩 반복적으로 펴갔다. 서서히 악화된 고관절 펴기는 가부좌 자세로 앉을 수 있도록 관절의 유연성을 개선하는 운동이다. 가부좌 자세를 취하면 아프고 자세가 나오지 않겠지만, 이 상태에서 각도를 조금씩 늘려 가는데 고관절 옆을 두드려 주면서 강약을 반복하는데 눈을 지그시 감고 실시하면 더 좋아질 수 있다. 초기 고관절 상태가 좀 더 나쁘면 부드러운 바닥 위에서 시작하고 무리하지 않게 강도를 늘려 가는 것이 좋다.

10분간 아령 운동은 주로 상체 운동으로, 알려진 여러 방식 중에 자신의 자유로운 방식으로 실시하고 회수와 무게를 조금씩 늘려 3파운

드로 30번 전후로 반복하면 된다. 마무리로 진동 마사지기로 뭉쳐진 부위나 복부 그리고 발바닥 등을 마사지하면 마무리 겸 신체 생리 순환에도 도움이 될 것이다.

10-10-10 운동을 몇 달간 계속해 보니, 굳은 왼쪽 어깨는 대부분 풀리고 회전 반경이 오른팔과 같아져서 신기하기도 하고, 취침 시 통증 현상도 없어졌다. 고관절 가부좌 자세도 개선되어 의자가 없는 식당에 가도 두렵지 않게 다리를 구부리고 앉아서 식사할 수 있다. 물리적 신체 장애 현상은 뚜렷하게 개선되었으나, 체지방률 감소와 골격근량 증대 그리고 중성지방 감소와 경증 지방간 해소 수치를 다음 종합건강검진에서 기대해 본다.

아침마다 러닝머신 위의 규칙적인 발걸음은 내 삶의 리듬을 조율하고, 체조와 스트레칭은 내 몸이 조화롭게 움직임을, 그리고 들어올리는 아령으로 채우는 횟수는 성취감을 느끼게 한다. 10-10-10 운동은 육체적 활동을 통하여 내면의 평화를 찾고 자아를 성찰하는 시간이다.

"건강의 최고 가성비는 운동"

11. 태풍 위험으로 강의를 서두르다

　　　　　예측할 수 없는 자연의 힘 앞에서 인생 여정의 의미를 돌아보게 된다. 요사이 코로나로 집회하기가 어려운데 갑자기 특강 요청으로 2020년 9월 2일 수요일 11시에 부산 외곽 김해 지역에 있는 인제대학교로 출발했다. 태풍 바비가 서해로 북상한 지가 며칠이 되지 않았는데 필리핀 동부 해상에서 발생한 제9호 태풍 마이삭이 중심기압 945hPa, 풍속이 초속 55m로 다가오고 있었다. 잔뜩 흐린 날씨에 예전보다 일찍이 출발하여 옥천 터널을 지나니 굵은 빗줄기가 창가를 두드리기 시작하였고, 영동 터널을 지날 때까지 계속되어 오늘 도로 운행이 만만치 않을 것 같아 걱정되었다.

　황간을 지나 추풍령을 내려오니 비는 멈추어 안도하는 마음으로 주행 경로를 비교할 겸 김천 휴게소에서 잠시 정차 후 출발하니 먼 산은 구름으로 뒤덮여 구미의 금오산도 위용을 찾을 수가 없었다. 금오산을 지나면서 50년 전 산 정상의 통신부대 근무 시절의 여러 군인들이 그리웠는데 산의 그림자조차 볼 수가 없었다. 동대구 IC에서 부산 방향으로 다소 긴 청도 터널을 지나서 청도 새마을운동 발상지 휴게소에 잠시 쉬었다 가기로 했다. 재충전 겸 정차하여 점심 대용으로 간식을 먹고 청도를 지나니 태풍이 근접하고 있는데 태풍 전야라고 했던가? 오히려 주변 기상은 소강상태로 주변 시야는 넓어졌다.

　자동차 내비게이션이 추천하는 삼랑진 IC로 나올 건가, 아니면 스마트폰이 추천하는 상동 IC로 나갈까 하다가 10분 빠르게 도착한다는 상동 IC로 더 내려가서 나왔다. 인제대학교까지는 11km이지만 구불구불한 시골길로 주변은 중공업 중소기업들이 여러 계곡을 메우고 있었다. 목적지에는 시작 시각 3시보다 30분 일찍 도착하였으나 초행이라 주차 공간을 찾기가 다소 어려웠다. 강의실이 있는 대학 본부로 들어서니 설립자와 독립 명사들의 동상과 마주쳐 그분들 앞에서 잠시 애국애족의 숭고함에 가슴이 벅찼다. 건물에 들어서 발열 체크와 신상 기록을 마치고 7층 강의실로 가서 3시를 기다렸으나 5분이 지나길래 유리문 밖에서 시계를 가리키며 강의시간이 지났음을 전임 강사에게 신호를 보냈다. 앞선 강의의 지연으로 인하여 예기치 못하게 내 강의는 15분 늦게 시작할 수밖에 없었다.

오늘의 강의 주제는 'Lean Start-up i2B 사업화 모델링'으로 수강자는 인제대학교 교직원과 외부 기업체 임직원이 반반으로 구성되어 있었고, 코로나 여파로 사회적 거리를 감안하여 간격을 두고 경청하였다. 강의 주요 내용은 기업의 핵심인 제품이나 서비스를 조기에 군살 없이 날씬하게 개발하여 시장에서 선점할 수 있도록 아이디어로부터 기술을 활용하여 비즈니스까지 전개해 나가는 모델을 제시하고 있다. 강의록은 3시간 강의 파워포인트 64쪽으로 사전에 전달되어 유인물로 배포되었으나 어제 대학으로부터 태풍 마이삭이 우려되어 2시간으로 단축수업을 요청받았기에 수강자들에게 동의를 구한 후 수업을 진행하였다.

강의는 5시에 끝내고 점점 다가오는 태풍 마이삭을 등지고 서둘러 대전행으로 찻길을 돌렸다. 이번에는 새롭게 20km 떨어진 삼랑진 IC

로 진입하는 도로를 선택했는데 조금 가다가 좌회전 후 우회전하니 고속화 도로가 전개되는 것이 아닌가? 신나게 달리고 삼랑진 읍내를 지나 곧바로 고속도로를 진입할 수가 있었고 많은 두터운 구름들이 태풍 중심으로 무섭게 빨려 들어가고 있었다. 청도 새마을 상행 휴게소 로컬푸드 판매장에 들어가서 청도 반시 한 상자, 거봉 포도 한 상자, 연근 한 봉지, 건 취나물 두 봉지, 아카시아 꿀 한 통 등을 사 들고 나서니 왠지 풍성한 느낌이 났다.

태풍 마이삭 위성사진

청도 로컬푸드 쇼핑

청도휴게소를 출발하여 조금 지나자 굵은 비가 오기 시작하더니 대구를 지나고 칠곡까지 계속되어 태풍 영향권으로 편입되고 있는 듯하였다. 구미, 김천, 추풍령을 지나니 비도 그치고 해서 황간휴게소에 잠시 쉬어 가려고 들어섰는데 갑자기 소나기가 순식간에 퍼붓기 시작하여 차에서 나오지도 못하고 다시 출발하는 수밖에 없었다. 영동, 옥천까지 폭우가 내려 우중에 밤길 운전이 가장 위태로웠고, 대전에 오니 비는 멈추고 저녁 9시를 가리키고 있었다. 쇼핑시간 15분이 포함된 편도 3시간 30분을 우중에 달렸다.

태풍 마이삭이 9월 3일 새벽 2시 20분경 부산 남서쪽 해안에 상륙하기 9시간 전에 탈출하는 심정으로 빠져나왔는데, 태풍의 눈이 출발점의 바로 위로 지나간 셈이었다. 태풍 마이삭은 2003년 9월에 큰 피해를 준 태풍 매미나 1959년 9월 한반도 기상관측 역사상 최대 피해를 안겨 준 슈퍼 태풍 사라호와 경로가 비슷하여 우려를 많이 했다. 부산 인근 거가대교, 광안대교가 저녁 8시경에 통행이 통제되고 새벽 1시경엔 울산 신고리, 고리 원전 4기가 외부 전력계통 이상으로 정지되기도 하였다.

부산 항만에는 컨테이너가 널브러지게 무너졌고, 양산 풍력 발전기는 몸통이 부러지고, 공사장 크레인도 무너져 덮치고, 도심의 빌딩풍이 새롭게 위험의 요소가 되었다. 기후 기상이 인간의 안전과 건강에 점증하는 위험 요소가 되어 눈비가 오는 도로에선 운전자 모두의 각별한 주의가 필요했다. 닷새 후 더 센 하이선 태풍이 예상되고 있어 걱정이었다.

"남을 너무 의식하는 것은 남의 정신으로 살고 있다"

12. 50년 후 금오산 정상

　　　　　　금오산 정상에서 군 생활을 끝내고 하산한 지 50년이 흘렀다. 경북 구미시 남쪽, 해발 976m 금오산은 기암절벽을 품은 평지돌출형으로, 경부고속도로를 따라 김천 황악산, 대구 팔공산과 함께 해발 1,000m급 명산이다. 저녁이 되면 정상에 있는 부대와 약사암 불빛은 산 아래에서 바라보면 동경의 대상이었다.

　계곡을 따라 올라가면 해운사를 거쳐 지금은 다혜폭포로 불리는 명금폭포와 도선굴의 자연경관은 세월이 흘러도 변함없이 뛰어나다. 대전과 대구를 자주 오고 가면서 특히 왜관에서 바라보면, 거인이 누워있는 형상으로 눈길이 멈춘다. 제대 후 금오산 기슭 폭포까지는 여러 번 가보았지만, 언젠가 정상을 한번 오르고 싶은 마음이 커져만 갔다.

　2020년 10월 25일, 세종시 윤종희 교수 내외가 동행하기로 하여 대전에서 10시에 출발, 금강 유원지에 잠시 들러 커피 한잔하면서 옛날에는 굽이굽이 돌아가던 옛길 고속도로와 호수를 바라보며 지나간 세월이 호반을 타고 눈부시게 다가왔다. 12시경 금오산 입구에 도착하니, 식당 앞 넓은 주차장은 단풍객들의 차량으로 빈 곳 없이 꽉 차 있었다. 물레방아 식당에서 간단하게 버섯 전골을 먹었는데, 색깔에 비해 매콤했다.

　메타세쿼이아 길을 따라 옛날 통신부대 기지를 지나고 100여 미터

가면, 왼편에 관광식당과 오른편에 금오식당이 있었다. 15분 간격으로 출발하는 케이블카에 오르니, 단풍철인데도 코로나 여파로 인파는 한산하고 곧바로 금오산성 위로 지나가는데, 산성이 복원되기 전에는 박씨 가족이 살고 있었다. 산 정상에 근무했던 우리 군 부대원들을 여기서 왼편 계곡을 건너 속칭 1단계부터 3단계를 지나 산 정상 바로 아래 성안마을에 진입했다.

해발 400여 미터의 케이블카 종점에 있는 해운사에 다가가니, 역광으로 더욱 아름다운 단풍나무 너머로 신라 말 도선이 기거했다는 도선굴이 보이고 빨간색 등산객의 움직임이 포착되었다. 명금폭포에 가서 1960년 중학교 3학년 소풍 때 나의 절친 정건영 교수와 나란히 앉아서 사진을 찍었던 바위에 앉아 보기도 했다. 오후 2시 10분경 산 정상 성안 마을까지 1.9km로 70분이 소요된다는데, 50년 만에 오르는 길에 들어서면서 처음 맞닿은 곳은 할딱고개로 300여 미터 나무 계단을 올랐다. 전망대 앞과 좌우로 펼쳐진 단풍으로 물던 산세가 참 아름다워 단풍객들이 인증샷 하느라 붐볐다.

꼬불꼬불한 오르막 바윗길이 수없이 반복되는 가운데, 이윽고 3단계를 지나 정상가는 갈림길에 섰다. 우측 성안 가는 길로 들어서니 이제는 성안에 사는 사람이 없어 산비탈 길마저 좁아져 위태롭기도 하였다. 길가의 수령 80여 년 낙엽송이 반기는 것 같아 반갑다고 쓰다듬어 주었다. 주변 정리로 더욱 커지고 도롱뇽이 서식했던 연못을 지나 평지 마을에 들어서니 인적이 없어 적막하기만 했다. 길재 선생 오백 년 도읍지 시조가 연상되어 오십 년이 지난 성안마을을 생각해 보았다.

五十年 훌쩍 지나 성안을 올라보니

옛길은 여전한데 人跡들은 간데없고

歲月을 품은 나무들만 푸르고자 하네

오손도손 살았던 성안마을의 뒷산 우리 군부대와 KBS 중계소가 주둔한 산등성이에는 철수한 지 오래되어 나무가 무성하여 흔적을 찾을 수 없었고 세월의 무상함을 느꼈다. 회상에 잠기는 동안 오후 4시 반, 정상 현월봉에 오르니 해도 많이 기울고 산바람도 거세게 불었으나 확 트인 전경은 멀리 펼쳐졌고 오랜 소망이 이루어지는 순간이었다. 정상 절벽 아래 절경의 약사암에 들러 새로 건설한 출렁다리를 건너 범종을 둘러보았다. 하산하면서 건설에도 참여했던 헬기장에 그때 새긴 ROKAF 사인이 있는가 가보았더니 중첩 시멘트가 덮여 아쉽게도 찾을 수가 없었다. 하산 시간을 보니 오후 5시 반이 지났고 서산의 해는 나무들 사이로 부채살처럼 빛나고 있었다.

군우와 함께, 왼쪽이 필자, 1969

구미 금오산 정상, 2020

갈림길에서 해가 졌으나 날씨가 맑아 괜찮은 편이었고 산 정상 아래 500여 미터부터는 휴대폰 플래시를 켜서 내려오기 시작했는데 가파른 산길이라 행보는 더욱 늦어졌다. 앞서가던 나에게 윤 교수가 다급하게 부르길래 골절인가 놀라고 주변을 돌아보니 표식은 1-11로 폭포까지는 700여 미터 남은 거리로 김 사장 오른발에 심한 쥐가 난 것이다.

증상은 계속되어 긴급전화를 불렀으나 통화가 되지는 않았고 날은 더욱 어두워졌고 나무 사이로 반달만 우리 일행을 지켜보고 있었다는데 저녁 7시 반이었다. 플래시가 된 휴대폰의 배터리 잔량은 15% 이하로 줄어 걱정이 커졌다. 환자가 맨발로 내려오는데 폭포까지 300미터 전방 나무 계단에 도착하자 약간 안도의 한숨을 쉬었다. 김 사장이 맨발이라 한결 수월해졌으나, 걱정되는, 나의 휴대폰 배터리 잔량은 6%를 가리키고 있었다.

폭포 인근에 도착하자, "불빛이다!"라고 외쳐주었는데 시계를 보니 8시 반을 지나고 있었다. 아~ 희미한 가로등이 우리 일행을 밝게 반겨주고 있지 않은가! 여기서 주차장까지는 2km지만 가로등이 이어졌고, 드디어 비상상황이 해제되는 순간이었다. 그리고 이번 금오산 정상 등정은 왕복 9km, 2만 보 걸음이었으며 10-10-10 운동으로 체력이 강화되었음을 확인하였다.

"빨리 가려면 혼자 가고, 멀리 가려면 함께 가자"

제4장

가치 혁신(기술)

1. 정보기술개발단·기획부 혁신

조직의 혁신은 부서장의 리더십으로 구성원의 팔로워십을 얼마나 이끌어낼 수 있는가에 달려 있다. 1995년 1월 1일 한국전자통신연구원(ETRI) 양승택 원장의 신년 인사발령에서 정보기술개발단장으로 임명되어 책임이 막중하게 되었다.

정보기술개발단은 응용기술부, 전산개발부, 기술정보센터, 표준연구센터, 사업개발실로 2부 2센터 1실로 구성되었다. 타 연구단에 비해 업무의 종류나 형태가 다양하여 유기적 협력을 강화하기 위하여 비정규전문위원회를 구성하기로 결정했다. 정보기술기획위원회는 이영희 센터장에게, 인력개발위원회는 박중무 부장에게, 연구환경개발위원회는 김혜규 부장에게, 지재권개발위원회는 기민호 센터장에게 위임했다. 단장이 5명의 위원을 선발해 주고 나머지 5명은 자체에서 선발하도록 했다. 연말에는 활동보고서를 작성하여 연말 성과보고서와 연초 계획서에 반영하였으며, 매년 위원회 구성원의 50%는 새로운 위원으로 선발, 교체하여 지속성과 성장성이 발휘되도록 노력하였다.

조직의 창의성을 극대화하기 위해 '티타임 존(T-time zone)'이라는 집중 근무 시간을 설정했다. 오전 시간과 수요일은 오후까지 내부적으로 회의, 결재, 통화 등을 금지하여 연구원들의 신선한 창발 분위기를 조성했다. 우리의 영혼을 누가 일깨울 것인가? 자문하면서 격주로 7시부터 1시간 세미나를 실행하며, 10번 이상 참석자에게는 머그잔도 선물하여 독려했다.

단위 연구실에는 17개의 기술 혁신 분임조를 선발하여 목표 지향적인 연구활동을 조직화했다. 분임조 활동의 결실로 통신부품연구실에서 개발한 광통신 필터는 당시 최고였던 일본 무라다 회사보다 품질이 15%를 상회하는 성과를 거두었다. 이 성과는 당시 연구원을 방문한 이석채 정보통신부장관에게도 큰 인상을 남겨, 장관실에 샘플로 보관하게 되는 영예를 안았다. 이러한 노력들이 결실을 맺으면서 연구원에서 경합했던 분기별 혁신 사례 발표에서 우리 연구단이 연중 4번 중 3번을 차지하고 연말 최우수 사례에도 선발되는 기염을 토했다. 연말 경영평가에서 일약 A 등급으로 등극하였고 연말 인센티브도 후하게 받을 수 있게 되었다.

정보기술개발단장실 필자

축구 우승배

한마음체육대회, 테니스대회, 축구대회에서도 사전준비와 현장 전략 추진으로 모두 우승을 차지하며, 조직의 단결력이 발휘되는 순간들을 경험했다. 저의 단 경영철학인 MVP(Market, Vision, Product) 실현을 위해 2부 2센터 장과 김병호 사업개발실장의 수고가 많았고, 주간 기술동향 창간과 제호 800호 달성을 이끈 기민호 센터장님, PATENT-2000 장기계획으로 1995년 10월에 특허 출원 3,000건 및 등록 1,000건 돌파를 이끈 박덕영 실장님, 한흐름 2000을 추진한 전산개발부 부원, 축구 우승을 이룬 최상국 축구감독님에게 고마움을 전합니다.

1996년 10월 초에 양승택 원장님께서 기획부장을 맡으라고 하시길 래 감히 사양하였으나 일주일 후 겸직으로 발령을 내셨다. 우선 지하 주차장 건설 등으로 야기된 갈등 해소에 힘써야 했고, 연구원으로 개 명 절차를 밟았다. 기금을 마련하러 직할 부서장들의 협조로 연구개발 준비금으로 1,000억 원의 금고를 마련하였고, 첫해 설득으로 100억 원 을 적립하게 되었다. 윤 홍철 행정원의 실무로 퇴직금 계산을 살펴보니 급여 성격의 4개 항목이 반영되지 않고 있었다. 기획예산처를 설득하 고 어렵게 이사회 승인을 받아 반영하니 개별 퇴직금은 평균 13% 증가 하였으나, 퇴직금 충당률은 그 정도 감소하였다. 연말 정산 잉여금 124 억을 충당금으로 추가하는 데는 IMF 관리 시점으로 처음에는 펄쩍 뛴 부처에 설득력 있는 설명이 필요했었다.

에피소드 하나는 양승택 원장께서 스위스 제네바에서 열리는 국제 전기통신연합(ITU)회의 한국 대표로 참석해야 하는데 CDMA 기술료 관련하여 국회 출석을 요구받고 있었다. 회의에 참석하실 수 있도록 '우 리는 제네바로 간다.'라는 미션으로 박덕영 기획실장이 국회 정보통신 위원회 전문위원, 간사, 박 구일 위원장을 찾아가, 연쇄 설득으로 공항 에서 대기하고 계시던 양승택 원장님에게 OK 결재를 받았으니 출국하 셔도 된다는 전화를 드렸을 때 작전 성공의 기쁨을 느꼈다.

1998년 1월, 신정부 인수위원회에 기관 현황을 서면 보고하고 며칠 후 연락을 취해 보니 연구원 구성이 방만하고 기술경제부는 타 기관으 로 이관해야 한다기에 걱정이 되었다. 보충 자료를 준비하여 겨울비가 내리는 이른 아침, 경복궁 인근 인수위 사무실을 찾아 정확한 설명으로 지성이면 감천으로 위기를 넘기게 되었다. 1998년 5월이 되어 IMF로 인한 구조조정 요구로 명예퇴직과 희망퇴직의 갈등으로 기획부장의 임무도 종말을 기해야만 했고, 바르게 산다는 것은 힘든 일이구나 여기게 되었다.

　돌이켜 보면 대한민국을 IT 일등 국가로 견인한 시기에 주요 간부직을 수행하였음은 조직과 조직원의 발전을 위한 헌신이었다. 일신(日新 日日新 又日新) 경영철학으로 "인생의 보람을 연구에 걸고 연구하는 정열로 밤을 밝힌다…"라고 원가를 지으시고 이끄신 양승택 원장님과 최문기 단장님, 박항구 단장님, 박형무 단장님, 이재호 부장님, 임용구 부장님, 조희작 부장님 등 여러 직할 부서장님에게도 감사드린다. 기획부에서 믿고 추진할 수 있도록 든든하게 받쳐준 박덕영 실장, 임덕빈 실장, 백의선 실장, 이을문 과장, 이종태 과장, 문명규 과장, 여러 직원들 그리고 매년 테스크포스로 결성된 백양사팀에게 팀장으로서 고마움을 전합니다.

한국전자통신연구원 전경

ICT 역사의 산증인 영상 화면
우측으로 4번째, 아래로 3번째가 필자

　　"고객가치를 위해 나날이 새로워지자"

2. 슈퍼컴퓨터센터 위상 정립

　　　　　과학기술의 난제를 극복하려는 갈망 속에서, 슈퍼컴퓨터는 인간 지성의 등대가 된다. 1998년 5월, 한국과학기술원(KAIST) 영내에 소재하고 있는 슈퍼컴퓨터센터의 장으로 임명되었다. 슈퍼컴퓨터센터는 고가의 컴퓨터와 이를 유지하는 인프라 규모가 크기 때문에 윤홍익 시설 책임자와 함께 전체를 둘러 보며 조치해야 할 사항들을 찾아보았다. 건물의 누수, 배수 지연, 비상 발전기 송풍기 축이 내려앉음 등이 포착되어 우선 시정하기로 했다. 본원 입장에서는 슈퍼컴퓨터센터를 내보내야 한다는 방침이라 국가 차원의 위상 정립이 필요하여 해외로 벤치마킹을 추진했다.

　　싱가폴대학교는 워크스테이션급 가상공간을 만들어 시뮬레이션하는 공간 구축이 앞섰고, 노스캐롤라이너대학교는 네트워크 인프라가 잘 되어 있었고, 코넬대학교는 병렬형 슈퍼컴퓨터를 잘 활용하고 있었다. 슈퍼컴퓨터센터의 비전은 '정보와 과학 기술의 한계를 극복하는 슈퍼컴퓨팅센터 (Supercomputing Center Extending the Horizon of Science and Information Technology)'로 정했다. 로고는 중앙에 슈퍼컴 1호기 형상을 두고 주위에는 센터 건물 모양으로 감싸고 바깥 원에는 'High Performance Computing and Networking' 글자로 크게 C&C 형태로 둘러쌓다. 스케치해서 황일선 실장에게 제작을 부탁했더니 정교한 디자인으로 만들어 조돈우 연구원과 함께 집까지 찾아와 자랑스럽게 보여주었다. 하늘(색)과 땅(색) 사이에 최고가 되자는 의미로 2가지 색의 바탕에 그렸다. 경영철학은 'VIP 실현'으로, 슈퍼컴퓨터센터의 Vision을 추구하며, Innovation으로 기술 혁신을 도모하여, Product로 검증하자고 강조했다.

슈퍼컴퓨터센터 로고 앞 필자

슈퍼컴퓨터센터 연구원

본원의 구조조정 요구로 실 규모도 줄여야 했지만, 여의도 국회까지 가서 입법을 위해 일주일 정도 설명에 전념했다. 홍보를 위해 슈퍼컴퓨터 활용 성공 사례를 수집하여 판넬을 만들어 복도에 걸고, 10분 동영상을 만들고 브리핑 룸도 만들었다. 첫 번째 방문자는 정보통신부 변재일 정책실장이었다. 슈퍼컴퓨터센터 2층으로 이전한 연구관리단에게 건물 소유권을 넘기고자 한다는 정보가 있었다. 윤홍익 시설책임자가 슈퍼컴퓨터 하부시설의 실체를 잘 정리한 수고로 소관 부처를 설득하여 소유에 대한 논란은 조기에 무마하였다.

1년 정도 센터장으로 일하면서 이상산 실장, 변옥환 실장, 황일선 실장, 홍순찬 실장, 이정희 박사가 국가 슈퍼컴퓨팅센터 위상 정립 기획에 수고가 많았다. 슈퍼컴퓨터센터의 국가 위상 제고를 설득하기 위해 저와 국회를 수차 방문했던 이정희 박사, 변옥환 박사, 장행진 박사의 노고가 있었다.

에피소드 하나는 슈퍼컴퓨터센터 건물 우측에 남아 있던 시스템공학센터 기관 표지석이 건물 뒤 주차장에 옮겨져 있었는데 어느 날 보이지 않았다. 깜짝 놀라 수소문해 보니 일주일 전 외부로 반출되어 사라진 것이다. 다행히 분해되기 전에 소재를 파악하여 본원으로 옮길 수 있었다. 연구소원의 집 뜰에 보관되고 있는 이 표지석은 시스템공학센터의 역사와 정체성을 담고 있는 상징이다.

2023년 5월, 슈퍼컴퓨터 서비스 35주년 기념으로 인터뷰한 내용 중 2가지를 소개한다. 첫째, 1998년 당시 IMF 외환위기로 상반기부터 구조조정이 요구되어 1차로 조직을 슬림화하였고, 센터를 외부로 방출한다는 본원 방침으로 불안정한 시기가 왔다. 하지만 내부 연구원들의 슈퍼컴퓨터에 대한 자부심이 높아 국가슈퍼컴퓨팅연구소 발전계획을 준비할 수 있었다. 법정기관으로 입법화하고자 국회 상임위원회를 찾아 소위 파자마회의를 거듭하면서 순회 설명했다. 이사회 설명 와중에 인사발령으로 활동을 중단할 수밖에 없었지만, 우리의 의지와 열망이 실현되어 다행이다. 둘째, 국가슈퍼컴퓨팅본부는 양적인 규모 성장을 넘어, 협업을 통한 활용과 기여로 고객지향의 질적인 성장 강화를 권고한다. 그리고 각자가 자신의 분야에서 VIP가 되는 마음이 미래를 향해 나아가는 원동력이 되길 바란다.

"상황에 따라 즉시 반응하든가, 숙고 대응하자"

3. 융합기술생산센터 건립

　　융합기술생산센터는 기술과 인간, 상상과 현실이 융합하는 창조적 미래를 꿈꾸는 터전이다. 2008년 10월 27일, 한국전자통신연구원 최문기 원장과의 면담에서 융합기술생산센터 건립 사업을 책임지고 추진해 달라는 부탁을 받았다. 이 사업은 2008년 초부터 시작된 2년간 531억 원 규모의 사업이었으나, 건설부지 마련이 어려워 공개경쟁사업으로 전환되었고, 한국전자통신연구원이 한국과학기술원, 한국기계연구원과 경합하여 수주했다.

　2년 기간 사업이나 이미 10월 하순이 되어 사업 잔여 기간이 1년 2개월이었다. 설계와 건설에 2년 반이 소요되는 사업이라 수주하자마자 사업 기간이 턱없이 부족했다. 참여기관은 출연기관과 대학을 합쳐 12개 기관이 협업하는 사업이었다. 한기평 책임연구원과 함께 사업 취지와 경과를 숙지하고, 주요 자산 변경에 해당하는 사항이므로 이사회의 승인을 받아야 했다. 참여기관들의 내부 결재를 받은 후 이사회 승인을 받고 12월 8일에 사업협약을 완료하였다. 관계부처를 방문하여 추가 사항을 문의하였더니 민원 발생이 없도록 하고 건물을 잘 지으라고 했다.

　초기 사업비 마련은 또 다른 난관이었다. 사업관리 기관에서 건설 기성고에 따라 사업비를 주겠다는 바람에 사업비 마련을 설득하는 데 힘이 들었고, 1차년도 사업비 100억 원 중 70억 원을 12월 초에 수령하였다. 융합기술연구센터 설계 용역을 추진하면서 참여기관과의 융복합 기술가치를 생산할 수 있도록 설계하기 위하여 벤치마킹에 나섰다. 수도권을 중심으로 경기 혁신센터, 안산 L연구센터, 성남 부품연구원 그리고 서울대 융합대학원 인프라 시설을 때론 눈바람을 맞으며 참고하고자 열심히 다녔다.

사업 기간을 줄이고자 비슷한 구조물을 설계 변경하여 기간을 줄이고자 제안하였으나, 건설시공의 관행 장벽이 커서 이해시키지는 못했고, 건물 설계 용역은 1년간 13억 규모로 낙찰되었다. 용역 수주 설계 회사에게는 센터 건물이 랜드마크가 되고 건축대상을 받을 수 있도록 설계해 달라고 주문하였다. 설계 회사는 사무실형, 공장형 그리고 융합형 구조를 제안하였는데, 원장 주재 다수결로 융합형을 선택했다.

융합기술생산센터 건립 운영위원회의

융합기술생산센터 연구원

7층 복합 구조 7,000평 센터는 3개 부문으로 첫째, 사무실과 집회 공간, 둘째, 제품 제작과 시험 공간, 셋째, 기업 입주 공간으로 나누어진다. 지하 1층 주차장 위에 지상 1층은 사무실, 식당, 공작소 등, 2층은 강당, 교육장 그리고 테스트 베드 공간이고, 고층 부분 5개 층은 50여 개 기업 입주공간으로 설계되었다. 건물 콘셉트는 블루오션을 항해하는 배 형상으로 센터에서 생산되는 융합기술 가치가 블루오션으로 나가서 성공하자는 의미로 정의했고, 영문으로는 'Convergence Technology Center'로 불렀다.

매월 원장 주재 진도회의에서 서울 주재 설계 회사가 건물 디자인 목업(Mock-up)을 회의장에 갖고 왔다. 여름철이라 형상이 조금 흐트러지고 빈약했다. 설계 회사로부터 2차원 도면을 입수하여 3차원으로 변환하고 3D 프린트로 2배 크기로 출력하여 회의장 중앙에 두고 진도를 설명하였더니 분위기도 한층 좋아졌다. 그리고 설계 회사에게도 컴퓨터 그래픽과 3D 프린팅 기술로 조형물을 제작할 수 있는 융합기술을 전파하는 계기가 되었다. 바쁜 사업 기간에도 제3회 ETRI Conference 개최를 주관하였고, 주요 참여기관장에게 홍보 시간이 되었다.

건설부지가 반도체동 앞이라 해당 연구원들이 공사 기간 중 진동으로 정밀장비 장애를 우려했다. 5,000평 규모의 제1주차장으로 이전하고자 이사회 변경 사항 의결을 주문하여 승인을 받았다. 사업 시작 6개월이 지나면서 원내 개방형 충원의 가능성이 열려 평균 3 대 1의 경쟁으로 6명을 충원할 수 있었지만, 협약 인원 충원에는 턱없이 부족했다.

시공사 선정은 조달청 입찰로 정해지고 지반을 굴착해 보니 지반이 약하고 지하수가 많았다. 설계변경 과정을 거치고 한 층씩 콘크리트 양생과 조립을 거치면서 평당 600만 원이 투입되어 오늘의 모습을 갖추게 되었다. 건물의 특징은 융복합 용도 공간이고, 호텔식 강당, 중앙 정원, 투명 엘리베이터, 태양광 발전 등 이색적인 면도 갖추고 있다. 연구단지 4거리 가정로 도로를 돌아가면서 블루오션에 떠 있는 배 형상

건물이 랜드마크의 모습을 보이고 있다. 대전관광공사가 유니크베뉴(Unique Venue)로 소위 독특한 장소로 지정했다. 유니크베뉴는 지역에서 색다른 콘셉트와 분위기를 연출하여 각종 행사의 차별성을 주어 지역의 부가가치를 증대할 수 있는 곳이다.

2008년 융합기술생산센터 인프라 건설 시작 시점에서 기술융합 개념은 생소했다. 2016년 1월, 스위스 다보스 세계정상 경제포럼에서 4차 산업혁명 시대 도래가 선언되면서 융합은 주요 화두가 되었다. 2020년 가을에 접어들면서 사업 수주 당시 기획부장이었던 김명준 원장이 2.5층 공간에 동문들의 기술융합 Mezzanine 공간을 발굴했다. 2023년, 대덕연구단지 설정 50주년이 되면서 산학연 상생 혁신 플랫폼을 육성하고자 하니 개명한 융합기술연구생산센터의 중요한 역할을 더욱 기대한다. 이 센터는 단순한 물리적 공간뿐만 아니라, 인간 기술융합의 장으로 협업에 의한 융합으로 블루오션으로 나아가는 출항지가 되길 바란다.

ETRI Conference 귀빈

융합기술연구생산센터 전경

"융합은 가성비가 높은 시너지 창출 방법"

4. 창의적 문제 해결 기법 TRIZ의 매력

TRIZ는 문제 해결 사고의 경계를 허물고 새로운 해법의 길을 열어 간다. 2012년 11월, 기술사업화 컨설팅 업무를 수행하던 윤종희 교수, 김성호 박사, 김장훈 대표, 김우준 부장 등과 창의적 문제 해결 기법으로 TRIZ를 학습하기 위하여 (사)한국신제품개발경영협회 강병선 회장을 초빙하였다.

여러 단계의 학습과 시험을 거쳐 차례로 자격을 획득했다. 2012년 12월 29일에 TRIZ 1수준, 2013년 5월 12일에 TRIZ 2수준, 2013년 10월 10일에 TRIZ 3수준 자격을 획득하였다. 2014년 1월 16일에는 국제 MATRIZ가 실시한 교육을 이수하고 프로젝트를 성공적으로 통과함으로써 국제 MATRIZ 3수준 인증 강사 자격을 얻게 되었다. 2014년 1월 27일에는 TRIZ 후학 양성과 협회 공헌으로 TRIZ 4수준을 인정받았는데 참고로 5수준이 최고 수준이다.

TRIZ는 기술시스템의 진화 과정과 문제 해결의 규칙성을 규명함으로써 기술적 문제를 해결하는 원리를 체계화한 창조적 문제 해결 이론이다. TRIZ란 러시아어로, Teoriya Resheniva Izobretatelskih Zadach, 영어로 Theory of Invention Problem Solving이다. TRIZ 창시자는 겐리히 알트슐러(Genrich Altshuler, 1926~1998)로, 1946년부터 문제 해결이 어려운 이유, 모든 지식과 특허를 이용할 수 없을까 고민하여 독창적인 해법을 정립하였다.

TRIZ는 심리적 관성을 극복하고 문제 해결을 위하여 4가지 기본 개념을 가지고 있다. 소위 가성비의 최고조인 시스템의 ① '이상성(Ideal Final Result)'을 향해 ② '모순(Contradiction)' 관계를 정의하고 ③ '자원(Resource)'을 활용하여 ④ '시스템적 접근(System Approach)'으로 해법을 찾는다. 이상성이란 어떤 물체나 시스템이 존재하지 않으면서도 필요로 하는 작용은 하는 것이다. 모든 존재나 시스템들은 결국 이상점을 향해 발전해 간다. 모순 관계는 문제를 해결하고자 하는데 관련 요소가 대립되는 관계이다. 즉 빨리 달리기 위해 자전거 바퀴를 크게 하면 상대적으로 넘어질 위험이 커지는 상반 관계 같은 것이다.

TRIZ에서 자원이란 문제 해결에서 이용할 수 있는 모든 대상을 말한다. 기술시스템 구성 요소로써 가용한 물질, 에너지, 공간, 부산물 등이다. 예를 들면 북극을 탐험하던 아문젠이 북극곰으로부터 짐을 잃고 혹한 지역에서 성냥 대용으로 얼음을 볼록렌즈 대용으로 사용한 것은 좋은 사례이다. 기술 문제 해결을 위한 시간과 공간의 맥락에서 시스템적 접근은 첫째, 문제의 대상을 중심으로 좌우로는 과거, 현재, 미래를 고찰하고 상하로는 대상의 한 단계 높고 낮은 레벨로 시스템 범위를 관찰하는 것이다. 둘째, 기술 시스템은 여러 법칙으로 진화하고 있는 단계를 관찰하여 시스템의 미래를 추정한다면 아이디어 발상점이 될 수 있다.

창의적 기술 문제 해결을 위한 근본적 사고는 기술시스템을 2가지 모순 관계로 정의하는 것이다. 기술적 모순(Technical Contradiction)은 기술시스템에 부여되는 서로 다른 2개 변수 간의 모순으로 정의된다. 즉 도금 공정에서 가열을 하면 생산성은 향상되지만 재료의 낭비가 발생한다. 물리적 모순(Physical Contradiction)은 기술시스템에 부여되는 1개 변수 내에서 상반되는 모순으로 정의된다. 즉 도금 공정에서 생산성 향상을 위해서는 가열 온도가 높아야 하나, 재료 절약을 위해서는 가열 온도가 낮아야 한다.

기술적 모순 관계로 기술 문제를 해결하고자 할 때 알트슐러는 200여만 건의 특허를 조사하여 기술 시스템의 특징으로 기술적 변수는 39가지로 정의하였다. 39가지 특성의 예를 들면, 물체의 무게, 길이, 면적, 부피, 속력, 힘, 온도, 조도, 시간, 신뢰성, 정확성, 부작용, 편이성, 복잡성, 생산성 등이다. 이들 변수 간의 모순을 해결하는 발명 원리는 40가지로 도출하였다.

필자의 경험으로 선택한 주요 10가지 발명 원리로는 분할, 추출, 비대칭, 통합, 선행조치, 반대로 하기, 역동성, 차원 바꾸기, 피드백, 속성 변환이다. 예를 들어, 비행기 엔진의 출력을 높이기 위해서는 엔진의 단면적은 커져야 하는데 엔진과 지면과의 거리는 좁아야 한다. 이와 같은 기술적 모순 해결은 수많은 특허 데이터로부터 얻은 모순표(Contradiction Matrix)를 참고하면 4가지 원리 중 비대칭 방법인 타원형 구조로 해결했다.

물리적 모순 관계로 기술 문제를 해결하고자 할 때는 시스템에 부여된 1개 변수를 4가지 분리 방법으로 기술적 모순 관계 방법보다 더 원천적으로 해결한다. 시간의 분리 방법으로 기술 문제를 해결한 경우는 비행기 랜딩 기어는 이착륙 시에는 노출시켜 사용하고 운항 시에는 동체에 간직한다. 공간의 분리 방법으로 기술 문제를 해결한 경우는 금속 코팅 시 코팅하고자 하는 물체의 표면 만 가열하고 용액은 가열하지 않은 경우이다.

조건의 분리 방법으로 기술 문제를 해결한 경우는 카메라 자동 초점으로 거리에 따라 조종할 수 있게 하였다. 마지막으로 부분과 전체의 분리 방법으로 기술 문제를 해결한 경우는 자전거 체인으로 부분은 단단하고 전체는 유연한 구조로 디자인하여 해결하였다. TRIZ 기법 활용을 위한 자원으로는 물질, 에너지(장), 시간, 공간, 기능, 정보 자원이 있다.

TRIZ 연구 모임   TRIZ 실습 결과 발표 중

TRIZ는 문제의 본질을 다양한 관점에서 체계적으로 탐구하고 인간의 사고와 창의성을 확장하고 심화시키는 도구이다. 나의 경험으로는 TRIZ에 대한 이해와 활용의 파급 효과가 크기 때문에 기술 문제 해결사들에게는 필수 이수 과목이라고 여긴다.

"모순은 분리하면 대부분 해결된다"

5. 성원농장 만들기

성원농장은 인간과 자연의 생명을 가꾸는 축복된 세계로 나아가는 공동체가 된다. 1966년, 봄학기가 끝나면서 서울대학교 농업생명과학대학 가톨릭학생회장으로 선출되었다. 처음 주도한 행사는 생소하지만 깊은 의미를 담고 있는 '무언의 피정'이었다. 경북 왜관 피정의 집에서 여름방학 기간 2박 3일로 무언의 시간을 시작하였다.

미사, 김춘호 지도신부님의 강론, 묵상 시간으로 식사 시간에도 일체의 대화는 금지되어 서로 보다가는 웃음을 참아야 하는 순간마저 영적 연대감을 형성하는 시간이었다. 피정 후반에 분도수도원과 수도사들이 일하는 인쇄소와 수제 성물 작업장을 둘러보았다. 이 경험은 일부 학생들에게 깊은 인상을 남겨, '성원의 집' 모임을 결성하는 계기가 되었다.

여름방학이 끝나고 9월 초, 이병진, 이종운, 이수홍, 김웅년, 박성열, 정병호, 정기택, 7명의 가톨릭 학생들은 합숙하기로 결심했다. 기숙사 대신 10만 원씩 거출하여 딸기 판매 아르바이트로 친분이 있는 박철준 씨 소유 푸른 지대 안에 독채 전세를 얻었다. 1966년 9월 10일 토요일, 모임을 정하고, 이름은 저가 제안한 '성원(聖原)'으로 거룩하고 풍요로운 터전을 상징하고자 했었다. 그리고 저가 제안한 선서문으로 "나는 그리스도 정신에 입각한 개인 성화와 심신 단련에 힘써 성원 사회를 이룩하기 위하여 성원 정신에 불타는 형제가 될 것을 맹세합니다."로 선서하고 빵과 포도주를 나누고 마셨다. 처음이라 킥킥 터져 나오는 웃음 속에 함께하는 기쁨을 발견했다.

성원의 집 합숙　　　　　　　　　성원의 날 기념행사

아침에 캠퍼스 수목원으로 뛰어가서 체조와 아침기도로 하루가 시작
되었고, 저녁에 기도로 하루를 마무리하는 생활이었다. 1968년 10월에
캠퍼스 인근 서둔동 솔밭에 52평 대지를 구입하여 1층 슬라브집을 짓기
시작했다. 회원들의 근로봉사와 수원교구 북수동 공 신부님의 후원으로
건물은 겨울에 완성되었고, 얼어버린 콘크리트 벽체로 방안에 곰팡이가
난무했다. 그래도 독립 센터를 가졌다는 자부심을 심어주었다. 제대 후
입주하여 합숙생활을 이어갔고 방학에 남아 운동기구를 만들어 설치
하기도 하였는데, 유리창 너머로 교과서를 집단으로 도둑맞기도 하였다.
1971년 가을에는 서울 마포에 있는 신용조합 사무실을 찾아 조합운영
서식을 구입하여 신용조합과 소비조합 운영을 시작했다.

　1972년 이종운 선배가 오스트리아 유학을 가게 되어 형제애를 담고
자 굴뚝 벽돌 한 장을 뽑아 형제들이 100번씩 문지르고 김 기대가 '성
원'이라고 새겨왔다. 김포국제공항 배웅 시에 전달하였는데 비행기 트
랩에서 손을 흔드는 모습이 지금도 생생하다. 1974년 1월 서울 강남구
신사동 저의 전셋집에서 이병진 선배와 신용조합 연말을 결산하여 처
음으로 500원당 2원씩 배당을 하였다. 해가 거듭되면서 성원 형제도
늘고 방학 중 후배들이 선배 직장을 찾아오면 용돈을 주기도 하였다.
매년 9월 10일 성원의 날에 전국에서 형제들은 설레는 마음으로 모였

고, 신입 형제들의 선서에 참여하고 동물 별명 명명식을 이어가면서 형제애를 다졌다. 저의 별명이 왜 불독이었는지 최근에야 깨달았다.

1988년, 서둔동 성원의 집을 매각하고, 캠퍼스 서쪽 탑동에 402평 규모의 대지와 주택 구입은 많은 형제들을 배출한 터전이 되었다. 후배들이 합숙생활을 이어 갔고 판넬 구조 센터를 신축하고 텃밭에서 농사도 지으며 형제들의 꿈도 자랐다. 한때 태풍이 지나면서 큰 나무가 쓰러졌는데 성모상은 안전하여 신비롭게 여기기도 하였다.

2003년 수원에 있는 농업생명과학대학이 관악캠퍼스로 이전하여 성원의 집은 합숙소 기능을 잃었다. 일부를 전세로 주었지만, 매년 성원의 날 행사에서 형제들은 따뜻한 감정을 나누었다. 2012년 초, 성원의 집을 매각하여 세금을 제하고 11억 원이 마련되었다. 2012년 3월 경기 용인 펜션에서 17명이 모인 1박 2일 워크샵에서 성원의 집 마스터 플랜에 대해 밤늦게 논의되었고, 2년 시한 비상대책추진위원장으로 내가 선출되었다.

김관우가 간사를 맡고 김성겸, 이춘근, 조영일, 김병택 등이 월 1회 용인, 아산, 서울을 오가며 마스터 플랜을 기획했다. 성원의 집 장소를 물색하기 위해 주말이면 문경, 괴산으로 그리고 보은, 옥천을 거쳐 영동으로 대토 후보지를 찾아 나섰다. 용인, 음성, 원주도 방문하였으나 1만 평 규모의 배산임수 지대를 구하기는 쉽지 않았다. 동시에 성원 형제들에게 포상 여행으로 2박 3일의 대마도에서 성원의 장래를 논의하기도 하였다. 1년 반이 지나면서 성원의 집 마스터 플랜도 윤곽이 드러나는 시점에 보은군 지역에 7천5백 평 규모의 후보지를 찾게 되었다.

| 성원 형제 워크샵 | 눈 덮인 성원농장 초기 모습 |

여러 성원 형제들이 추가로 답사하면서 2013년 8월, 평당 6만 원 선으로 반은 전지, 반은 잡종지로 7천5백 평 규모의 성원의 집, 성원 농장이 연착륙하게 되었다. 농장 앞에는 사철 개울물이 흐르고 뒤에는 산에 인접하고 있으며, 입구에는 성원의 새로운 시작을 알리는 1백 년 수령의 느티나무가 반기고 있다. 농장 인근 당진영덕고속도로가 확장되어 동서해안을 관통하는 중부권 교통의 요충지가 되었다. 장기 마스터 플랜은 영농 비중은 적게 체험농장으로 1층 80평에는 회의실, 식당, 2층에는 숙실로 건립하여 주말 프로그램을 운영하는 것이다. 개별 성원 형제들도 성원농장을 허브로 삼아 인근으로 확대해 나가는 방향을 제시하였다.

비대위원장을 수행하면서 바램은 주말에 큰 식탁에 둘러앉아 만찬을 즐기는 성원 형제들의 모습을 꿈꾸었다. 이 과정에서 모든 성원 형제들이 나눈 숱한 시간과 노력이 얼마나 소중한지를 다시금 깨닫고 감사했다. 1년 반 만에 영농법인과 이어서 사단법인이 설립되어 임무를 조기 완료했다. 그동안 수고한 비대위원들의 수고에 깊은 감사의 마음을 전하며 성원의 영원한 발전을 기원한다.

"마음을 잃으면 모든 것을 잃는다"

6. 표준과학연구원 감사 혁신

투명하고 정직한 빛을 발휘하여 표준과학 진리 탐구의 신뢰를 높이고자 했다. 2014년 4월 22일부터 3년간 표준과학연구원 감사로 새로운 직무을 시작했다. 집행부에서의 실행은 위험을 유발하는 일이라면, 감사는 위험을 분석, 예방하는 일이다. 서울 소재 기초기술연구회로부터 임명장을 받고 감사부장을 대동하고 연구원 경내와 내부를 전반적으로 둘러보았다. 감사라면 사후 비리를 적발하는 것으로 이해하고 있지만, 넓은 의미로 사전 예방의 차원이 더 중요하다.

연구원 경내를 둘러보며 뉴턴의 사과나무 앞에 다가가서 앉았다. 이는 연구원 상징의 하나이자 과학적 탐구의 한 뿌리라 할 수 있다. 연구원 사고 예방과 안전이 우선이기에 메모를 하거나 사진으로 현장을 기록하였다. 연구원은 1973년 대덕연구단지가 설정되면서 제일 먼저 터를 잡았기에 위치가 제일 좋고 넓은 자리에 들어서 있다. 40년 정도 지나니 관행으로 지나쳤을지 모르나 몇 가지 문제가 포착되었다.

한국표준과학연구원 전경

뉴턴의 사과나무 앞 필자

오래된 옥외 배수구가 노출되어 위험하거나, 식재된 나무 주변에 포박했던 고무줄이 보이고, 하적장 정리가 부실한 것이 보였다. 본관 뒤에 식수하는 장면을 보니 나무를 포박한 채 그대로 묻어 버리고 있었다. 이동 시 포박한 철사, 고무줄을 풀어주고 흙을 덮도록 지시하여 진정한 식수가 되도록 했다. 연구동 주변에 주차된 트럭에 고압 가스통이 널브러지게 실려있는 장면을 보았다. 사진을 찍어 감사부장에게 보여주면서 이런 상태로 연구원 비탈길을 다녀도 되는지 물어보았더니, 관련 조치가 이루어지고 안전에 대한 경각심과 실천을 도모하게 되었다.

연구동 실내를 돌아보면서 사고 예방과 안전을 위한 10가지 체크 포인트를 착안하고 안전관리 부서장을 불러 아이디어를 주었다. 연구원 안전을 위한 체크는 구조물 돌출 위험 여부, 구조물 과적 여부, 누전/누수/누기 여부, 소화장치 가동 여부, 안전점검 실효 유무 등이었다. 2014년 말 이전에 연구원 안전 종합 매뉴얼을 작성하기로 협의했다. 유사기관의 매뉴얼을 벤치마킹하여 전반부에 안전을 위한 총론을 정리하고, 후반부에는 각론으로 연구원의 지형지물 지도를 토대로 폭풍, 폭우, 폭설, 정전, 산불 등 재해를 대비한 현장 맞춤형 매뉴얼을 작성하기로 하였다.

예를 들면, 첫째, 연구원 지도상에 폭우에 취약한 곳은 어디이며, 둘째, 사전 조치는 어떻게 준비되어 있으며, 셋째, 사건 발생 시 조치는 어떻게 하는지를 재해에 따라 작성하도록 하여 연말에 완성하였다. 우선 안전을 위한 연구원 시스템을 정립하고 나서 장기적인 감사업무 발전방향을 구상하였다. 수십 년간 실시해 오던 회계감사를 혁신하고자 2014년 내로 2세대 전자적 e-감사시스템을 완성하고, 2015년부터는 3세대 직무감사(j-감사) 그리고 향후 4세대 문화감사(c-감사)로 발전하는 단계이다. 2세대 e-감사시스템은 표준과학연구원이 선두 도입으로 정착되어 대덕연구단지 내 정부출연연구기관의 참고 모델이 되기도 하였으며, 감사부 직원이 초청되어 타 연구원에 가서 소개하기도 하였다.

실무 감사 업무를 정립하기 위하여 표준연구원 감사 착안 시스템을 구상하였는데 5개 중분류, 15개 세부 분류별 조치사항과 감사 방법을 정립하였다. 5개 중분류로는 규정, 절차, 내용, 예산 및 집행에 관련하여 감사를 착안한다는 것이다. 규정 위반(R1) 예를 들면, 현실에 미부합하여 규정 개정이 필요한지 아니면 규정을 준수하도록 조치하되 감사 방법은 자체감사로 개선한다.

2015년부터 3세대 직무감사(j-감사) 시스템을 시작하면서 표준(연) 감사 3.0으로 9가지 체크 포인트를 순차적으로 정립해 나갔다. 예로 직무 수행에 임하면서 첫 번째 체크 포인트는 상위 계획 및 관련 규정 근거는 적합한지를 점검하는 절차이다. 이는 단계적으로 점검하여 적법성과 적합성을 보장받도록 하라는 절차이다. 감사 업무 비전 제시와 감사 착안 방법 그리고 직무감사 실무를 착실히 다지니 외부로부터 객관적 평가도 외면하지 않았다. 2016년도 내외 청렴도를 종합한 청렴도 평가에서 대덕연구단지 정부출연기관 중 표준과학연구원이 1등을 하게 되었다.

표준(연) 감사 3.0 체크 포인트

표준연 강당 입구 자랑스런 임직원 사진

2017년 초 감사 3년 직무 마무리 단계에서 몇 가지 제언은 첫째, 연구부서에는 창의력 발휘를 위한 환경 조성의 일환으로 오전을 집중근무 시간으로 설정하도록 준비하자. 둘째, 개인별 전문가 인증서를 부여하고 계발한다. 셋째, 융합 기술 등 현안 해결을 위해 탄력적으로 협업 풀을 활용한다. 넷째, 부서별 예산 배분은 테스크 포스의 조정을 바탕으로 연구원이 결정한다. 다섯째, 대민 업무가 빈번한 행정부서는 외부와 유착이 되지 않도록 3년 단위로 순환근무를 실시한다. 여섯째, 연구 기획이나 개방형 세미나 등으로 수평적 교류를 촉진한다. 일곱째, 직무 결과물에 대해서는 버전 관리로 보완한다. 여덟째, 검증된 중소벤처기업에게는 기술이전 통상실시권을 허여하되 착수료는 면제하고 매출 발생 시 상향 경상기술료를 징수한다. 아홉째, 부서별 이해관계자가 누구인지 명확히 정의하고 상호이익을 도모한다. 열째, 세종대왕 정신, 원가(院歌) 보급, 리더십/팔로워십 고양, 분기 조회 시 혁신 경진 사례 발표, 팀 평가 강화 등을 제시하였다.

　저는 단순한 감사자가 아닌, 연구원의 보호자로 그들을 살폈다. 그리고 연구원의 선배요, 진정한 촉진자로서 이곳에서 노벨상이 배출되어야 한다는 꿈을 가지고 젊은 연구자들의 바람이 무엇인지를 연구실을 찾아 파악하여 반영할 수 있도록 노력했다.

"표준화는 정의, 구조화, 절차로 정리하자"

7. 지상파 DMB 방송 베트남 하늘에 띄우다

     베트남 하늘에 새롭게 띄우는 디지털 방송 전파는 대한민국과 베트남을 잇는 신뢰의 다리이다. 2008년도 4월 13일 저녁, 인천국제공항을 출발하여 베트남 하노이국제공항에 도착하니 자정 무렵이었다. 공항에서 현지인의 안내로 1926년 하노이 중심가에 건립한 유서 깊은 호아빈(Hoa Binh) 호텔에 여장을 풀었다.

     베트남 해외 출장 목적은 한국전자통신연구원이 세계 최초로 개발한 지상파 DMB(Digital Multi-media Broadcasting) 디지털 TV 방송기술을 베트남에 진출시키고자 함이었다. 1년 전부터 인도네시아 시장을 두드리고 진행해 왔으나 진척이 느렸다. 해외 시장 다변화로 마케팅 리스크를 줄이고자 베트남 진출 책임을 맡고 Vice President of Marketing 명함으로 새로운 시장을 개척하고자 베트남 땅에 섰다.

     다음 날, 베트남 국영 TV 방송 자회사(Broadtech)로 가서 지상파 DMB의 우수한 경제성과 기술성을 소개했다. 질의 응답 시간 후, 미리 준비한 양해각서(MOU) 초안을 건네주면서 내일 저녁 출국하기 전에 상호 협의를 끝내고 서명하여 귀국하고 싶다고 했다. 질의 응답 시에는 베트남어-한국어 통역사까지 대동하여 기술자들과 폭넓은 의견을 교환했다. 통역 서비스 및 가이드로 일당 100달러를 주었는데, 통역자는 상당히 노련한 기술자로 나와 연배가 같아 금방 친해졌다.

지상파 DMB 사업 계획 발표 중   MOU 서명 교환

베트남 국영 TV 방송 자회사 대표 충(Trung)은 짧은 시간 내 빠르게 상급 기관과 협의하여 수정된 안을 주었다. 연구원 내부와 협의 후 상호 서명하여 출발 전 목적대로 진척된 결과를 가지고 귀국할 수 있게 되었다. 양해각서는 구속력이 있도록 작성되었는데, "첫째, 베트남은 ETRI가 개발한 디지털TV 방송기술을 국내 표준으로 도입한다. 둘째, 본 방송이 개시되면 단말기당 매월 일정액을 부과하여 기술료로 지불한다. 셋째, 가입자 과금을 위한 시스템 개발은 ETRI가 담당한다. 넷째, ETRI는 1개월 내로 시험방송 장비를 대여하고 수신 단말기 50대를 제공한다. 다섯째, 상호 신뢰와 존중으로 사업 성공을 위해 노력한다."로 요약된다.

1개월이 경과하기 전에 디지털 TV 방송을 시험할 수 있는 송신시스템과 수신 단말기를 TV 방송 10B 대역으로 연동시키고 검증 후 항공편으로 베트남에 보냈다. 방송 송출 시스템 작동법을 단계적으로 메모하고 베트남 체류 기간 동안 HW와 SW 개발자와 긴밀한 연락 체계를 구축한 후 2번째 베트남으로 향했다.

베트남 국영 TV 방송 자회사에 도착하니 기술자들이 이미 방송 시스템을 조립하였으나 작동은 하지 않는 상태였다. 준비한 매뉴얼대로 처음부터 차근차근 1시간 정도 진행했다. 2008년 5월 1일, 드디어 베트남 수도 하노이 하늘에 대한민국의 디지털 방송 기술이 첫 신호를 송출하고 단말기에도 방송이 잡힌 역사적인 순간을 맞이했다. 그 순간, 나는 그곳에 있었다.

지상파 DMB 시험 방송 개시

지상파 DMB 휴대폰 단말기

상호 서명한 약속대로 단말기 50대는 관련 부처 고급 간부들과 기술자들에게 지급하여 베트남 국영 TV 2개 채널을 처음으로 휴대 단말기로 시청할 수 있었다. 성공적인 하노이 방송 송출을 바탕으로 상용 방송 시 가입자들에게 사용료를 매월 징수할 수 있는 수익 모델을 실행하고자 과금 시스템을 개발하기 시작했다. TV 방송 10B 대역에서 방송으로 2채널을 사용하고 남는 15K 대역을 과금관리를 위한 영역으로 가입자 단말기 방송 수신을 제어할 수 있도록 개발을 진행했다.

과금관리 시스템 개발이 완성됨에 따라 SW를 탑재한 HW를 설치하고 시험검증에 들어갔다. HW가 금요일 오후에 납품되어 시험검증할 시간이 충분하지 않아 전원만 켜고 월요일에 다시 만나기로 했다. 주말을 지나면서 시스템에 전원이 나갔는데 전원 결선이 한 곳으로 치우쳐

과부하를 견디지 못한 것이었다. 주 시스템과 백업 시스템 구성 별 결선을 보니 무질서한 면이 발견되어 시스템 상하 6개 모듈을 베트남 방송국 실내 환경을 고려하여 다시 배열하고 결선하였다.

전원 균형을 확인하고 시스템 구성을 점검해 보니 캐쉬 메모리가 반이나 부족하게 장착되어 이를 시정하고, 단계별로 작동시켜 시험검증을 성공적으로 끝내고, 과금 장비를 하노이로 보냈다. 모든 방송 시스템을 베트남 국영 TV 방송국 내에 설치하고, 옥외 90m 안테나로 확장하여 300watt 출력으로 하노이가 평지라 전역에서 시청할 수 있게 확장되었고, 하노이 북쪽 20여km 떨어진 하노이공항에서도 수신되었다.

지상파 DMB 과금 관리 시스템

지상파 DMB 확산 회의에 참석한
양승택 전 장관, 베트남 따 전 장관

이제 비즈니스 수익 모델을 실현하기 위해 연구소 기업이 나서게 되었고, 저는 융합기술생산센터 건립 사업 책임자로 발탁되어 새로운 도전을 하게 되었다. 해외 진출은 단순히 제품을 파는 것이 아니라, 고객의 기대에 충분한 적절성을 구비해야 하며 꾸준한 신뢰로 단계별로 치밀하게 진행하여야 성공할 수 있음을 깨달았다.

2010년 8월 27일, 베트남이 상용 서비스를 개시하면서 저에게 진심 어린 감사장을 보내왔다. 지상파 DMB 해외 진출을 위해 김대웅 본부장, 은종원 박사, 조혜정 연구원의 수고가 많았다. 이는 한국과 베트남 참여자들이 함께 이룩한 신뢰의 성과였다. 베트남 파트너의 건승과 행복을 기원한다!

"도전 없는 성취는 없다"

8. 중소벤처기업 컨설팅 사례

작은 씨앗이 자라나 숲을 이루듯, 한 기업의 시작은 무한한 가능성을 품고 있다. 2012년 어느 봄날, 대전테크노밸리에서 컨설팅할 N 사 김 사장를 만났다. N사는 복합 LED 시스템을 제작하여 체육관 등 다양한 조명 구성을 요구하는 대형 구조물의 실내 고천장에 레일을 설치하여 조명 수요에 대응할 수 있는 조명 시스템을 보급하는 회사였다.

김 사장은 현장 기술자 경험이 풍부한 엔지니어 출신으로 시스템 기술 설계에 해박하고 사장실에 간이 침대를 둘 정도로 열심히 일하는 분이라 오히려 걱정이 되었다. 김 사장의 요청으로 임직원에게 기술사업화 특강을 끝내면서 모두에게 물었다. "사장 한 사람이 전 직원을 먹여 살리는 것이 쉬운가? 아니면 전 직원이 한 사람을 먹여 살리는 것이 쉬운가? 어느 것인지는 임직원이 선택해야 할 것이다."라고 끝을 맺었다. 이 질문은 단순한 경제적 논리를 넘어 기업의 존재 이유와 리더쉽의 본질에 대한 깊은 고민을 던졌다.

김 사장은 주 1회 회사 자문을 요청하면서 고문 위촉장을 만들어 주었다. 고성능 LED 시스템은 방열 문제가 중요하게 대두되기 때문에 열화상 카메라를 동원하여 조명시간 경과에 따른 열 분포를 측정하기로 하였다. 열 분포를 분석하여 시스템 구조를 개선하는 일에도 참여하여 열 측정 위치 선정과 열 분포 데이터 분석에도 조언했다. 초기에 설치된 C 체육관에 가서 조명 시스템 작동 시험과 조명 배치에 따른 조도 분포 데이터 수집과 분석에도 현장 자문을 하고 왔다.

KAIST와 텍사스대학교가 추진하는 글로벌 유망중소기업 선정 경연 발표 자료를 자문했더니 발표까지 하게 되었고 경쟁을 뚫고 선정되었다. 선정 타이틀을 얻고 텍사스대학교로부터 미국 시장 진출을 위한 맞춤형 마케팅 보고서도 얻을 수가 있었다. 최종 결선으로 텍사스대학교 교수들이 현장을 방문하여 선발 심사 중 천장에서 드리운 LED 시스템 구조물에 접지 처리가 불안정하여 결승에서 완승을 놓치고 말았다. 1년간 자문하면서 2건의 특허를 공동 발명자로 2013년 5월에 등록할 수 있었다.

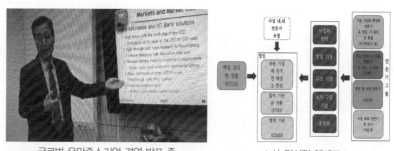

글로벌 유망중소기업 경연 발표 중 　　　　　　L사 컨설팅 체계도

두 번째 컨설팅 회사는 대전 대덕구 산업단지 소재 L사로 2015년 1월부터 2개월간 대전 M 대학의 지원으로 고성능 LED 조명등 개발을 컨설팅하기로 했다. 조명의 진화는 백열등에서 형광등으로 이제 LED로 확대되어 가고 있었다. L사는 산업용 고출력 LED 조명등 개발로 기존 산업용 메탈할라이드 램프를 대체하고자 했다. 고출력을 위하여 LED 칩을 집적하다 보니 방열을 위한 구조물이 커지고 무거운 단점을 가지고 있었다. 나는 그들의 고충을 이해하고, 문제를 해결하기 위해

발 벗고 나섰다. 우선, 애로기술을 해소하기 위하여 아래와 같은 컨설팅팀을 구성하고 단계적으로 컨설팅을 계속했다.

컨설팅 주요 단계는 사업화 전략 수립, 방열 분석, 구조 설계, 소자 구동 회로 설계 등이었다. 구조물의 핵심 요소인 방열을 획기적으로 개선하기 위하여 한국전자통신연구원이 보유하고 있는 방열 기술을 활용하기로 했다. 방열 효과 시험 결과를 토대로 LED 조명 등 기구물의 최소 부피와 무게가 결정되고 구동회로의 집적화에도 영향을 주기 때문이었다. 10차에 걸친 컨설팅 회의에서 L기업의 역량 진단 및 표적시장 분석, 방열 분석, 기구물 3D 프린팅, 구동회로 설계, 사업제안서 작성 등으로 계속되었다.

기술분야 컨설팅 내용은 방열 기술 이전 적합성을 검토하고, 방열 시뮬레이션 추진, 시편 현장시험, 기구물 시제품 디자인 및 3D 프린팅, 그리고 제품 제원 설계 지원이었다. 마케팅분야에서는 최근 제품 개발 트렌드를 소개하고 기업 역량을 재평가하여 신제품의 유효 수요처, 기대치를 고려하여 내수시장에 안정적 진입을 위한 마케팅 전략 설계를 지원하였다.

기대 효과로는 M대 주관 '연구개발 서비스기업 경쟁력 강화 지원사업'을 통하여 최신 LED 산업 동향을 확인했다. 당시 국내 1,900억 원 규모 LED 산업 등 시장의 지배력 강화를 위하여 소켓형 LED 램프 디자인과 공급망 확보를 위한 비즈니스 모델을 개발했다. 향후 정부 추진 에스코(ESCO) 사업 참여를 위한 기반 환경을 조성하여 매출 수익 구조 개선이 가능할 것으로 기대하였다.

L 기업에 안겨 준 가장 구체적인 성과는 2015년 4월에 LED 조명등을 반반하게 하여 반하게 만들겠다고 설득하여 2년에 걸쳐 8억의 지원금을 받은 것이다. 즉 조명등 크기와 무게 그리고 가격을 반으로 줄이겠다는 제품 혁신 메시지였다.

두 회사의 이야기는 단순히 기술과 기업의 성공담을 넘어, 기술의 협업적 융합을 통해 스스로의 한계를 극복해가는 과정에 관한 이야기이다. 이 과정을 통해 자신의 삶을 일에 얼마나 헌신하고 있는지를 보았고, 이들 노력의 결과로 값진 기술 발전이 세상을 바꾸고 있다는 것을 깨달았다.

"고객 만족은 제품 만족보다 한 수 위"

9. 창조경제 기술사업화 혁신 방향

기술사업화는 기술이 형성되고 사업화가 되기까지는 각기 다른 환경에서 네 가지 형상으로 거듭나기 때문에 어렵다.

우선 연구개발 과정을 통해 기술의 차별적 우수성이 검증되어야 한다. 또 기술 특허 등록도 이루어져야 하고, 시장성도 확보돼야 한다. 마지막으로, 마케팅과 양산을 통해 다수의 제품 판매가 이루어졌을 때 비로소 기술사업화의 최종 사업성이 인정된다. 다시 말하면 기술의 사업화는 일련의 발전 과정을 통해 비계량 무형 자산이 제품이라는 계량적 유형자산으로 변모하고, 연구 개발부터 시작된 재원 투입은 수익으로 확대 재생산되는 과정을 거치게 되는 것이다. 고경력 과학 기술자 입장에서 기술사업화 컨설팅 활동을 살펴보면서 몇 가지 제안을 한다.

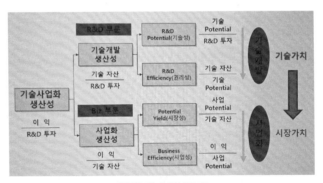

사업화 단계 형상도, IR

첫째, 기술 클러스터를 제품 클러스터별로 세분화하자는 얘기다. 기술사업화 정책 추진 결과 인프라 조성이 어느 정도 성과를 나타내면서 지역별, 대학별 기술 클러스터가 조성됐다. 네트워크도 어느 정도 구축 돼 있다. 따라서 이제는 더욱 구체적인 비즈니스를 창출하기 위한 고민 으로 넘어가야 할 단계다.

이제는 시장을 가지고 있는 기업이 주관 사업자가 되어 제품을 함께 개발하도록 역할을 분담해 협업할 수 있는 제품 클러스터를 조직하고, 상시 융복합으로 시너지를 창출하는 다음 단계로 넘어갈 것을 제안한 다. 제품 개발 수준으로 컨소시엄을 구성해야 구체적인 공통 목표를 정 하기 쉽고, 투입과 성과도 공동 추진할 수 있어 협업의 동기를 강화시 킬 수 있다.

둘째, 기술 혁신 잠재력인 문제 해결 능력을 배양해야 할 때다. 한국 이 세계 5대 기술 강국으로 발전하고 있으나, 국가 신성장 동력이나 일 자리 창출은 미흡하다. 그 이유 중 하나는 미흡한 문제 해결 능력에 있 다. 전공별 기본 과목을 이수하면 기본 실력은 갖추었다고 보고, 이제 는 주입식 강의를 벗어나 각자의 기술 비즈니스 창출로 전환해야 한다. 입력 형태의 공부에서 출력 지향의 결과물 창출을 위한 학습 방식으 로의 전환이 필요하다. 조금 더 강조하자면 공부는 각자가 하는 것이 다. 자신의 기술 비즈니스 문제를 스스로 구상하고 발전시켜야 한다.

셋째, 실용화 연구 인식 강화의 필요성이다. 지난 2013년 공공 연구 기관이 보유하고 있는 기술을 기업에 무상으로 이전하기 시작했다는 것은 중소기업의 주요 애로사항인 연구개발 자금과 인력 부족임을 감 안할 때, 새로운 활로를 찾아 주는 일이다. 공공 기술의 기술료 수입이 기본 착수료 중심으로 되어 있고, 제품의 판매와 연동돼 있는 경상기술료 수입이 부진하다는 '불편한 진실'을 해결해야 한다. 과학 기술 연구기획부터 기술 검증과 기술 이전에 이르는 과정에서 실용화 노력을 더욱 경주해야 하는 이유이다. 무상으로 제시한 기술 이전의 향방을 모니터링하면 해답을 스스로 찾을 수 있을 것이다.

창조경제 일자리 창출의 창업은 일감을 만드는 것이다. 첨단 제품에는 첨단 기술과 감성 마케팅만이 성공을 약속한다. 장기적으로 실용적 문제 해결 능력을 배양하고 협업할 수 있는 기술사업화 생태 환경의 진단과 기술 가치 창출의 연결 고리는 과연 튼튼한지 다시 한 번 살펴야 할 것이다. 기업가정신은 고위험 고수익(High Risk High Return) 수행이 아니라, 기술과 사업 역량을 조기에 충분하게 준비해 저위험 고수익(Low Risk High Return) 모델로 도전해야 하는 것이다.

기술 개발에 앞서 활용될 제품·서비스를 구체화하고 이에 앞서 비즈니스 모델을 정립해 기술사업화 방향을 개선하자. 올인 한 방으로 대박을 이루고자 하는 위험에서 최소 3차례는 도전할 수 있는 최소 재원 할당의 시장 비즈니스로 출발해보자. 또 시장을 학습하면서 제품을 개선해 가는 과정에서 대박을 꿈꾸어야 할 것이다. (전자신문 사이언스 온고지신 2014년 4월 28일 게재)

"기업가정신은 사전준비로 저위험 고수익으로 간다"

10. 기술사업화 신 3대 전략

기술사업화는 시장의 흐름을 파악하고 새로운 가치를 창조하는 긴 여정이다. 2009년 9월, 한국기술사업화진흥협회(KTCA)에서 처음으로 개설한 기술사업화 교육은 정년 이후의 새로운 출발에 계기가 되었다. 그 후 지금까지 기술사업화 주제로 전국을 누비며 이론을 전하고 실행을 논의했다. 기술사업화는 과학 기술 발전의 결과가 시장에서 확대 재생산으로 실현되어 고객에게 경제적 가치를 제공하여 인류 문명에 기여하는 것이다. 기술 개발 결과로 얻어진 무형의 기술적 가치가 시장 고객에게 제품/서비스로 유형의 경제적 가치로 환원되어 시장에서 지속 보급할 수 있는 일은 소위 죽음의 계곡(Death Valley)을 극복하는 일이라 불릴 만큼 어렵다.

지금까지의 기술사업화 방향의 특징은 연구개발에 시작점을 둔 기술우위 전략으로 추진되었다. 이러다 보니 개발될 기술을 사용할 시장 고객의 제품/서비스에 대한 고려가 불충분한 상태에서 기술 개발에 대한 시간과 비용이 투입되어 왔다. 고객의 요구가 충분히 반영되지 않으면, 시장에서의 성공은 제한적일 수밖에 없다. 아래 그림에서 기술우위 전략 곡선은 기술사업화 활동으로 기술 수준이 증가하나 상대적으로 고객가치는 크게 증가하지 않았다. 반면 고객 우선 전략은 기술 수준 증가는 다소 양보하더라도 고객가치를 우선하는 전략이므로 이를 기술사업화 전략 방향으로 전환하자는 제안이다.

제품/서비스 시장에서 주도권이 공급 과잉으로 인하여 공급자 중심에서 수요자 중심으로 변화됨에 따라 기술사업화 방법도 첫째, 비즈니스 측면에서는 린 스타트업(Lean Start-up), 둘째, 제품 디자인 측면에서는 디자인 씽킹(Design Thinking), 셋째, 제품 개발 측면에서는 신속(Agile)하게 하자는 것이다.

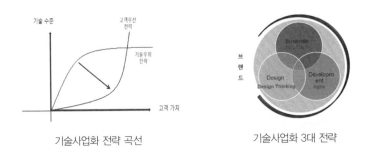

기술사업화 전략 곡선   기술사업화 3대 전략

　첫째, 린 경영(Lean Management) 개념은 실리콘밸리 벤처기업가, 에릭 리스의 린 스타트업(Lean Startup) 단행본 출간 이후 새롭게 강조되고 있다. 지금도 상당수의 제품 개발자들은 좋은 제품/서비스를 만들고자 장시간 노력하는 사이 개발 시간과 비용이 증대되고 이로 인한 시장 진출 시기도 늦어지곤 한다. 그리고 선의의 좋은 제품을 만들고자 한다 하더라도 이 결과로 개발비용 증가에 따른 출시 제품 가격 또한 높아지는 악순환을 반복하게 된다. 이런 현상을 개선하고자 린 스타트업 전략은 최소한으로 기능하는 제품으로 제품 개발 비용을 줄이고 조기에 시장에 제품을 출하하여 시장을 선점하고자 하는 것이다. 애플의 스티브 잡스(Steve Jobs)는 이미 전략적으로 철저하게 사용자 맞춤으로 제품을 생산하고자 하였고, 간편한 디자인을 중시하였음은 린 경영 개념과 일맥상통하고 있다고 본다.

　둘째, 제품 디자인 측면으로 최근 주요 제품들의 형상과 기능은 대동소이한 면도 없지는 않다. 제품 경쟁이 치열하고 시장이 수요자 중심으로 움직임에 따라 이제는 서비스 디자인이 필수적이다. 핵심고객이 해당 제품을 어떠한 행태로 구입, 사용하는지를 관찰하여 이를 제품 기능과 형상에 반영하여 사용자들의 편이성과 만족도를 재고하고자 한다. 이와 같은 노력은 고객 중시 기업 경영의 일환이며, 타사 제품과의 고객지향 경쟁력을 증대하고자 함이다.

셋째, 제품 개발 측면에서 개발의 신속(Agile)함을 요구받는 것은 비즈니스 측면의 린 스타트업과 관련이 깊다. 디지털 네트워크 경제 시대에 시장 선점으로 경제적 우위를 점하고 총비용 대비 수익을 증대하고자 하는 노력이다. 네트워크 경제에서 시장 선점은 후발 시장 진입자와 사용자로 하여금 전환비용을 증대시켜 경쟁사에게 진입장벽을 높이는 효과가 있다.

종합적인 관점에서 벤처중소기업은 고위험 고수익(High Risk High Return)을 수행하는 것으로 대변하고 있다. 기업가정신은 도전정신으로 이를 추진하여 기업 가치를 추구하는 정신이라고 하겠다. 고위험은 상존하고 있으며, 이를 대처하기 위한 방안으로 조기에 더욱 철저한 사업 역량 강화와 사업 준비로 위험을 줄여 놓는 방식으로 저위험 고수익(Low Risk High Return)을 추구하는 전략이 필요하다. 2014년 4월 27일 전자신문에 아래와 같은 메시지를 전했다. 최소 재원 할당으로 비즈니스를 조기에 시작하고 시장을 학습하면서 점진적으로 더욱 크게 성장할 것을 제안하는 것이었다. 기술사업화는 산업경제활동을 넘어 인간의 창의성과 도전정신이 결합하여 새로운 가치를 창출하고 인류의 미래를 형성하는 과정이다.

"기술사업화 성공은 죽음의 계곡을 우회한다"

11. 기술사업화 신 모델 i2B

    i2B 모델은 기술혁신을 비즈니스로 전개하는 플랫폼이다.
2009년 9월, 한국기술사업화진흥협회에서 개설한 기술사업화 교육을
이수한 후 전문교육 강사로서의 여정을 시작하게 되었다. 기술경영사 자
격을 원하는 수강생들을 위하여 서울, 대전, 대구, 울산, 부산, 광주, 안
산, 세종, 거제 등 지역으로 순회 강의를 다녔다. 한국전자통신연구원에
서 경험한 기술 개발, 기술 이전, 상용화 경험을 바탕으로 여러 해 동안
강의를 하다가 아래 그림과 같은 i2B(idea to Business) 기술사업화 모델
을 구상하였다.

i2B 기술사업화 모델

    i2B 모델은 기술 개발 이전에 아이디어가 시작점으로 단계별로 사업
화를 전개해 가는 개념이다. 첫 번째 단계는 기술사업화를 위한 고객
의 문제를 명확하게 정리하는 단계이다. 숨겨진 고객의 고통과 필요를
심층적으로 이해하려는 인간행동학적 접근이다. 두 번째 단계는 고객
의 문제를 해결할 수 있는 혁신적인 아이디어를 도출하는 단계이며, 역
방향도 가능하다. 이 과정은 창의적 발상의 영역이다.

세 번째 단계는 고객의 문제를 해결할 수 있는 아이디어를 구체화하는 단계이다. 이 단계는 창의적 기술 문제로 정의하여 접근하는 문제 해결 방법이다. 마지막 네 번째 단계는 비즈니스 모델로 수익을 실현하는 방법을 제시하는 단계이다. 이는 이익 추구를 넘어 경제사회의 가치 창출로 이어지는 완성판이다.

제안한 모델을 기업의 제품 개발에 활용할 기회가 왔다. 수입 의료 장비를 판매하다가 자사 제품을 만들고자 원했던 한 중소기업을 만났다. 마케팅 부서와 개발부서 직원들과의 브레인라이팅(Brain Writing) 회의 방식으로 i2B 사업화 모델을 정립하였다. 첫째, 기존의 의료 측정기는 무겁고 사용하기가 불편하며, 측정 기록이 부정확하다는 문제가 있음을 착안하게 되었다. 둘째, 이에 대해 떠오르는 아이디어는 휴대용 측정기로 만들고 측정 정보가 자동으로 기록되고 병원 서버로 데이터를 전송하는 것이다. 셋째, 제품 개발은 디자인을 인간공학적으로 가볍게 개선하고, 측정 정보가 자동 전송되도록 개발한다. 마지막 넷째, 수익 모델은 다소 고가이고 초기 사용자의 인식이 좋아야 하기에 병원에서 우선 구입하게 하는 것으로 i2B 기술사업화 모델을 정립하였다.

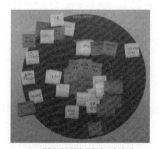
브레인라이팅 결과 이미지

i2B 모델 세미나 기념 사진

기업의 지속적 성장을 이어갈 수 있는 구심점은 핵심고객을 위한 제품이나 서비스 개발이다. 획기적인 제품을 도출할 수 있는 아이디어는 고객의 소비 형태로부터 발현되는 내면의 니즈에 착안하는 것이 최우선이다. 그리고 주요 아이디어 도출 경로는 제품 트렌드 추적, 해외 시장조사, 경쟁사 제품, 다른 카테고리에서, 마케팅 기획 과정에서 의도적인 활동으로 얻어진다.

　여러 아이디어가 도출되어 최종 선택받기 위해서는 고객의 니즈에 철저해야 하며, 아래 질문에 명확하게 답할 수 있어야 한다.

　　- 얼마나 획기적인가?
　　- 중요성은 어느 정도인가?
　　- 고객, 시장, 경쟁자에 얼마나 영향을 끼칠 수 있는가?
　　- 잠재적 시장 크기는 얼마나 되는가?
　　- 고객이 실제로 원할 것인가?
　　- 고객이 어느 정도 가치를 부여할 것인가?

　i2B 기술사업화 모델에서 아이디어가 고객의 문제나 요구사항을 해결할 수 있는 구체적인 방법으로 비즈니스 모델이 가능할 경우, 아이디어는 사업 콘셉트로 고객에게 제시할 수 있는 고객가치가 된다. 콘셉트는 고객에게 새로운 가치의 제안이며 모든 활동의 지침이요 슬로건이다. 예를 들면, "지하 150m 암반 천연수로 만든 하이트", "또 하나의 우리 집, 리츠칼튼 호텔"로 제품 홍보를 위한 카피라이트가 되는 것이다. 콘셉트 다음 단계로 구체화하거나 고객으로부터 구체화되는 단계는 소위 브랜드이다. 브랜드란 상품이나 서비스를 경쟁자와 구별해서 표

시하기 위한 명칭, 기호, 디자인 혹은 그의 결합체로 정의하고 있으나, 더욱 중요한 것은 제품의 품질과 가격으로 고객으로부터 충성심이 형성된 상징이다.

사업화 모델과 관련하여 아마존의 제프 베조스의 일화를 소개한다. 베조스가 아마존을 창업하기 위하여 비즈니스 모델을 고민하던 중 한 레스토랑에서 스케치하여 만든 것이 아마존의 비즈니스 모델이다. 저비용 구조 혁신으로 고객에게 가치를 전달하여 기업을 지속적으로 성장시키는 사업 구상으로 코로나 이후 비대면 경제의 확대로 더욱 확장되고 있다.

i2B 기술사업화 모델은 시장 고객의 소비활동을 서비스 디자인 관점에서 면밀히 관찰하여 이를 바탕으로 제품이나 서비스 요구사항 정립을 강조하였다. 이는 시장고객 지향적이기 때문에 기술사업화 전주기에 효과적으로 사업을 전개할 수 있어 궁극적으로는 사회적 가치와 경제적 이익을 극대화할 수 있을 것이다.

"비즈니스 모델이 기술 개발보다 우선"

12. 대덕연구단지 설정 50년

       1인당 국민소득이 미화 300달러이던 1973년 12월에 미래를 내다보고 확정한 대덕연구단지(대덕연구개발특구)가 50주년을 맞이했다.

    대한민국의 과학 기술과 산업발전을 견인해 온 노고에 찬사를 보낸다. 대덕 벌 넓은 땅에 연구단지의 청사진을 그린 선구자들은 화봉산, 우성이산, 매봉산 등으로 둘러싸인 산자락을 바라보며 연구단지 건설의 벅찬 꿈에 부풀어 있었으리라. "하면 된다."라는 꿈이 야산 골짜기마다 연구원 건물이 차곡히 들어서면서 대한민국 과학 기술의 요람이 되고 지속적 성장을 위한 소중한 밑거름이 되었다.

    최근 건립한 193m 높이 엑스포타워에서 광활하게 펼쳐진 대덕연구단지의 웅장한 모습을 바라본다. 갑천을 따라 즐비한 연구단지의 모습은 참으로 가슴 뿌듯한 광경이다. 얼마나 많은 사람들이 고뇌하고 역사의 길을 걸어 왔는가를 생각하니 경의를 표할 마땅한 말이 떠오르지 않아 안타까운 심정이다. 이곳에 과우회 선후배님들의 땀과 노력의 흔적도 깊숙이 녹아있어 더욱 자랑스럽다.

    매일 연구단지로 출근하기 위해 아침 공기를 마시며 둔산 들판을 지나 갑천 대덕대교를 건너곤 했다. 연구원에 들어설 때 옥상에 펄럭이는 깃발을 보면 연구원이 천직인 양, 가슴이 뭉클하기도 하였다. "인생의 보람을 연구에 걸고 연구하는 정열로 밤을 밝힌다…"라고 다짐하며 불 꺼지지 않는 연구실 창밖으로 비친 실루엣은 연구원들의 열정적인 오브제였다. 토요일, 일요일에도 연구원에 나와서 일을 하는 연구원이 많아 제발 좀 쉬라고 말해줘야 하는 연구 마니아들의 모습이 아련히 떠오른다.

저가 젊음을 발휘했던 한국전자통신연구원만 보더라도 가장 낙후된 기술분야의 하나로 무에서 유를 창조하는 희열을 맛보기도 하였다. 반도체 기억소자 4M DRAM, 전전자교환기, 행정전산망 주전산기, 광통신, CDMA(코드분할 다중접속), T-DMB 등이 성공적인 개발로 이어졌다. 과감한 도전으로 숱한 연구개발 신화를 창조하였고, 연구원 설립 20년 만에 대한민국을 IT 일등국가 반열에 올려놓은 성과였다.

연구 후발주자로서 초기에 막막했지만 선진국의 방법론을 입수하여 우리 연구사업 개발체계를 완성하였을 때 성취의 기쁨에 엔돌핀, 도파민도 흘러넘쳤다. 연구단지 설정 초창기부터 많은 분야에서 연구원의 결과물이 직간접적으로 산업에 파급되어 오늘날 기술 강국의 원천이 되었다. 첨단 정보통신 기술 외에도 스마트 소형 원자로 개발, 핵융합 연구장치 KSTAR, 최근 코로나19 유전자 지도, 누리호 3차 발사 성공, K-방산 등 연구단지 성과 창출은 계속되고 있다.

이제 더욱 큰 열매를 맺고 풍년의 추수를 꿈꾸는 새로운 50년을 준비할 때이다. 지난 50년은 후발주자로서의 압축성장이 가능했지만, 이젠 글로벌 선점의 무한 기술경쟁 시대이다. 과거의 주된 응용연구에서 지금은 원천기술연구를 요구받고 있어 연구요구 수준이 높다. 글로벌 경쟁 연구의 주인인 연구원의 연구개발 창의성을 북돋우기 위해서 연구원의 내외적 변화가 요구된다.

대덕연구단지 전경. 근현대사 아카이브

연구원 외적 요인으로 첫째 제안은 연구원 기관장 선임에 대한 리스크를 해소하기 바란다. 기관장 공백 기간이 길어지고 잦은 기관장 선임으로 자원의 낭비가 많다. 한 기관장 선임에 응모하는 10여 명이 허비하는 자원도 무시할 수 없고 인간관계 후유증도 크다. 신임 기관장이 오면 새로운 비전을 제시하느라 많은 연구원이 장기간 동원되고 변화를 위한 조직개편과 연구책임자 변경으로 연구가 지연되기도 한다. 큰 하자가 없으면 현 기관장을 유임시키는 방법이 대안이다.

둘째, 연구과제 선정은 기관장에게 일임하고 결과와 성과에 대해 책임을 묻는다. 제3자가 관여하게 함은 새로운 오버헤드를 만들게 되어 불필요한 시간과 노력을 요구받게 되어 한정된 연구자원에 손실이 되고 자율성을 훼손할 수 있다.

연구원 내적 요인으로는 첫째, 연구과제 기획부터 연구 결과물의 활용에 대해 구체적으로 제시하고 연구 진척과 병행하여 실용화를 위한 방안을 꾸준히 모색한다. 연구 결과물에 대한 실용화를 강구하면 융합연구 기회를 찾는 계기가 되고 결과물의 시너지를 현실로 만드는 데 도움이 될 것이다.

둘째, 연구개발의 팀워크를 훼손할 수 있는 연구원 평가 등을 심층 연구하여 개선할 필요성이 높다. 미래 연구 선점을 위한 융합 연구와 시너지 창출을 위해 팀워크는 주요한 요소이기 때문이다.

글로벌 국제정세는 군사동맹에 경제동맹이 더해지고 기술동맹으로 이어지는 패러다임으로 가고 있다. 대덕연구단지 설정은 원대한 혜안으로 창조되었고 기술 강국으로 가는 출발점이었다. 꾸준한 투자와 헌신적인 노력으로 이룬 성장동력이 미래를 향한 지평을 열어가는 데 보람과 자부심을 가져야 할 것이다.

우리는 대덕연구단지 연구원이 국가 성장동력의 소중한 자산임을 인식하고 자랑스럽게 연구하도록 하는 것이 대한민국의 영원한 발전을 위한 길이다. 연구단지 설정 50주년을 축하하며 새로운 50년을 시작하는 대덕연구단지 연구원들에게 무한한 신뢰와 성원의 박수를 보낸다.

(科友會 통권 제272호 2023년 가을호 게재)

"창조는 재편집, 융합, 발전 그리고 발명이다"

제5장

희망 미래(과학)

1. 한여름 밤, 견우직녀와 별을 헤다

별은 오래전부터 인간의 꿈을 품는 신비로운 등대였다. 음력 7월 7일은 칠석날로, 견우와 직녀는 만남을 애타게 기다려온 날이다. 옛날 옛적 매일 베틀에 앉아 고운 베를 짜던, 옥황상제의 어여쁜 딸 직녀와 은하수 강을 따라 양과 소 떼를 몰던 견우라는 목동은 금세 사랑에 빠져 결혼을 하게 되었다. 사랑놀이에 일을 등한시하게 되자, 화가 난 옥황상제가 견우를 은하수 건너로 쫓아내었고, 애달프게 여긴 까마귀와 까치들이 줄지어 만든 오작교로 일 년에 한 번 만나게 되는 애절한 사랑 이야기가 되었다.

우리나라는 고구려 광개토대왕(408년) 시기에 축조된 덕흥리 고분에 그려져 있는 설화이다. 그리고 깜빡 잊을 때는 까마귀 고기를 먹었냐고 핀잔을 주는데, 한편으로는 까마귀도 칠석은 잊지 않는다고 빗대는 이야기다. 대전 갑천 엑스포 다리는 청색·홍색 두 개의 큰 아치가 만나는 형상을 띠우고 매년 이날 밤이면 견우직녀축제를 한마당 펼친다. 갑천 수중보에는 견우와 직녀를 실은 배가 서로 만나는 순간, 강물 위에 실루엣이 드리우고 찬란한 불꽃은 여름 밤하늘의 엑스포 다리 위로 녹아내린다. 이제 코로나를 극복하고 예년처럼 한여름 밤 축제가 열릴 수 있길 바라 본다.

요사이는 도시 불빛으로 안타깝게도 몇 개의 밝은 별 외에 은하수와 대부분의 별을 볼 수가 없다. 어린 시절에는 은하수와 가끔 지나가는 별똥별을 바라보면서 가슴이 벅차기도 하였다. 은하수가 보이고 견우·직녀성이 천장의 평면으로 보이지만, 직녀성은 은하수 서쪽 위에 청백색의 1등성으로 거문고 자리에 태양로부터 25광년 거리에 있다. 한편, 견우성은 은하수 반대편 독수리좌에 다소 어두우나 가장 밝게 16광년 거리에 자리하고 있다. 견우성과 직녀성과의 거리는 16광년으로 빛의 속도로 16년이 걸리는 거리이며, 지금 바라보고 있는 직녀성의 불빛은 25년 전에 출발한 빛으로 빛의 화석이기도 하며, 견우, 직녀는 참으로 먼 곳에서 우리에게 아름다운 여름밤 이야기를 연출하고 있는 것이다.

칠석 이야기를 담고 있는 우주는 우주 망원경으로 은하수를 관측하기 전에는 은하수가 우주의 전부인 것으로 여겨 왔다. 지구 밖 우주에서 망원경으로 은하수의 수많은 별을 살펴보니 원판같이 생긴 은하수의 크기는 지름이 12만 광년이다. 태양계는 은하수 중심으로부터 2만 5천 광년 거리에서 은하수 뭇별과 함께 돌아가고 있는데 별의 수가 4천억 개에 달한다. 그것도 스스로 빛을 내는 태양과 같은 항성들만. 은하수 중심의 블랙홀과 일정 거리로 떨어져 있기에 아름답게 드리우는 은하수를 보게 되는 참으로 행운이라고도 할 수 있다. 더욱 놀라운 것은 은하수와 같은 성단이 2조 개가 있다니 상상도 한계에 다다르고 가장 가깝고 육안으로 관찰할 수 있는 안드로메다 성단은 250만 광년 거리에 있다. 밤하늘 지표인 북극성은 2개의 별로 이루어져 있고 434광년의 거리에 있어 지금 순간의 북극성 별빛은 조선 시대 중기 1590년경으로 일본의 임진왜란 침략이 임박한 시기에 발산된 빛이니 또한 놀라운 일이다.

1986년 4월 10일경, 핼리(Halley) 혜성이 76년 만에 동남향 밤하늘에 나타난다기에 24배율 쌍안경을 준비하고 한밤중 인근 산으로 올라가서 식구들과 어렵사리 핼리혜성을 관찰한 적이 있다. 미리 위치를 학습하고 갔어도 막상 언덕에서 하늘의 혜성을 찾는 일이란 당시에 쉬운 일은 아니었다. 관측은 했으나 사진처럼 꼬리가 장관을 이루는 모습은 아니었고 솜뭉치 모습에 짧은 꼬리를 가진 형상이었다.

　　76년 주기로 다가오는 핼리혜성을 수학적으로 예측한 과학자는 뉴턴(Newton)이다. 최초로 주장한 핼리는 친구인 뉴턴의 도움으로 다음 도래 시기를 계산하였고 핼리 사후 16년 후 예측대로 핼리 혜성이 나타났다. 그 이후 핼리혜성이라고 부르게 되었지만 이 별은 잘 알려진 혜성으로 기원전 240년 전부터 알려졌으며 두려운 나머지 불길한 징조로 여겼다. 저의 할머니께서도 1910년 어릴 때 보신 기억으로 하늘에 불을 뿜는 별이었다고 말씀하신 적이 있었는데 핼리혜성이었던 것 같고 이때처럼 2061년에도 상당히 가까이 지구에 접근할 것으로 예측하고 있다. 나의 사랑하는 손주들은 관심이 있으면 이때 볼 수 있을 것이다.

　　2020년 12월 21일 저녁 6시경, 서남향 중반 하늘에 400년 만에 목성과 토성이 가장 가까이 근접하는 우주 쇼를 펼쳐서 유튜브로 실시간 방송으로 신비로움을 일깨워 주었다. 왼편 사진은 좌측 상단 달 아래 대각선으로 아래 목성과 위의 토성이 하나로 보이는 장면이고, 오른편 사진은 천체망원경으로 확대된 사진으로 우측 상단에 토성의 고리가 보인다.

좌측 상단 달로부터   목성(아래)과 토성(위)
대각선 아래 목성과 토성

    어린 시절 시골집에서 대가족이 함께 살았던 한여름 어느 날 할머니
는 결이 없는 수입 목재로 인근 제재소에서 평상을 제작하여 마당으
로 옮겨오셨다. 어린 시절 로망이 형성되는 계기가 되었고 매일 여름밤
에 모깃불을 피우고 가끔 시원한 펌프 물로 목말을 한 후 평상에 누워
은하수를 쳐다보았다. 별똥별이 휙 지나가면 할머니께서는 장독에 떨
어지는 별똥은 쫄깃하게 맛있다고 하셨으나 거짓말이라고는 생각되지
않았다. "더워서 잠이 안 온다 하면, 별 하나 나 하나, 별 둘 나 둘…." 그
러다 잠이 들곤 했다. 오늘 여름밤은 옛적 그 시절 평상 위 하늘 은하수
강가로 나가 잠들고 싶다!

    (科友會 통권 제263호 2021년 4~6월 여름호 게재)

"모든 행동은 목표나 의도보다 습관이 중요하게 작용한다"

2. 신비로운 宇宙·自然·人體 (I)

       고조선 단군 사상의 천지인(天地人)으로, 우주는 天이요, 자연은 地요, 인체는 人을 뜻하는 구조로 정의를 내려본다. 1990년 4월 24일, 우주 왕복선 디스커버리에 실려 우주 궤도에 실린 허블우주망원경이 신비의 우주를 보다 자세하게 알려주었다. 지표로부터 610km 궤도에 떠 있는 허블우주망원경은 우주의 나이를 138억 년으로 계산할 수 있게 하였으며, 수많은 은하수가 있음을 알렸다. 이를 대신하여 2021년 10월 이후에는 제임스 웹 우주망원경으로 지상으로부터 150만km 떨어진 곳에서 30억 광년까지 먼 우주를 살펴볼 수 있는 엄청난 성능으로 우주의 또 다른 신비를 살피고 있다.

  태양계를 품고 밤하늘에 펼쳐 보이는 우리 은하계는 지름이 약 12만 광년으로 빛의 속도로 달려도 12만 년이 걸리는 엄청난 크기로 4천억 개의 별(항성)을 품고 있다. 반지름이 150억 km인 태양계는 블랙홀이 있는 은하수 중심으로부터 2만5천 광년 거리에 있으며, 지구는 태양으로부터 빛의 속도로 8분 19초의 1억5천만km 거리에서 공전과 자전을 거듭하고 있다. 은하계를 넘어 대우주에는 또 다른 은하계들이 무려 2조 개가 있다.

  아래 사진의 왼편은 은하계 이미지이고, 오른편은 1990년 2월 14일 우주탐색선 보이저 1호가 명왕성을 지나면서 61억km 거리의 지구를 바라보며 찍은 실제 사진으로 지구만이 유일하게 창백한 푸른 빛을 보이고 있다. 우주탐사 과학자 칼 세이건의 용기 있는 결정으로 보게 된 '창백한 푸른 점'을 보고 그는 "이것이 우리가 사랑하는 모든 이들이 존재하는 지구이다."라고 외쳤다. 그리고 인간의 증오, 전쟁, 탐욕이 얼마나 무의미한지를 보여준다고 강조했다. 태양계와 우주 공간에서 바라본 인간의 존재감이 어느 정도인지 상대적으로 상상하기가 어려워 경외롭다.

우리 은하 이미지, 나무위키

창백한 푸른 점.
지구 사진, 위키백과

요사이 나는 베란다에 나가 별자리판 앱으로 밤하늘 별자리를 찾는데 신기하게 느껴지곤 한다. 견우성과 직녀성은 물론 재미있는 현상을 관측하기도 하는데 터키 국기처럼 가끔 달과 가까이 만나는 밝은 목성과 같이 다니는 토성을 쉽게 볼 수 있다. 작은 궤도를 가진 수성은 태양과 가까이 있어 밤하늘에 보기가 어려워 일식 때는 관찰할 수 있으리라 생각한다. 금성과 화성 궤도는 상대적으로 크기 때문에 독립적인 위치의 모습으로 쉽게 밤하늘에서 관찰할 수 있다. 요사이는 북극성에서 카시오페이아 아래 안드로메다은하가 별처럼 위치하고 있는데 경이롭다.

북극성을 중심으로 북두칠성 반대편의 카시오페이아는 그리스 신화에서 안드로메다 공주의 어머니이고, 아테네 여신이 하늘로 올려 별자리로 만들었다. 2015년 허블우주망원경 덕분으로 안드로메다의 크기는 지구에서 하나의 별처럼 보이지만 지름이 22만 광년으로 우리 은하계의 약 2배 크기이며 거리는 250만 광년이나 떨어져 있다. 신기한 것은 초속 110~300km로, 우리 은하와 가까워지고 있어 40억 년 후에 우리 은하와 병합되는 만남이 이루어진다. 태양은 가장 가까운 프록시마 항성이 40조km 멀리 떨어져 있어 직접 충돌하는 일을 없을 것으로 보고 있다.

지구를 둘러싸고 있는 '자연스럽게'라는 말이 떠오르는 자연의 신비는 어떠한가? 46억 년 전 태양과 지구가 형성되고 1억 년 후 화성 크기의 테이라 원시행성이 지구와 충돌하면서 위성으로 달이 분리되었다. 지구 생성 이후 40여억 년간 기나 긴 선캄브리아기(46억 년 전 ~ 5억 4,200만 년 전)를 지나고 고생대(5억 4,200만 년 전 ~ 2억 5,000만 년 전), 중생대(2억 5,000만 년 전 ~ 6,600만 년 전) 그리고 신생대(6,600만 년 전 ~ 현재)에 우리가 와 있다. 지금부터 40억 년 전까지 선캄브리아기 초기에 많은 운석으로 지구의 몸집도 커지고 수소와 산소, 물이 모였다.

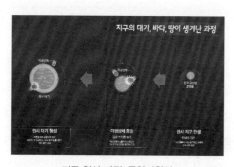

지구 형성 과정. 중앙과학관

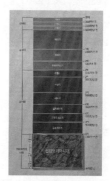

지구 지질 연대표. 중앙과학관

운석 충돌이 뜸해지고 지구가 식어 가면서 대기 중의 수증기가 비가 되어 내리기 시작했고 바다가 형성되면서 최초의 생명인 단세포가 발생하였다. 바다가 생기면서 자연적으로 최초로 초대륙인 발바라(Vaalvara)가 생겼고, 우르(Ur) 등 여러 대륙이 생기기도 하였다가 유라메리카(Euramerica) 등이 존재하였다. 고생대 말기 페름기(3억 5,600만 년 전 ~ 2억 5,000만 년 전)에 대륙들이 합체된 판게아(Pangaea)가 오늘날 대륙이 이동하는 모습으로 변화하는 원판 대륙이라 하겠다.

고생대에 초기부터 삼엽충이 번성하였고 원시적인 어류가 존재하였으며 오르도비스기(4억 8,830만 년 전 ~ 4억 4,370만 년 전)에 생물의 1차 대멸종이 일어나고 4억 2,500년 전 실루리아기(4억 4,370만 년 전 ~ 4억 1,600만 년 전)에 드디어 원시 노래기인 프네우모데스가 물 위로 올라가 육상동물이 서식하기 시작하였다. 고생대 데본기(4억 1,600만 년 전 ~ 3억 5,920만 년 전)에 곤충이 출현하고 어류가 다양했으며, 척추동물이 상륙하였으나 말기에 2차 생물의 대멸종이 일어났다. 고생대 석탄기(3억 5,920만 년 전 ~ 2억 9,900만 년 전)에 대기 중에 산소가 30%에 달했고 열대우림처럼 식물이 번성하여 후대 석탄이 되고 침엽수와 파충류가 이때 출현하였다.

고생대의 마지막 페름기(3억 5,600만 년 전 ~ 2억 5,000만 년 전)에 고대형 곤충이 번성하고 현생 포유류의 조상이 출현하였으나 판게아가 형성되면서 생물의 3차 대멸종이 일어나고 고생대는 막을 내린다. 지구의 형성과 변화가 반복된 자연의 위대함을 보면서 수많은 멸종과 생명의 출현은 자연의 순환과 신비를 드러내고 있다.

"우주·자연·인체의 신비는 경이롭고 겸손하게 한다"

3. 신비로운 宇宙·自然·人體 (II)

　　　　　지구 역사의 두 번째 여정은 공룡이 지배하던 중생대의 대서사시로 시작한다. 중생대의 특징은 공룡의 번성과 파충류의 활동이 절정을 이루고, 암모나이트와 같은 고대 생명체들이 대양을 지배했던 시대이다. 동시에 판게아 대륙이 갈라지며 지구의 지형과 생태계는 새로운 국면을 맞이했다.

　중생대 초기 트라이아스기(2억 5,000만 년 전 ~ 2억 년 전)에 와서 지구는 덥고 습한 기후로 4차 대멸종의 시련을 겪었다. 이 시대는 많은 생명체에게 끝을 의미했지만, 공룡, 어룡, 익룡 등과 곤충들이 많이 나타나 자연은 재탄생되었다.

　「쥬라기 공원」으로 많이 알려진 쥐라기(2억 년 전 ~ 1억 4,000만 년 전)에는 큰 공룡과 익룡이 번성하며 지구의 패권을 차지했다. 시조새라는 깃털공룡이 등장하면서 생명의 형태는 더 복잡해지고 정교해졌다. 모기도 이때 출현하였다니 놀랍다. 중생대 말기 백악기(1억 4,000만 년 전 ~ 6,600만 년 전)에는 속씨식물인 풀이 출현하고 식물과 벌, 개미, 나방 등 곤충이 폭발적으로 늘어난 시기이다. 중생대 번영도 멕시코 유카탄 반도에 떨어진 직경 15여km의 운석 충돌로 생긴 폭발에는 속절없었다. 공룡은 모두 사라지고 그 자리는 작았던 포유류들이 차지하게 되었다.

　이렇게 시작된 신생대(6,600만 년 전 ~ 현재)에 들어와서 팔레오기

(6,600만 년 전 ~ 2,300만 년 전), 네오기(2,300만 년 전 ~ 258만 년 전)와 플라이스토세(258만 년 전 ~ 1만 년 전)를 지나 현재는 홀로세(1만 년 전 ~ 현재)에 있다. 여기까지 지구는 4차례의 대멸종과 지구 대기의 변화로 가장 최근은 1만 년 전 4차 빙하기를 끝나고 대륙도 많이 이동하여 온난한 기후를 맞이하게 되었다. 대륙은 여전히 이동하고 있으며, 태평양판 위로 넘치는 유라시아판 충돌로 서태평양 화산 고리 활동과 록키산맥과 안데스산맥의 험준한 융기가 지속되고 있다. 아울러 알라스카 알류선 열도와 이어지는 하와이 화산활동은 동남으로 진행하며 이동하고 있다.

지구 지각판 현 구조

46억 년 동안 지구는 숱한 지각 변동과 기후 변화로 지금의 아름다운 자연을 자연 그대로 보여주고 있다. 인간은 이 자연의 경이로움에 영감을 받아 상어 피부와 연잎에 위를 흐르는 물방울, 천장을 기어 다니는 도마뱀 등으로부터 생물체를 모사하거나 자연을 모방하여 과학 기술 개발에 착안하기도 하였다. 20만 년간 자연의 일부로 살아왔던 신생 인류는 이제 자연을 훼손하는 주체가 되었다. 인간은 다시금 자연과의 조화를 추구해야 할 것이다.

자연에 대한 아인슈타인의 어록, 중앙과학관

    인간의 신체는 어떻게 이루어져 있는가? 성인이 되면 우리 몸은 60조 개의 세포가 있으며, 그 속에는 15%의 유해 미생물과 25%의 유익 미생물로 총 100조 개 이상의 미생물이 서식하고 있는 혼합체로 우리는 미생물의 목장이란 말인가? 미생물은 인간 세포의 100분의 1도 되지 않는 크기로 엄청난 수와 다양한 변이로 생태계에 적응하므로 인간은 장기적 안목으로 자연과 함께 살아가는 지혜를 발휘해야 할 것이다.

    인간의 두뇌는 몸무게의 2%에 불과하지만 사용하는 산소의 양은 전체의 20%를 사용한다. 두뇌는 1,000억 개의 뇌세포와 이들의 연결고리로 100조 개의 시냅시스로 연합하여 기억을 저장하고 사고와 행동의 발원이 되고 있다. 우리 심장은 어떠한가? 가느다란 3가닥 관상동맥으로 산소와 영양을 공급받는 심장은 하루에 10만 번이나 묵묵히 뛰어 감사할 따름이다. 심장은 하루에 7,000리터의 혈액을 내보내기도 하여 혈액 순환의 모터 역할을 하고 있는 셈이다.

    인류가 직립 보행하면서 앞다리가 손이 되어 도구와 연장 그리고 기계를 만드는 문명을 이루었지만, 중력을 거슬러 206개의 뼈로 골격을 이루기에는 힘겨워지고 있다. 고령화로 골밀도가 약해지면서 낙상으로 인한 고관절 골절이 심각한 문제로 대두되고 있다. 균형된 골격을 이룰 수 있는 것은 200종의 400개의 근육이 있기에 가능하고 몸무게의 40%를 차지한다.

고령화로 근력이 저하되고, 특히 허벅지 근육의 저하는 낙상의 위험이 커지고 제2의 심장으로 기초대사작용의 저하로 당뇨병과 중성지방 과다로 위험이 커질 수 있다. 폐를 살펴보면, 하루 2만 회 호흡으로 하루 1만 리터의 공기를 받아들이며, 그 과정에서 인체에 누적되어 미세 염증을 유발할 수 있는 중금속 미세먼지에 유의하여야 할 것이다.

눈의 망막에는 시각세포가 1억 개나 배열되어 있으며 최근 휴대폰 등 기계적 광선에 오래 노출되기 쉬워 망막 건강유지가 매우 중요하다. 치아는 소화를 돕고 있지만 치아가 제대로 보존되지 않으면 육체적 금전적인 대가를 톡톡히 치러야 한다. 식사 후 2~4시간 음식물이 머무는 1.2~1.6리터 크기의 위장과 2~9시간 음식물이 머무는 6m 길이의 소장, 그리고 특히 암에 취약하고 15~30시간 음식물이 머무는 대장 건강이 긴요하다. 침묵의 장기라고 부르는 간은 1.2kg 정도로 500종 이상의 화학반응이 일어나는 화학 공장에 비유될 정도로 정교한 조직으로 간염 바이러스나 유해물질로 혹사당하지 않도록 하여야 할 것이다.

육체적 실체가 있는 장기의 작용 외에도 자율신경의 조화로운 균형이 중요한데, 자신의 의지대로 쉽게 바꿀 수 없는 것이 문제이고, 이로 인해 파급되는 건강 유무가 크게 좌우된다. 이토록 작은 공간으로 이루어진 유기체의 구성과 생리작용은 실로 신비롭고 경이롭다. 우리는 자연의 일부로서, 자연과 함께 지속 가능한 삶을 영위할 지혜를 발휘해야 할 것입니다.

"자연을 깊이 들여다보라,
그러면 모든 것을 더 잘 이해하게 될 것이다"
- 알버트 아인슈타인

4. SW에 대한 인식은 충분한가?

소프트웨어는 현대 사회의 근본적인 변화를 이끄는 보이지 않는 힘의 원천이다. 인류가 접하고 있는 여타 사물은 물질(Substance), 구조(Structure), 그리고 SW(Program), 즉 3S로 구성되어 있다. 물질은 대부분 태초부터 창조돼 있었고, 구조는 인간이 물질을 도구로 이용하고자 새로운 형태로 발전시켜 왔으며, 동시에 물질-장(物質-場)을 형성하여 인간에게 편익을 제공한다.

물질-장(Substance-Fields)이 창조주와 인간의 산물이라면, 컴퓨터가 등장하면서 SW는 인간의 축적된 지식·경험의 산물로 유·무형 사물을 구동하는 알고리즘이 코딩(Coding)된 프로그램이다. 일상생활에서 SW 활용이 보편화되면서 시장을 선점하고자 조기에 플랫폼(Platform)을 전략적으로 조성해 서비스 경제에서 우위성을 발휘하고 있다. SW는 사물 내에 장착되는 내장형 SW부터 IT서비스, 인터넷 서비스, 콘텐츠, 그리고 SW 패키지 등 종류에 따라 특성이 현저히 다르다.

SW는 무형자산으로 한계생산비용은 제로에 가까우나 개발비가 지속적으로 소요되고 후발 사용자에게 높은 전환비용을 부과한다. 또 HW와는 달리 완성품이라는 개념이 모호하고 개발자 간 생산성의 차이가 크며 품질이 중요하나 유연성이 낮아 완전한 SW를 완성한다는 것은 매우 어렵다. 버전업 (Version-up)으로 진화해야 하고, 사용자 확대를 통해 살아남는다. 그리고 SW산업은 디지털경제의 중심으로 선점

우위의 경제, 범위 우위의 경제, 창의성과 효과성이 중요한 산업이다.

산업 혁신의 도구로써, 내장형 SW는 스마트화를 위한 제품과 서비스 혁신, IT·인터넷 서비스 SW는 소통과 거래 혁신, 콘텐츠 SW는 문화 예술 창달 혁신, 그리고 SW 패키지는 효율성 제고를 위한 서비스 프로세스 혁신의 도구인 셈이다. SW산업은 제조업에 비해 매출액 당 고용 창출이 1.7배로 높고, 부가가치율은 2.5배나 높아 창조경제를 뒷받침해야 하는 핵심 산업이다.

시스템 개발비용에서 SW의 비중이 자동차, 의료기기 부문에서는 40% 수준, 무기체계의 경우 60%를 웃돌고 있어 SW의 중요성을 더해 주고 있다. 2010년 SW 세계시장 규모가 반도체 시장의 3.3배, 핸드폰 시장의 5.6배지만, 국산 SW를 포함한 컴퓨터 서비스의 해외 수출액은 세계 시장의 0.3%로 열악하다.

전자통신 불모지에서 20여 년 만에 유례없는 IT 일등 국가로 등극하였으나 SW 분야만 보면 작아진다. SW산업 발전의 여지가 크고 미결은 미결로 남아 있듯이 반드시 해결해야 할 국가적 과제임은 두말할 필요가 없다. 국내 SW산업이 어려운 원인으로 3가지를 꼽는다면 첫째, 해외 SW의 국내 시장 선점으로 참조 모델이 되어 국내 SW가 후발주자로서의 입지가 좁고 자본력이 약해지면서 버전업과 AS가 열악해 기피된 결과이다.

둘째, 공공기관이 주도하는 SW연구개발에서 사업화 기획이 부족하거나, 개발 후 사업화는 재작업으로 추가 부담이 발생하고 시장 호응이 낮아 시장 진입과 정착이 어렵다.

셋째, 연구개발 정책 환경으로는 기존 과제는 중복으로 간주되기 쉬우며 품질이 낮은 채 새로운 과제로 이동하게 함으로써 단기간의 연구개발로는 지속적 성장이 어려운 실정이다.

SW산업 도약을 위해 단기적으로는 먼저 SW 완성도를 높이기 위해 실증, 확산 연구를 시간적으로 강화하고, 다음으로 연구개발 기획부터 사업 아이디어와 서비스 디자인, 수익 비즈니스 모델을 강화해야 한다.

장기적으로는 글로벌 전략 SW개발은 초기부터 해외에서 창업활동을 장려해 글로벌 경쟁력을 현지 출발로 강화하고, 미래 선도 개방형 오픈소스 협업 플랫폼을 적극 육성 보급해 능력 있는 SW 개발자들이 더 자유롭게 SW개발 성공의 꿈을 펼쳐 갈 수 있도록 해야 한다.

SW 분야 R&D 성과발표회에서 주제발표 중, 2014. 12. 23.

최근 이슈가 되고 있는 SW산업 발전의 종잣돈이 될 수 있는 공공 SW 조달시장의 SW 분리·분할 발주는 SW산업 육성을 위해 바람직하나 SW 공정분리보다는 기능·시간 분리 모듈로 가야 한다. SW는 최종 결과로 승부가 나고 연속적으로 진화하기 때문에 개발자가 바뀌면 시행착오를 반복하게 되고, HW와 더불어 시스템 확장성도 고려해야 한다.

마지막으로 각종 산업의 원동력인 SW 관련 산업의 새로운 모멘텀을 마련하기 위해서는 SW산업의 국가적 위기 인식과 지속적 해법을 꾸준히 모색해야 한다.

(전자신문 사이언스 온고지신 2015년 2월 23일 게재)

"외부보다 내면의 만족을 추구하자"

5. 중앙과학관 탐방

대전 국립 중앙과학관에 가면 전국에서 방문한 관람객들로 생기가 넘친다. 과학관 본관 광장에 서면 아치형 지붕 넘어 거대한 로켓들이 금방 발사되어 하늘을 솟아오를 듯한 위용을 자랑하고 있다. 초등학교 학생 가족들이 대세를 이루고 호기심으로 열중하고 있는 학생 주위엔 다음 볼거리를 찾고 있는 학부형의 눈빛도 함께 빛났다.

광장 왼쪽 자연사관에 들어서니 뿔이 세 개인 트리케라톱스(Triceratops)가 중생대 대자연으로 빨아들이듯 그 크기와 위세가 대단하다. 트리케라톱스는 초식 공룡으로 후기 백악기 9,900만 년 전부터 북아메리카에서 서식했으나, 6,600만 년 전 운석 충돌로 멸종된 것으로 본다. 오른쪽에는 아르헨티나와 국내 가평에 떨어진 묵직한 운석들과 1972년 아폴로 17호가 달에서 채취한 암석 일부가 전시되어 우주를 간접적으로 체험할 수 있다.

자연사관 입구에서 시계 반대 방향으로 돌아가면, 지질연대에 따른 지구 변화 모습과 대표적인 생물들을 보여주고 있다. 25억 년 된 우리나라에서 가장 오래된 암석인 서해 소이작도의 토날라이트(Tonalite), 20억 년 전 지구 최초의 진핵생물 그리파니아(Grypania) 화석, 35억 년 전 위대한 시아노박테리아가 최초로 광합성을 한 흔적을 남겨 준 스트로마톨라이트 (Stromatolite)가 눈길을 끈다. 자연사관에는 손진담 박사님, 홍영국 박사님, 최영섭 박사님, 김영인 박사님, 인류관에는 김주용 박사님 등이 사명감으로 지구 진화사를 실감 나게 들려주었다.

2층 인류관, 인류 진화 분기도의 나무 형상에 걸려있는 두개골을 보니 현생 인류의 뿌리와 가까운 인류들을 알 수 있었다. 인류의 시작으로는 400만 년 전 동아프리카의 오스트랄로피테쿠스, 240만 년 전 도구를 사용한 호모 하빌리스, 140만 년 전 직립보행자 호모 에렉투스로 이어 오다가 20만 년 전 현생 인류 호모 사피엔스로 진화했다. 인류가 직립 보행하면서 사냥을 하고, 불을 이용하면서 두뇌가 커지고 집단생활로 정착해 가는 모습을 생생하게 보여주고 있다.

자연사관 맞은편 과학기술관으로 건너가 자문과학자로부터 2021년 수학의 필즈상(Fields Medal)을 받은 허준이 박사에 대한 설명을 들었다. 필즈상은 세계수학자 대회에서 4년 마다 수여하는 상으로 가장 어렵고 영예로운 상으로 수상 대상은 세계적으로 업적이 뚜렷하며 40세 미만의 수학자들이다. 허준이 박사의 연구노트를 보니 발명 천재 레오나르도 다빈치의 노트가 연상되고 훌륭했다.

코너를 돌아 생명과학은 주로 세포와 유전자를 중심으로 전시되어 있고, 강 계원 카이스트 명예교수께서 세포의 세계를 자상하게 해설해 주셨다. 좀 더 앞으로 가니 성기웅 자문과학자의 해설로 화학 분야에서 물질의 구성을 이루는 원소의 생성과 원소들의 역할을 자세하게 알 수 있었다. 아래층으로 내려가 이동진 박사로부터 지구의 판구조론과 대륙이동설의 전 과정을 자세히 알게 되었다. 한 층 아래로 더 내려가 생활과학 체험관은 양력, 부력, 힘, 소리, 빛, 전파, 애니메이션 등의 원리를 재미있게 체험하는 장소로 인기가 높다. 이곳에는 헬리콥터 조종사

출신인 고병수 자문과학자의 자세한 설명이 실감 났다.

3층으로 올라가 최근 개관한 과학 기술사관을 보기로 했다. 정보통신, 인공위성 개발 역사가 전시되어 있었고, 천문 관측 실감 영상에서 아이들이 신나게 뛰고, 밤하늘을 체험할 수 있다. 다음은 천문 기록과 해시계, 물시계, 혼천시계 등 시간을 알려주는 장치들이 들어서 있었는데 탁기수 자문과학자는 도량형의 중요성을 일깨워 주었다.

천문관측 실감 영상 공간

인근에는 세계 최초 인쇄술 직지와 한지 등 종이 제작을 보여 주었고, 대동여지도 등 지도들의 발전 과정을 살펴 보고 재료를 이용한 역사를 둘러 보았다. 임진왜란 때 이 충무공의 위대한 전략을 엿볼 수가 있었고, 철과 한국 도자기 발달에 대하여 김인섭 카이스트 명예교수님이 소상히 해설해 주셨다. 산업발전의 한 줄기인 자동차 개발과 연구단지 출연연구원의 과학 기술 발전의 면모를 파악할 수도 있다.

미래기술관은 1차산업혁명 전시부터 시작되었다. 증기기관 바퀴가 돌아가고 있었고, 1차산업혁명으로 인간은 노예같은 노동으로부터 해방되었다. 2차산업혁명으로 발전기와 내연기관을 보여주고 있었는데 대량 생산의 계기가 된 발명이었다. 3차산업혁명은 정보화 혁명으로 반도체, 컴퓨터, 인터넷 발명으로 인간의 정신노동을 획기적으로 개선했다. 사물인터넷, 로봇, 인공지능으로 대표되는 4차산업혁명은 영상으로 더욱 발전된 스마트 세상을 보여주었고, 미래의 핵심 주제와 인간이 필요한 역량을 알려 준다.

전시물 해설을 지원하고 있는 김웅기 대덕과우회 사무국장은 중앙과학관을 둘러 보기엔 1박 2일 정도가 필요하다고 했다. 과학 관련 순회 전시와 진품 소장고, 그리고 로봇 등을 관람할 수 있는 창의나래관, 생물생태계를 살펴 볼 수 있는 생물탐구관, 천체를 관측할 수 있는 천체관측소가 있다. 그리고 과학 기술 명사들의 특강과 과학꿈나무들을 위한 멘토링도 이루어지고 있어 명실공히 대한민국 최고의 과학관으로 전혀 손색이 없다.

대전은 중앙과학관 하나만으로 연령을 초월하여 과학에 대한 호기심을 해소할 수 있는 꼭 방문해야 하는 곳이다. 초교 2학년부터 6년간, 주진구 수학과 명예교수님의 멘티였던 S대 수학과 P군과 어머니와 전화가 연결되어 과학관 관람이 어떤 도움이 되었는지 물어보았다. P군의 어머니는 전시물 해설과 멘토의 지도로 기초과학에 대한 깊은 이해와 체험이 자녀 진로 선택에 결정적 도움이 되었다고 말했다. 과학관을 나서는 순간, 과학탐구의 보람으로 새로운 세대가 창조할 더 나은 세계에 대한 희망이 싹트고 있었다.

"사물과 사실의 본질을 이해하고 암기하여 활용하자."

6. 자랑스러운 고교 群星人

우리는 각자의 길을 걸어도 한곳에서 함께 빛나는 별들이다. 제30회 신춘 군성인(群星人)의 밤이 2019년 3월 7일 목요일 저녁 6시 대구 인터불고 호텔 본관 컨벤션 홀에서 500여 명의 동문들이 참석한 가운데 성대하게 개최되었다. 이날 사회 각 분야에서 모교 및 동창회의 명예를 크게 떨친 5명의 동문들에 대한 '자랑스러운 군성인' 패 수여식이 있었다. 영예롭게 나도 이날 수상을 하게 되어 고교 동문, 동기생 그리고 대구 반야월초등학교 동문 초금회(招琴會) 회원들이 축하와 화환을 건네주었다. 내가 수상자 중 선배이다 보니 대표로 수상 인사를 드리게 되어 아래와 같이 준비하였다.

'2019년도 자랑스러운 群星人' 수상 인사

존경하는 군성인(群星人) 선배님, 동기생, 후배님, 그리고 내빈 여러분 안녕하십니까? 경북대사대부고 13회 졸업생 박성열입니다. 저는 대한민국의 IT를 무에서 20년 만에 IT 일등 국가로 견인한 한국전자통신연구원 설립 당시 선임연구원으로 스카웃되어 젊음의 대부분을 보냈습니다. 지금은 대덕연구단지 고경력 과학 기술인 단체, 대덕과우회 회장으로 과학영재 발굴과 IT융합 사업화 멘토링을 하고 있습니다.

제가 수상자 중 선배이다 보니 대표로 인사말씀을 드리게 되었습니다. 부족한 저희들 5인이 '2019년도 자랑스러운 群星人'이 되기까지 아낌없이 성원해 주신 존경하는 총동창회 고문님, 수상자로 선정해 주신 회장단과 선정위원님, 그리고 동문 여러분께 깊은 감사를 드립니다.

저희의 영광스러운 수상은 빛나는 전통의 모교와 동창회의 발전 속에 기라성 같은 은사님들의 탁월한 가르침이 있었음을 다시 한 번 되새기게 합니다. 그리고 오늘 이 영광의 기쁨은 인생의 영원한 동반자, 저희들 가족들과도 함께 나누고 싶으며, 중환자실에 계시는 저희 어머니의 조속한 쾌유의 큰 선물이 되었으면 합니다.

마지막으로, 우리 군성인은 입학과 동시에 별이 되었습니다. 우리는 일찍이 '부르심을 받은 스타들'입니다. 군성인이여 더욱 찬란하게 영~원히 빛나기를 기원하며, 새봄을 맞이하여 군성 가족 모두의 건강과 행복, 만사형통하시기를 진심으로 축원합니다. 감사합니다.

'2019년도 자랑스러운 群星人' 수상자 대표,
경북대사대부고 13회 졸업생 박성열 올림

고교 졸업 50주년 행사, 2014   신춘 군성인의 밤, 2019

공적은 정년 퇴임 후 최근 10년간 활동으로 특히 대덕과우회 회장직을 수행하면서 여러 활동이 집약적으로 정리되었다. 신규 과제로 대전광역시로부터 수주한 소외계층 과학영재 발굴, 육성 사업은 카이스트 명예교수, 정부출연연구원 책임연구원으로 팀을 구성하여 시 외곽 학교를 방문하여, 과학 특강·과학 체험 그리고 전문분야별 정부출연연구원 현장을 방문하여 질의응답 학습하는 과정이다. 과학 문화 확산·대중화 사업은 대덕과우회 회장의 책임하에 충청권 과학 특강·과학 문화 확산을 주관하는 사업으로, 매년 큰 폭으로 증가하여 2019년에는 7천여 명을 상회하였다. 그리고 꾸준한 대전지역동문회 활동을 인정받았던 것 같고 정리된 공적사항은 아래와 같다.

▶ 소외계층 과학영재 발굴·육성 사업 책임자(2018년도 102명 교육, 과학영재 6명 발굴)

▶ 과학 문화 확산·대중화 사업 책임자(2018년도 54개 초·중·고교, 4,937명 학생 참여

▶ 4차 산업혁명 시대 첨단 과학 기술 특강(2016~2018년, 세종 소

담초교 등, 55개 초·중·고·대학교)

▶ 한국트리즈해법연구회 회장, 활동(2015~2018년, 트리즈 기법 및
인공지능 연구)

▶ IT융합 기술사업화 중소기업 멘토링(2015~2018년, (주)알씨엔
등 13개 중소벤처기업 지도)

▶ 융합기술사업화 인프라 구축 사업 책임자(2009, 7,000평 규모
융합기술사업화 플랫폼 구축)

▶ 지상파 T-DMB 방송 방식 해외 진출 추진 책임자
(2008~2010, 베트남/캄보디아 방송 최초 송출)

▶ 대전 지역 동창회 관련 활동
 - 1987~1994년 대전동창회 부회장 시 모교 은사님 1박 2
   일 초청 2회, 당일 초청 2회 주관
 - 모교 방문 인성함양 및 진로 탐색 특강(2014. 4. 30. 배구부)

경북사대 부설고등학교는 1961년 당시 마지막 특차전형으로 신입생
을 선발하였고, 대구경북 지역의 수재들이 모이는 명문 고등학교로 불
리었다. 선발된 우수학생과 함께 기라성 같은 은사님들의 해박한 전문
지식과 가르침이 저의 성장에 큰 밑거름이 되었고 훌륭하신 가르침에
깊은 감사를 드리며 나에겐 행운이었다.

"포기하지 않는 사람은 반드시 성공한다"

7. 후천적 e-DNA 강화

인간이 성장하는 데 유전형질만으로는 턱없이 부족하다. 2011년 5월 7일 대전 유성에 있는 전민고등학교로부터 과학특강과 명예교사 요청을 받았다. 과학 꿈나무들에게 어떤 메시지를 전할까 고민 끝에, 후천적 e-DNA를 강화하자는 모델을 정립하여 발표했다. 부모로부터 선천적으로 받은 DNA 유전자 형질이 나의 모습을 형성하는 근본이라면, 후천적으로 성장하면서 기업가정신(entrepreneurship)의 또 다른 의미의 DNA는 Dream, Network 그리고 Attitude를 뜻한다. D의 Dream은 인생의 꿈을 정하는 것으로 시간을 채색하는 것이며, N의 Network는 나의 네트워크를 정립하는 것으로 공간을 채색하는 것이며, A의 Attitude는 나의 자세를 확립하는 일로 인간을 채색한다고 보며 아래 天地人 구조와 같다.

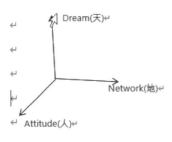

후천적 DNA의 천지인 구조

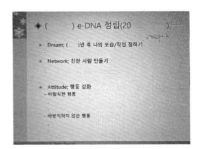

e-DNA 정립 양식

Dream으로 나의 꿈 찾기에서 내가 잘하는 일과 가치 있는 일이 만나는 일은 나의 직업이 되는 것이며, 여기에다 내가 좋아하는 일이라면 나의 꿈으로 최상이다. 나의 꿈에서 남에게 가치가 없는 일이라면 나만의 취미에 가까울 뿐이고, 나의 꿈에서 내가 잘하는 일이 아니라면 봉사하는 형태로 그칠 수가 많다. 나의 꿈을 정하는 데 있어서 추가로 고려할 점은 미래에 로봇이나 컴퓨터 등 기계나 인공지능이 스스로 인간보다 더 잘할 수 있는 일은 피해야 할 것이며, 대신, 이들을 개발하거나 활용하는 일은 새로운 분야가 될 것이다.

전민고에서 후천적 DNA 첫 강의

대단위 후천적 DNA 특강

후천적 DNA의 Dream으로 나의 꿈을 정하는 것이 중요한 이유는 확고하고 분명한 인생의 목표가 되기 때문이다. 사상가 몽테뉴는 "바람은 목적지가 없는 배를 밀어주지 않는다."라고 하였는데, 인간 행동의 근원은 의지가 있음이요 의지는 희망의 그림자로 따라가게 되어 있다.

나의 꿈을 정하는 것이 얼마나 중요한지는 하버드대학교의 실험 통계에서 현실로 증명하고 있다. 하버드대학교 MBA 석사과정 학생들에게 장래 꿈을 정하였는가에 대해 질문하였고, 25년이 지난 후 그들의 연봉을 비교하였다. 25년 전 자신의 꿈을 정하고 있다고 답한 13% 학생의 연봉은 나머지 학생 연봉의 2배였다. 더욱 놀라운 사실은 자신의 꿈을 달성하고자 일정 계획까지 가지고 있다는 3% 학생의 연봉은 나머지 학생 연봉의 10배였다는 것이다. 나의 꿈이 인생의 원동력이 되고 목표 달성을 위해 그 원동력을 꾸준히 수렴한 결과인 것이다.

후천적 DNA의 Network로 나의 네트워크를 정립하는 것에는 인간관계와 정보관계 측면으로 나눌 수 있다. 인간관계 네트워크가 중요한 이유로 인간은 사회적 동물로 서로서로 만남이 모든 가치 추구의 원천이며 시작이기 때문이다. 신뢰로 다져진 네트워크를 통한 소통으로 의미 있는 정보를 교환하고 융합하여 새로운 공유가치를 발견하고 구현하는 데에는 정보력과 협력이 필수요소이다. 산업사회에서는 자원이 지배하는 경제구조였으나, 정보사회에서는 네트워크가 경제적 위력을 발휘하고 있다. 메트칼프가 주창한 네트워크 파워는 네트워크 가입자 증가의 제곱에 비례한다고 하였다. 따라서 제품 판매자보다 서비스 판매자가, 나아가 서비스 플랫폼 판매자가 경제적 이득을 훨씬 더 얻는다.

후천적 DNA의 Attitude로 나의 자세를 확립하는 것이 중요한 이유는 내가 이루는 성과는 나의 자세를 통한 행동이 빚어내는 결과이기 때문이다. 의지를 가지고 성장하려면 간단한 것부터 바람직한 행동은 늘리게 하고 바람직하지 않은 행동은 꾸준히 줄여나가는 노력이 필요하다. 지글러는 "당신의 위치를 결정하는 것은 재능이 아니라 태도이다."라고 하였듯이 시선이 마음이고 의미를 찾아 집중할 수 있는 지구력이 나의 꿈을 구현하는 데 매우 중요한 요소이다.

1972년 미국 스탠포드대학교 심리학자 월터 미셸 박사가 4~6세 유치원생을 대상으로 실험한 결과가 흥미롭다. 유치원생의 자제력 실험인데 마시멜로우 과자를 나누어 주고, 15분 후 돌아올 때까지 먹지 않고 기다린 학생에게는 과자 한 개를 더 주겠다며 떠났다. 이들 유치원 생이 성장하여 15년 후 SAT 시험 평균 성적을 비교해 보았다. 기다리지 않고 먹은 그룹의 성적은 언어 524점, 수학 528점이었고, 참고 기다린 그룹은 언어 610점, 수학 652점으로 뚜렷한 대조를 보였다. 한 번 길들 어진 태도는 고치기가 쉽지는 않지만, 계기를 마련하고 결의에 찬 행동 강화로 태도를 확립하는 것은 누구를 탓할 수 없는 오직 자신이 깨우 치고 해야 할 일이다.

e-DNA의 e는 기업가정신(entrepreneurship)을 의미하는데, 20세기 경제학자, 슘페터는 기업성장의 새로운 혁신으로 기업가정신을 주창하 였다. 기업가정신이라고 해서 기업가에게만 해당하는 것은 아니고, 인 간은 끊임없이 의미와 가치를 추구하는 동물이라고 생각한다. 여기서 강조하고자 하는 것은 가치 창조를 위한 기업가정신으로 후천적 DNA 를 강화하자는 메시지이다.

코로나 여파로 앞당겨지고 있는 4차 산업혁명 시대 전개는 물리 공 간과 전자 공간이 융합된 비대면 상황 활동의 최적화를 지향하고 있 다. 우주, 자연, 인류, 인체, 과학의 신비로부터 나의 인생 소중함을 인 식하며 '나는 누구인가?', '나는 무엇을 할 것인가?'를 되새겨 본다. 인생 의 목표 설정이 동기 부여, 의지, 활력의 원천임은 두말할 나위가 없다. 후천적 e-DNA 강화를 강조하고 있는 이유가 바로 여기에 있다.

"잘하는 것을 빨리 찾아내는 것이 성공의 시작이다"

8. 대덕과우회 금요일 산행 Q&A

　　　　대덕과우회 산행 Q&A는 자연 속에서 서로의 경험과 지혜를 나누는 지식 마당이다. 대덕과우회는 1984년 4월 6일 과학기술처로부터 인가를 받은 과학 기술자 800여 명 과우회의 대덕연구단지 모임으로 1992년 4월 21일에 발족하였다. 2010년 4월 20일, 엑스포과학공원 내에 사무실을 개소하고, 2016년 1월 국립중앙과학관 내로 사무실을 이전하였다. 동년 3월, 대덕과우회 과우방 공간이 마련되어 2016년 3월 16일에 처음으로 대덕과우회 금요일 정기산행이 시작되었다.

　　대덕과우회는 대덕연구단지 고경력 과학 기술인들이 매주 금요일마다 산행을 통해 지식을 나누고, 심신을 단련하며, 친목을 도모하는 모임이다. 저는 2017년 1월부터 2019년 12월까지 대덕과우회 회장직을 수행하면서 2018년 6월 29일에는 100회 산행을 달성하고 꾸준히 이어갔다. 2020년에 접어들어서는 코로나 여파로 일정이 멈추기도 하다가 2020년 6월 12일 166회 이후 잠정 중단되거나 재개를 거듭하다가 2024년 11월 현재 269차를 진행하고 있다.

　　대덕과우회 금요일 정기산행은 충남대학교 뒷산(신성 근린공원)을 오르는 코스로, 10시에 과우방에 모여 30분간 안부와 환담을 나눈다. 입산하면서 대전시민천문대를 지나 숲속을 오르면 평지에 체육시설을 만나서 잠시 대열을 정비한다. 산길을 오르락내리락하다 4각정이 나오면 잠시 4각으로 둘러앉아 호흡도 가다듬고 이야기도 중간 마무리한다. 5분여 간 휴식 후 좀 더 가파르게 오르면 가장 높은 고지에 세워진 8각의 수당정(水堂亭)에 이르게 된다. 수당정은 충남대 1회 졸업생으로 시인이자 모교 영문과 교수였던 김봉주 교수님이 기증한 정자인데, 어린 시절 이 동산에 자주 올라 입지를 세웠다고 한다.

신성근린공원 쉼터

신성근린공원 사각정

팔각정에 올라 카이스트 정안식 명예교수님의 지도로 균형체조와 근력운동으로 10여 분간 몸을 푼다. 그 후 제가 진행하는 Q&A(묻고 답하기) 시간을 가진다. 이 형태로 오기까지는 나름대로 진화 과정을 거쳤는데 처음에 시도한 것은 스토리텔링(Story Telling)이었다.

팔각정에서 정안식 교수님 지도로 체조

과우방에서 100회 기념 축하

바이오 분야에서는 카이스트 강계원 명예교수님, 역사 고전 분야에서는 이종찬 박사님, 경제사회 분야에서는 한기익 전 회장님, 에너지 분야에서는 김지동 원장님, 소재 분야에서는 김인섭 교수님, 영성 분야에서는 고창완 처장님, 지구 환경 분야에서는 손진담 박사님, 최영섭 박사님, 홍영국 박사님, 교육 분야에서는 구항오 교육장님, 과학 기술기획 분야에서는 문형철 교수님, 색채 공학 분야에서는 김창순 박사님, 정보통신 분야에서는 내가 주로 전문 발언을 이어갔다.

스토리텔링이 발전한 것은 에피소드텔링(Episode Telling)으로 발표자에게 짧은 시간에 원하는 메시지를 뚜렷하게 전하도록 했다. 에피소드텔링이 스토리텔링의 단점을 다소나마 개선되는 면은 있었으나, 정착되기 위해서는 회원들의 의도적인 노력이 필요했다. 여러 회원의 자발적 노력으로 에피소드텔링으로 개선한다는 것은 어려운 일이라 판단되었고, 탑다운(Top-Down) 방식을 탈피하고자 Q&A(묻고 답하기) 방식으로 전환했다.

Q&A(묻고 답하기)는 자발적 질문자가 30초 이내로 질문하고 이에 대해 응답자가 2분 이내로 답을 전해주어 3분 내에 완성하는 모듈화 된 형식이다. 이 방식은 스토리텔링이나 에피소드텔링 방식에 비하면 고객 맞춤형 대화방식으로 고객의 니즈에 기반하고 적절한 해답을 제공하여 비교적 단시간에 완료될 수 있는 장점을 가지고 있다. 따라서 일방적 강의방식의 스토리텔링보다 수요에 입각한 공급으로, 더 효과적인 대화 방식이라고 본다.

이제 하산은 미끄러지지 않도록 내려와야 하고 대전시민천문대에 다다르기 직전 공기청소기가 있어 먼지를 털고 신성동 마을 식당가로 대로변을 따라나선다. 한정식으로 반찬이 넉넉하고 항상 붐비는 큰길식당이나 가끔 막걸리를 서비스하는 친절한 여주인의 신촌설렁탕이 단골 식당이다. 어쩌다가 통오징어 구이가 맛있는 콩나물국밥집이나 겨울철엔 굴국밥집을 가기도 하였다. 눈이나 비가 오면 탄동천을 거슬러 올라가며 여름철엔 왜가리나 물속 자라를 보며 신성동 천리집 순대국밥을 찾는데 저렴하고 풍성하여 인근으로부터 손님이 많다. 식사 후에는 과우방에 들러 커피를 한잔하든가, 바둑, 장기로 환담하면서 정기 산행은 마무리된다.

대덕과우회 산행은 단순한 등산 이상의 의미를 지니고 있다. 과학 기술자들이 지식과 경험을 공유하고, 자연 속에서 심신을 단련하며, 친목을 다지는 시간이기 때문이다. 과우방은 탄동 하천, 숲길, 잔디가 풍성한 녹색환경을 누릴 수 있는 공간으로 이를 마련하신 한기익 전 회장님께 감사드린다. 산행 일정을 꼼꼼하게 챙기는 권오건 간사와 김웅기 사무국장에게도 고마움을 전하고 싶다. 이제 3여 년의 코로나 팬데믹도 진정되어 정기 산행이 차수를 거듭하면서 대덕과우회가 대덕연구단지 고경력 과학 기술인의 롤모델이 되고 대덕과우회의 친목과 발전을 위한 원동력이 되길 바란다.

(科友會 통권 제260호 2020년 7~9월 가을호 게재)

"묻고 답하기가 최상의 맞춤 대화"

9. 기술 혁신의 체계적 발명 과정 익혀야

아르키메데스가 "유레카!"라고 외치며 목욕탕을 뛰쳐나온 일화는 유명하다. 그는 물체의 부력으로 순금 왕관의 진위를 판별할 수 있는 방식을 알아냈다. 이는 영감형 발명이라고 할 수 있다.

에디슨은 전구 발명 후, 한 신문 기자의 2,000번 실험 실패에 대한 소감을 묻는 질문에 "단지 2,000번의 과정을 거쳐 전구를 발명했다."라고 대답했다. 에디슨은 천재는 99%의 노력과 1%의 영감으로 이루어진다고 믿는 노력형이었다. 영감형이든 노력형이든 결과가 나오기까지는 늘 고된 시행착오가 자리한다.

시행착오를 줄이기 위해 발명 과정을 시스템적으로 접근하면 어떨까? 서양보다 200여 년 앞서 발명한 조선 시대 측우기는 우량을 측정해 백성들에게 알려 농사를 잘 지을 수 있도록 했다. 당시 사회문제 해결과 민심 안정에도 크게 기여했다. 이들 발명의 성취 동기는 실용적 문제 해결의 명확한 목표 설정이 상당 부분 기여했다고 본다.

이에 발명도 실용적 목표 연구 강화와 더불어 기술 혁신을 체계적으로 추진하기 위해 기술 혁신 통찰을 어디서, 어떻게 얻을 것인가를 3단계 과정으로 제안하고자 한다. 여기서 통찰은 기술 시스템의 본질을 정확하게 이해하고, 꾸준히 관찰하면서 최고 해법을 얻기 위한 사색 과정으로 볼 수 있다.

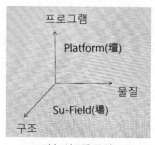

기술 시스템 구성

    기술 시스템은 일정한 패턴으로 진화한다는 점을 기억하자. 한 예로 기술 시스템에서 점의 확장은 선이며, 선의 확장은 면이고, 면의 확장은 체적이며, 체적의 확장은 가상현실로 진화한다. 통신망이 발달하고 기술 융합을 거듭해 증강현실을 추가하면서 장차 메타버스 미래로 나아감은 진화의 과정인 셈이다. 기술 측정 단위가 밀리미터에서 마이크로, 나노 크기로 정밀화되는가 하면, 스마트폰은 기술과 서비스의 융합을 거듭하면서 이제는 전화기에서 각종 센서가 많이 부착되는 지능기기로 진화 중이다. 현재의 기술 시스템을 시스템 레벨과 시간적 흐름의 진화 관점으로 본다면 미래 기술 혁신을 보다 정확하게 예견할 수 있다.

    둘째, 기술 시스템의 진화를 예견하고 있다면, 진화 선상에서 문제를 발견하고 정의하는 데 통찰이 필요하다. 개선하고자 하는 문제를 정확하게 파악하는 일로 기술 시스템의 전반적인 이해도 중요하지만, 문제가 일어나고 있는 문제 영역을 꿰는 통찰이 필요하다. 문제 경계 영역을 강조하는 것은 전기전자 반응이나 화학 반응 등이 계면(Interface)에서 활발히 일어나고 있기 때문에 계면을 면밀하게 집중 관찰해야 한다. 그리고 결과의 원인을 역으로 추적함으로써 계면에서의 근본적인 원인을 파악할 수 있는 역량 강화가 필요하다.

셋째, 문제의 원인이 면밀하게 파악됐다면 문제 영역에서 주어진 물질 에너지 등 각종 자원을 활용할 방법을 모색하고, 옛 소련이 붕괴하면서 서방에 알려진, 러시아 발명가 알트슐러가 제창한 발명 원리와 문제 해결 방법 등을 폭넓게 활용하는 것도 한 방법이다.

기술 시스템을 분할, 추출, 통합, 비대칭, 선행 조치, 상 전이 등의 원리를 활용함으로써 브레인스토밍 등 아이디어와 영감을 통한 발산적 아이디어를 위와 같은 3단계 기술 혁신 과정을 거듭함으로써 최고의 기술 혁신 결과로 수렴하자는 것이다. 과학 기술 관련자는 많으나 기술 혁신과 실용적 사업화는 미흡하다. 시스템적 접근으로 실용적 기술 시스템 혁신을 정확하게 줌인(Zoom In), 통찰함(Insighting)으로써 미래를 정확하게 예견할(Foresighting) 수 있다.

연구단지 조성 40년, 일부 세계적인 기술 발전도 이루었으나 이제 국가 창조경제에 과학 기술이 선도하도록 현 기술 혁신 과정을 한 번쯤 뒤돌아보고, 체계적인 3단계 기술 혁신 과정을 활용함으로써 과학 기술자가 국가 경제에 더욱 기여해야 할 시대적 소명을 다할 수 있기를 기대한다.

(전자신문 사이언스 온고지신 2014년 9월 1일 게재)

"기술 혁신은 일정 패턴으로 진화한다"

10. 미래 과학 기술을 찾아서

　　　　과학기술은 인류의 미래 문명을 어떻게 전개할 것인가? 2011년쯤 정부출연연구원에서 정년을 맞으니 과학 대중화나 과학 꿈나무 특강 요청이 빈번하게 이어졌다. 나의 특강 주제는 '4차 산업혁명 시대 과학 기술과 나의 미래'로 과학 꿈나무들에게 미래에 전개될 과학 기술을 소개하고자 했다. 2016년 1월 20일부터 시작된 스위스의 산골 다보스 포럼에서 세계 정상들은 미래는 모든 것이 연결되고, 더 지능적인 사회로 진화하는 4차 산업혁명 시대 도래를 선언하였다. 4차 산업혁명 시대의 대표적 3대 특성으로 초연결, 초지능 그리고 초융합을 주창하였다.

특강 포스터 앞 필자

태국 차앙마이대학 방문단 특강

　　그해 3월, 세계인들은 인공지능 알파고와 인간 이세돌과의 세기적 바둑 시합을 지켜보았다. 결과는 이세돌의 예상과는 정반대로 4대 1로 알파고가 승리하였다. 알파고 국적 영국기와 이세돌 국적 태극기가 전 세계로 생방송되는 것은 자랑스러웠고, 인간이 바둑에서 컴퓨터를 이겨 본 마지막 기록이 되었다.

미래 산업을 이끌어 갈 기술로 물리학, 정보통신, 생물학을 기반으로 나누어 살펴본다. 물리학을 기반으로 미래를 이끌어 갈 기술로는 드론 등 무인 운송기술, 맞춤형 유연 생산과 3D 프린팅 기술, 생체모방 형 로봇 등 로봇공학, 고기능 친환경 신소재 기술이다. 정보통신을 기반으로 미래를 이끌어 갈 기술로는 원격 모니터링 등 사물인터넷 기술, 비트코인 등 블록체인 기술, 공유경제 등 디지털 플랫폼 기술이다. 생물학을 기반으로 미래를 이끌어 갈 기술로는 유전자 편집 등 유전공학 기술, 조직 생산 등 바이오 프린팅 기술과 합성 생물학이다.

4차 산업혁명 시대 선언 이후 기술의 융합이 대두되고 있으며, 크게 IT(정보 기술), BT(바이오 기술), 그리고 NT(나노 기술)의 융복합이다. IT는 각종 정보를 아날로그에서 디지털로 생성, 전달, 보관함으로써 정확도와 운용성이 탁월하여 부각되었고, NT 기술로 저장성과 속도를 증대하고 있다. BT는 NT와 IT 기술 도입으로 초미세 생체 구조를 이해하고 조작할 수 있게 되어 급속하게 발전하고 있다. NT는 초미세 소재를 분석하고 조작할 수 있어 신소재 개발과 타 기술에 대한 파급효과가 크다. 3가지 기술의 연관을 혈액형과 비유해보면, NT는 모든 혈액형에 수혈할 수 있는 O형과 같고, IT는 자신과 BT에 수혈할 수 있는 A형 혹은 B형과 같으며, BT는 모든 혈액형으로부터 수혈을 받을 수 있는 AB형과 유사하다고 본다.

IT를 기반으로 한 첨단 과학 기술로는 사물인터넷(IoT)으로 궁극적으로는 모든 사물이 통신으로 연결되는 네트워크 구조이다. 지금은 휴대폰을 통한 인간 간의 정보통신과 인터넷을 기반으로 한 컴퓨터 간 통신이 주를 이루고 있지만, 수요가 빠르게 일어나고 있는 자율주행이

나 제조공장 등에서 실시간 상황인식을 위한 미세 구조의 무선 네트워크가 빠르게 확장되고 있다. 반투명 두루마리 형 디스플레이, 인간이 여러 형태로 착용하는 웨어러블 디바이스, VR/AR 등 가상현실, 인공지능 활용 등이 IT 기반 산업을 견인하게 될 것이다.

BT를 기반으로 한 첨단 과학 기술로는 줄기세포 배양으로 지금보다 더욱 복잡한 세포를 배양하여 인간 생체를 대체하거나 배양육을 생산하여 새로운 축산 시대를 열어 갈 것이다. 2020년도 노벨상을 받은 유전자 가위 활용, 3세대 항암 치료제로 면역항암제 개발, 인체에 영향을 주는 각종 미생물에 관한 연구와 활용, 그리고 코로나로 인한 원격진료 등에 대한 진전에 박차를 가하게 될 것이다. 초고령화 시대 진입으로 치매 등 급성장 질환에 대처하는 뇌 과학 연구도 인류 의료복지에 기여할 수 있는 기회가 클 것으로 기대된다. 따라서 제한된 기존 치료 시스템에서 예방 등, 더욱 적극적인 차원의 광범위한 의료 시스템으로 확대되어 갈 것으로 본다.

NT를 기반으로 한 첨단 과학 기술의 중심에는 꿈의 신소재로 각광받았던 탄소나노튜브에 이어 그래핀 등의 나노 복합소재 발명으로 소재 혁명을 이어 갈 것이다. NT와 연계하여 제조 방식의 혁신으로 소비자 개인 맞춤형 3D 프린팅의 활용이 더욱 확대될 것이다. 인공지능을 탑재한 인간증강 로봇, 비서 로봇, 조리 로봇, 서빙 로봇, 반려 로봇 등과 각종 용도의 드론 응용이 더욱 확대될 것으로 예상된다. 그리고 나노 크기의 로봇이 인체 내부에서 활동하는 시대를 열어가게 될 것이다. 나노 기술은 100나노 이하를 관찰하고 조작할 수 있는 기술로, 머리카락 굵기의 1,000 분의 1 크기 이하를 말한다.

1차 산업혁명이 증기기관의 실용화로 인간의 근력을 기계화로 확대하여 노예 수준의 노동을 해방시켰다면, 2차 산업혁명의 모터와 내연기관 발명은 대량 생산을 가능하게 하여 인류에 풍요를 가져다 줄 수 있었다. 3차 산업혁명에서 컴퓨터와 인터넷 발명은 인간의 정신적 노동을 대체할 수 있게 하여 새로운 서비스 산업의 발전으로 이행할 수 있게 되었다. 이제 4차 산업혁명 시대 도래의 중심에는 각종 형태의 로봇과 의약바이오 그리고 인공지능의 융합 역할이 클 것으로 보이며 이로 인한 새로운 일자리 창출이 새로운 과제로 부상하게 되었다. 4차 산업혁명은 무한한 가능성을 열어주지만, 동시에 인간의 삶에 어떤 의미를 부여하는가를 성찰하게 하는 시대이다.

"해결사는 논리적 사고, 개발자는 시스템적 사고,
사업가는 전략적 사고를 훈련하자"

11. 코로나 팬데믹 이후 4차산업혁명시대

'4차산업혁명시대는 어디로 가나?'

1918년 세계를 강타한 스페인 독감 바이러스는 한반도에도 치명적인 상처를 남겼다. 당시 인구 1,750만 명 중 740만 명이 감염되고 14만 명이 목숨을 잃었다. 백 년이 지나 2019년 12월, 또 다른 재앙이 찾아왔다. 코로나19 등장과 함께 인간활동의 시간적, 공간적 간격을 현저히 단축해야 하는 요구에 직면했고, 이는 곧 큰 희생을 줄이면서 4차 산업혁명을 촉진하는 일이 되었다.

경제·사회적 관점에서 인류는 이미 여러 차례 산업혁명의 물결을 경험했다. 18세기 후반, 1차 산업혁명에서 증기기관을 실용적으로 발명하여 노예 상태의 육체노동을 해방시켰다. 19세기 후반부터 20세기 초반, 2차 산업혁명에서는 내연기관과 모터 발명으로 대량 생산의 길을 열어 양산을 통한 생필품 보급으로 경제적 풍요를 가져왔다. 20세기 초반, 3차 산업혁명에서는 컴퓨터와 인터넷의 발명으로 정보의 생성과 유통을 획기적으로 개선하여 정신노동의 영역을 확장시키며 서비스 산업의 부흥을 이끌었다. 그리고 4차 산업혁명은 기술 융합의 시대로 인공지능과 로봇이 일상화되는 시대를 열어가고 있으며, 이는 인간 지성의 한계를 확장시키고 있다.

과학 기술 측면에서 1차 산업혁명은 수증기의 물리적 팽창을 통해 인간의 근력을 확장시켰다. 2차 산업혁명은 연료의 화학적 폭발이나 물질 장을 이용하여 운동 에너지를 생성하여 인간의 육체적 한계를 넘어서게 했다. 3차 산업혁명은 데이터의 부호화로 정확성과 처리 능력을 획기적으로 개선하여 정보력을 강화하여 인간의 지력을 확대하였다. 그리고 4차 산업혁명은 과거 인공지능 기술을 획기적으로 능가하는 자연어 처리, 자율학습 알고리즘과 초고속 계산 능력으로 인공지능 영역을 급속히 확대하고 있다.

4차 산업혁명 시대 경제사회산업 발달은 서비스 측면에서 3가지로 요약되는데, 초연결, 초지능, 초실감 서비스이다. 초연결은 사람 간의 연결, 컴퓨터 간의 연결이 확장되고, 궁극적으로 모든 사물이 연결되는 네트워크로 기술 혁신과 시장경제성에 따라 선별적으로 진전될 것이다. 예를 들면 자율주행 수요가 많아짐에 따라 도로망을 중심으로 효과적인 네트워크 연결이 우선 진행될 것이다. 스마트 공장에서는 제조 공정상 각종 생산기기와 생산품 정보의 실시간 연결이 생산성과 성장성을 증대하게 될 것이다.

초지능은 스마트 기기, 스마트 홈, 스마트 공장 등에서 핵심 요소로 자리 잡고 있다. 초지능은 각종 현장에서 발생하는 데이터의 입력과 처리, 그리고 출력 기능을 기본 단위로 여러 형태의 정보 시스템이 각종 기기에 탑재되고 의사결정에 활용되어 부가가치를 증대하고 있다. 초연결을 향해 발전하고 있는 각종 시스템은 상황 인식으로 수집한 데이터를 목표 시스템의 최적 운용을 위해 실시간 지능적으로 처리된 정보가 필요하다.

초실감은 현실과 가상을 넘나드는 경험을 가능하게 하며, 가상현실

(VR), 증강현실(AR)의 고도화로 발전해 가고 있다. 이는 물리적 공간의 제약을 넘어서는 새로운 가능성을 열어주며, 자연 공간의 한계를 넘어 제어가 쉬워지는 공간을 추구하는 시도이다. 중력이 작용하는 아톰(Atom)의 구성인 물리공간과 중력으로부터 자유로운 비트(Bit) 구성 가상공간이 밀접하게 상호 보완하는 혼합공간으로 발전하고 있다.

코로나 유행으로 비대면 거리 두기 문화가 확대되면 물리공간 활동의 제약으로 가상공간이 상대적으로 증대하고 원격 스마트 서비스 수요가 더욱 증가한다. 이런 현상은 기존의 디지털 트랜스포메이션을 더욱 가속화한다. 개별적으로는 무인화와 자동화로 이동 수요가 감소하여 전반적으로는 시간적 여유로 새로운 공간적 수요가 발생할 것으로 본다. 유통과 같은 산업 분야는 간접 체험 쇼핑 서비스 수요로 신 서비스 플랫폼 조성에 따른 가상공간 개발과 스마트 맞춤형 서비스 제공을 위한 인공지능 활용도 요구받게 될 것이다.

2016년 1월 20일, 세계경제포럼 회장 클라우스 슈밥은 "미래는 인류가 세상을 바꾸는 것이 아니라 세상이 우리를 바꾸게 할 것이다."라고 주장했다. 코로나 팬데믹이 증폭제가 된 4차 산업혁명은 시대적 흐름으로 미리 대비하는 자가 이끌어 갈 것이다. 자동차가 발명되어 더는 수레를 끌 수가 없듯이 변화의 시간을 활용하여 소외되는 사람들을 위해서는 새로운 영역의 신서비스를 발굴하여야 할 것이다. 미래 역량으로 문제 인식, 대안 도출 그리고 협력적 소통을 더욱 요구받게 될 것이다.

미래 핵심 주제, 중앙과학관

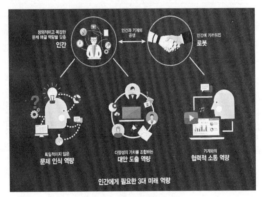

3대 미래 역량, 중앙과학관

2022년 11월 말, 대화형 챗GPT(Chat Generative Pre-trained Transformer)가 공개되면서 지식 활동 패러다임이 요동치고 있다. 트랜스포머(Transformer)는 방대한 사전 학습으로 단어(형태소) 특성과 문맥을 이해하는 뛰어난 성능을 가졌다. 트랜스포머를 통하여 자연어를 이해함으로써 문장, 이미지, 음성, 영상을 주문에 따라 생성, 요약, 번역을 할 수 있게 되어 지식활동의 생산성이 획기적으로 향상되고 있다. 따라서 과거의 보편적 수준의 지식으로는 부가가치가 상실되고 챗GPT를 활용한 보다 고도화된 전문지식이 요구되고 있다.

코로나 팬데믹의 4차 산업혁명 시대에 대한 영향을 3가지로 요약했다. 첫째, 전 산업에 걸친 비대면 원격활동의 급증으로 디지털 전환이 가속화되고, 이에 따른 네트워크 인프라의 고속화가 증대되었다. 둘째, 바이러스 확산 예측, 백신 개발 등으로 데이터의 중요성이 부각되고, 인공지능 특히 대화형 챗GPT 기술발전이 확산되고 있다. 셋째, 원격 온라인 거래가 증가하면서 사이버 보안의 위협이 커지고, 디지털 소외 계층이 증대하고 있다. 종합적으로 코로나 팬데믹이 기술의 발전과 도입을 촉진하는 동시에, 인류는 이 기술들이 경제·사회적 문제 해결에 어떻게 기여할 수 있는지를 살펴보는 계기로 삼아야 할 것이다.

"미래는 시간과 공간 단축이 가속된다"

12. Life-100 디자인

       100세 시대에 은퇴자들은 각자의 존재가 어떻게 더 깊은 의미를 가질 수 있을까? 2020년 6월 3일, 국가과학인재개발원 LIFE-100 디자인 아카데미에서 "100세 시대 고경력 과학 기술인 여미다."라는 주제로 특강을 했다. 아카데미 개설 목적은 퇴직을 앞둔 대덕연구단지 과학 기술인들이 새로운 인생에 연착륙할 수 있도록 사전에 실시하는 교육이었다. 강의 과정을 통하여 수강자들이 퇴직 후 새롭게 자신의 삶을 되돌아보고 삶을 더 구체적으로 정립할 필요가 있다고 생각하여 아래와 같이 'Life-100 디자인 캔버스'를 제안했다.

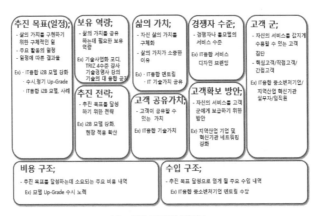

Life-100 디자인 캔버스

Life-100 디자인 캔버스 기본 구조는 9블록 비즈니스 모델 캔버스에서 중앙의 고객가치 블록을 삶의 가치와 고객 공유가치로 나누어 10개로 확장하고 각 블록의 내용은 새롭게 구성하였다. 중앙의 삶의 가치 블록은 퇴직 후 자신의 삶의 가치를 새롭게 구체화하고, 그 삶의 가치가 소중한 이유를 나열한다. 예를 들면, 내 삶의 가치는 IT 융합 멘토링에 두고 있다. 이유는 IT융합 기술가치를 공유하고자 함이다. 중앙의 고객 공유 가치 블록은 내 삶의 가치를 고객과 공유할 수 있는 부분만을 정리하는 블록으로, 나의 예를 들면, IT 융합 기술가치를 공유하고 싶다.

우측 블록으로 가서 고객군 블록은 자신의 서비스를 값지게 수용할 수 있는 고객 집단으로, 나의 예를 들면, IT 융합 중소벤처기업과 관련 지역산업 혁신기관의 임직원이다. 경쟁자 수준 블록은 경쟁자나 롤모델의 서비스 수준을 기록하는데, 나의 예를 들면, IT 융합 서비스 디자인 브랜딩을 강화하는 수준이라고 본다. 고객 확보 방안 블록은 자신의 서비스를 고객 군에게 보급하기 위한 방안을 제시하는 블록으로, 나의 예를 들면, 지역산업 기업 및 혁신기관과의 네트워킹을 강화하는 것이다.

좌측 블록으로 가서 추진 목표 블록은 내 삶의 가치를 구현하기 위한 목표, 일정 그리고 결과물을 정의하는 블록으로, 나의 예를 들면, 추진 목표는 IT 융합 i2B(idea to Business) 모델 강화이며 수시로 보강하여 모델을 고도화하고자 한다. 보유 역량 블록은 삶을 공유하는 데 필요한 역량으로, 내가 현재 가지고 있는 것은 기술사업화 코디네이팅, TRIZ 4수준 강사, 기술경영사 자격 등을 소지하고 있다. 추진 전략 블록은 추진 목표를 달성하기 위한 전략으로, 나의 예를 들면, i2B 모델 강화, 현장 적용 확산이다.

아래 블록으로 내려와서, 좌측 비용 구조 블록은 추진 목표를 달성하는 데 소요되는 주요 비용 내역으로, 나의 예를 들면, 모델을 수시로 고도화하는 노력이다. 우측 수입 구조 블록은 추진 목표 달성과 후속 활동으로 얻게 될 주요 수입 내역으로, 나의 예를 들면, IT융합 강의, 평가 그리고 멘토링으로 얻어지는 활동 수당이나 성공 보수가 이에 해당한다.

고경력 과학 기술인 특강

LIFE-100 디자인 포스터 앞 필자

'대한민국 중년 퇴직 후 라이프스타일' 보고서에서 노후 걱정거리 해소 노력 해소 방안 순위는 첫째, '소비를 줄인다.', 둘째, '일을 계속한다.', 셋째, '가능한 저축을 많이 한다.', 넷째, '살고 있는 주택을 줄인다.'였다. 이들 항목 중 보다 적극적인 노력은 두 번째, '일을 계속한다.'라고 본다. 이를 위해서는 전문성 상품화, 고객 만족 및 네트워크 확대가 필요하여 이를 체계적으로 수행하는 청사진으로 'Life-100 디자인 캔버스' 활용을 제안하였다.

건강 100세가 논의되고 있는 요즘 자신에게 주어진 일에는 치밀하게 계획했으나, 정작 주인공인 자신에게는 상대적으로 계획적이지 못한 것 같다. 건강 100세 인생 12계명을 다음과 같이 설정하오니 참고하길 바랍니다.

1. 혼자라도 즐겁게 지내는 습관을 들이자

2. 모든 일에 감사하는 마음을 갖자

3. 목표지향 전문성 강화 정독, 암기하자

4. 일하고 자랑하지 말자

5. 어떤 상황에도 남을 비판하지 마라

6. 잠깐 만나 하는 말, 귀에 담아 두지 말자

7. 경청하고, 말 머리를 자르지 말자

8. 대화나 통화는 간단하게, 묻는 말에 답하자

9. 건강에는 매일 운동 그 이상은 없다

10. 신중하게 구매하고, 폐기도 생각하자

11. 외출 시엔 단정한 몸매, 안전에 조심하자

12. 거울을 보며 '이만하면 괜찮아!' 하며 자신감을 가져라

인생은 계획과 실행, 그리고 성찰의 연속이다. 우리는 이를 통해 자신과 사회에 의미 있는 가치를 창출할 수 있다. 'Life-100 디자인 캔버스'는 이러한 삶의 여정을 도와주는 하나의 도구이다. 이를 통해 보다 풍요롭고 의미 있는 100세 시대를 살아가는 데 도움이 되길 바란다.

"청춘은 자신의 인식에 달려 있다"

마무리하는 말

『세월의 통찰』을 통해 저의 경험과 지혜를 함께 나누신 독자 여러분께 깊은 감사의 말씀을 드립니다. 글을 쓰면서, 지난날의 기억을 돌아보고, 많은 가르침과 의미를 되새길 수 있었습니다.

첫째, 국내외 기행문을 통하여 자연과 인간에 대한 감성을 공유하고 아름답게 표현할 수 있기를 바랍니다. 여행담을 글로 남기는 데 참고가 된다면 좋겠습니다. **둘째,** '나는 누구인가?'를 살펴보니 우주, 자연, 인체의 신비는 경이로워 더욱 겸손하게 되었습니다. 이를 이어온 우리의 뿌리가 소중함을 깨닫게 되었습니다. **셋째,** 건강의 기본을 알게 되니 나 자신 존재의 필요요건이 더욱 중요함을 알게 되어 알리고 싶었습니다. **넷째,** 과학 기술 기반 혁신 방법을 발굴하고, 조직에 리더십을 발휘하여 가치를 창조하는 일에 경험과 확신을 갖게 되어, 노하우를 나누고 싶었습니다. **다섯째,** 과학 기술의 본질을 이해하고 미래를 전망하는 일에 보람을 느껴 공유를 권하고 싶었습니다.

지식 융합을 넘어 통찰의 시대가 도래하였습니다. 통찰을 위한 지식과 지혜가 부족한 이유는 뇌 기억기능의 한계 때문이며, 한편으로는 생존을 위한 인류 진화의 결과라고 본다. 생성형 챗GPT가 공개되면서 지식활동의 패러다임이 요동치고 있다. 트랜스포머가 자연어를 이해함으로써 보편적 수준의 지식으로는 부가가치가 상실되어, 챗GPT를 활용하여 지식활동의 생산성을 높이고 더욱 전문·고도화해야 할 것이다.

지식활동을 고도화하기 위해서 **첫째,** 주어진 문제의 사물과 사실의 구성요소를 명확하게 기억하고(요소), **둘째,** 구성요소가 어떻게 배치되는지(공간), **셋째,** 이들이 어떻게 상호작용을 하고 있는지(시간)를 숙지하고 있어야 제대로 알고 있다고 본다. 이를 바탕으로 문제 해결과 개선책을 강구할 수가 있다.

제가 겪었던 도전과 성취, 그리고 이 과정에서 만난 소중한 사람들에 관한 이야기로 인해 독자 여러분의 따뜻한 이해와 설렘, 영감이 떠오르게 되길 바랍니다. 삶의 여정은 때로 힘들고 예측할 수 없기도 하지만, 그 속에서도 우리는 희망을 잃지 않고 앞으로 나아갑니다. 포기하지 않는 사람은 반드시 성공한다고 믿습니다.

이 책이 구성되도록 저의 어린 시절에 든든한 후원자였던 할머니, 나를 낳아 주신 부모님, 고락을 나눈 가족, 가르침을 주신 은사님과 세월을 함께한 친구들, 선후배님들에게도 깊은 감사의 인사를 드립니다. 여러분의 성원과 사랑이 없었다면 이 책은 결코 완성될 수 없었을 것입니다. 그리고 무엇보다 이 책을 읽어 주신 독자 여러분께 진심으로 감사드리며, 이 책의 진가는 활용하는 여러분의 몫입니다. 책의 모습이 서서히 드러나자, 차별화를 시도하였기에 읽고 싶어지는 자전 수필이 되기를 바라는 마음도 생겼습니다.

　우주 탐사 과학자 칼 세이건은 위대한 결정으로, 가장 멀리서 바라본 창백한 푸른 점, 지구 사진이 우리에게 큰 감동을 주었습니다. 『세월의 통찰』이 여러분의 삶에도 위로와 힘이 되기를 바랍니다. 서로의 경험을 더 나누고, 일을 더 잘하고, 자신을 더 잘 알게 되어, 함께 더욱 성장해 나갈 수 있기를 소망하며 건강과 행운을 다시 한 번 기원합니다. 감사합니다.

2024년 11월, 저자 박성열 적음